어른
남자

어른 남자

초판 1쇄 인쇄일 2017년 06월 23일
초판 1쇄 발행일 2017년 06월 28일

지은이 | 한새희
펴낸이 | 김기선

편집장 | 김은지
편집부 | 임종성, 박지은, 김지현, 김아름
디자인 | 한주희

펴낸곳 | 와이엠북스(YMBOOKS)
출판등록 | 2012년 7월 17일 (제382-2012-000021호)
주소 | 서울시 도봉구 노해로 379, 802호(창동, 대성빌딩)
전화 | 02)906-7768 / 팩스 | 02)906-7769
E-mail | ymbooks@nate.com

ISBN 979-11-322-4206-2 03810

값 9,000원

YMBOOKS ROMANCE STORY

어른 남자

한새희 장편소설

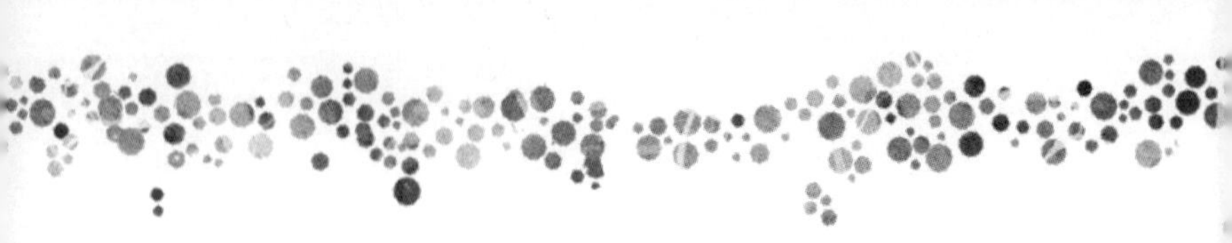

차 례

프롤로그

늦잠 자기 딱 좋은 토요일, 대체 왜 사람들은 자신들의 행복을 위해 타인의 여유를 깨뜨리는 민폐를 아무렇지 않게 행하는 걸까.

"왔구나?"

"축하한다."

악수를 나누며 축하 인사를 전하기는 했지만 선뜻 웃어주는 것까지는 못하겠다. 서른이 되면서 주말이면 친구 녀석들의 결혼식을 따라다니느라 늦잠은커녕 여유 있게 커피 한잔 마시기가 힘들어졌다. 그 많은 날 중 왜 그렇게 다들 주말에만 결혼을 하는 건지 이유를 모르겠다.

"너도 이제 가야지?"

"왜, 혼자 가기 억울해?"

고등학교 동창인 민수 녀석의 귀에 대고 악랄하게 웃으며 속삭였다. 역시나 녀석은 속내를 들킨 게 민망한지 눈을 부라린다.
“인사했으니까 난 간다.”
“식도 안 보고 간다고?”
“나까지 봐야 해?”
“할 일도 없잖아. 밥이나 먹고 가.”
“됐다.”
“어? 저기 애들 온다.”
조용히 빠져나가려고 했는데 기어이 붙잡히고 말았다. 이래서 더 결혼식 오는 게 싫다.
“이 자식 도망간단다.”
“뭐?”
“그냥은 못 가지.”
시커먼 사내 녀석 둘이 잽싸게 양팔을 붙잡았다.
“옷 구겨진다.”
“서태인, 조용히 들어가자.”
“빤한 결혼식 뭐가 재미있다고 죽치고 앉아 있어?”
지금껏 단 한 번도 특별하거나 지루하지 않다고 느낀 결혼식은 없었다. 불만의 소리를 높였지만 녀석들은 아예 들은 체도 하지 않는다.
“알았으니까 이거 놔.”
목소리가 좀 컸나 보다. 민수 녀석 부모님이 좋지 않은 표정으로 흘겨보신다.
“오늘 술 사야 하니까 도망갈 생각 하지 마.”
“내가?”

"너 저번에 술 마시다 도망간 거 잊었어?"

"그랬나?"

"아무튼, 있는 새끼들이 더하다니까."

말은 좀 험악하게 해도 첩의 자식이라고 뒤에서 떠들어대는 있는 집 자식들보다는 대놓고 돈줄 취급하며 스스럼없이 대하는 녀석들이 편하기는 하다. 그래 봤자 각자 사는 게 바빠서 한 달에 한 번 만나 진탕 술이나 마시는 게 다여서, 어쩌다 하는 그 돈줄 역할을 기꺼이 해주는 편이었다.

"얼른 들어가."

오늘의 주인공인 민수가 하얀 장갑을 낀 손으로 등을 떠밀었다. 한껏 차려입은 사람들로 식장 안은 북적거렸다. 한복을 입은 나이 지긋한 어른들을 피해 자리를 잡아 앉고는 휴대폰을 꺼내 들었다. 이제 곧 식이 시작할 시간이었다. 이 좋은 봄날에 냄새나는 녀석들 틈에 껴서 남의 결혼식을 축하해주고 있는 게 마냥 즐겁지는 않아도 오랜만에 시끌시끌 사람 사는 맛이 나서 나쁘지는 않다.

"친구들 중에 괜찮은 사람 없나?"

영훈이 목을 길게 빼고는 노골적으로 식장 안을 훑었다.

"있으면?"

"다른 놈이 채가기 전에 낚아채야지."

"자신은 있고?"

"내가 비록 너처럼 얼굴이 잘생기지 않고 몸매가 탄탄하지 않고 집에 돈이 많지는 않아도 나름의 매력이라는 게 있단다."

"음……."

녀석이 말한 나름의 매력이라는 걸 찾아보려고 진지하게 녀석을 뜯어봤다. 하지만 쉽게 찾아지지 않는다.

"어차피 넌 결혼할 것도 아니니까 괜히 여자들 홀리지 마."

"어차피?"

"어머니가 아무 여자하고나 결혼하게 두지는 않으실 거 아니야. 그러니까 아예 쳐다보지도 말라고."

영훈의 말에 잊고 있던 어머니 얼굴이 떠올랐다. 평생을 아들로 장사하시는 분. 앞으로도 그 장사를 끝낼 생각이 없는 분. 어쩌면 지금 이 순간에도 계산기를 두드리며 눈을 빛내고 있을 분.

"시작한다."

조명이 꺼지고, 박력 넘치는 사회자가 식의 시작을 알렸다. 곧이어 신랑 입장이 이어지고 피아노 반주와 함께 하얀 웨딩드레스를 입은 신부가 수줍은 미소를 지으며 발을 내디뎠다. 역시나 보통의 결혼식과 다를 바 없는 식이 차근차근 진행됐다. 역시나 지루하다. 차라리 녀석들을 꼬여서 일찍 나갈 걸 그랬다.

"뭐야, 연예인인가?"

"장난 아닌데?"

식이 거의 끝나갈 무렵, 친구 녀석들이 갑자기 상체를 앞으로 기울이며 웅성거렸다. 시큰둥하게 휴대폰을 들여다보다 슬그머니 고개를 들었다. 낯설지 않은 신랑과 신부가 보였고 그 옆에 연두색의 원피스를 입은 낯선 여자가 보였다.

"신부 친군가?"

"친구라기엔 너무 어려 보이지 않아?"

"그럼 동생인가?"

"이야, 진짜 미인이다."

이미 사랑에 빠진 눈으로 두 녀석은 입까지 떠억 벌리고 있었다. 한심하다는 투로 고개를 저었지만 나도 모르게 시선이 어린 여자에게로 향한다. 마이크를 두 손으로 감싸 쥐고 있던 여자가 노래를 부르기 시작한다.

맑고 청아한 목소리가 금세 식장 안에 울려 퍼진다. 울림이 깊고 크다. 그러면서도 소름이 돋을 만큼 깨끗한 목소리에 절로 모든 신경이 곤두선다. 기교 없이 깔끔하게 뻗어 올라가는 힘이 좋다. 마냥 푹 빠져서 듣고 싶게 하는 실력이다. 과한 표정을 짓지도 않고 손짓이나 몸짓도 없이 정직한 자세로 차분하게 노래에만 몰입하는 모습이 매력적이었다.

"가수야?"

많이 알지는 않지만 어쨌든 내가 아는 그 어떤 가수보다 노래를 잘한다.

"일반인 같지는 않네."

"그러게, 일반인이라기엔 심하게 예쁘다. 노래도 꽤 잘하는데?"

여기저기서 사람들이 수군거린다. 신부에게 향해 있던 시선이 전부 마이크를 든 여자에게로 옮겨져 있다.

"나 정했다."

자신감에 찬 목소리로 영훈이 뜬금없이 말했다.

"뭘?"

"오늘 저 여자 꼬시기로."

"뭐?"

"내가 먼저 찜했으니까 침 바를 생각하지 마라."

"미안한데 나도 찜했거든?"

영훈에 이어 정호까지 침을 흘렸다. 아무래도 식장 안에 있는 대부분의 남자가 홀린 것 같다.

"유치한 새끼들."

코웃음을 치며 녀석들을 비웃어주고 다시금 노래에 집중했다. 목소리에 꿀을 발라놓은 것처럼 달콤하다. 사람들을 보며 노래를 부르는 모습이 제법 여유롭다. 한두 번 해본 솜씨는 아닌 것 같은 게, 진짜 가수인지도 모르겠다.

"너는 아니다 이거지?"

어, 라고 대답해야 하는데 입이 떨어지지 않는다. 귀를 간질이는 여자의 목소리에 말문이 막혀서다. 결코 어린 여자한테 반해서가 아니다.

"내기할까?"

어린 시절 어울리던 친구들을 만나면 이게 문제다. 나이가 서른이 됐는데도 녀석들과 같이 있으면 10대였던 그 시절로 돌아가 철없는 짓을 하게 된다.

"뭐?"

"누가 먼저 꼬시는지 내기하자고."

시시하고 낯부끄러운 짓을 해도 괜찮고, 속을 다 보여도 괜찮고, 바닥을 다 내보여도 괜찮다.

"이 새끼 눈 빛나네."

노래를 부르던 어린 여자가 천천히 시선을 이쪽으로 움직였다. 그리고 나와 눈이 마주친 상태로 노래를 이어 부른다. 나를 알고 있는 것처럼, 나에게 노래를 부르듯 여자의 눈이 끈적하게 달라붙는다. 오롯이 이 넓은 공간에 나와 단둘이 있는 것처럼 여자가 그렇게 오래도록 나만 바라본다. 심장이 쿵, 하고 발 아래로 떨어졌다. 여자의 뜨거운 시선에 잠시나마 귀가 멍하다. 그뿐만 아니라 눈까지 흐릿해지려고 한다. 정신이 다 몽롱할 정도로 빠져든다. 한순간도 시선을 떼지 못하겠다.

"됐다, 너 해라."

정호가 너무 빨리 물러났다.

"이영훈, 너도 그냥 포기해. 언뜻 봐도 이제 겨우 스무 살 됐을까 말까 한 어린 여잔데 서른이나 된 아저씨를 거들떠보기나 하겠어? 내가 보기엔 아무리 서태인이라도 저 아가씨는 힘들어."

"그런가?"

단순한 영훈이 정호의 말에 금방 꼬리를 내린다.

"아저씨?"

정호의 말에 오기가 발끈 고개를 든다.

"만약에 내가 저 여자 꼬시면?"

"꼬시면 앞으로 너를 형이라 부를게."

노래를 부르던 여자와 눈이 또 마주쳤다. 조명 아래 있는 여자가 조명이 꺼진 사람들에게로 무심히 시선을 던진 거였지만 분명히 시선이 엉켰다. 찰나였지만 여자의 눈동자가 흔들렸다. 분명 그런 거라는 확신이 든다. 그렇게 믿고 싶다.

"대신 오늘 안으로."

녀석이 자존심을 툭 건드렸다. 그리고 여자가 심장을 슬그머니 짓눌렀다. 근래 본 여자 중 제일 예뻤다.

이제 막 부부로 거듭난 두 사람을 축하한 뒤 여자는 마이크를 내려놓고 계단을 내려갔다. 여자가 식장에서 온전히 사라질 때까지 남자들의 시선이 여자를 좇았다.

"안 따라가?"

"시간 많은데, 뭐."

보통의 남자에 포함되기 싫어 나름 느긋한 척을 했다. 하지만 자꾸 고개가 뒤쪽으로 움직이려고 한다. 혹시 여자가 아예 가버리는 건 아닐까 슬며시 걱정도 된다.

"화장실 좀 다녀올게."

키득거리는 녀석들을 못 본 척하며 식장을 빠져나왔다. 좀 전까지 남자들을 녹일 것처럼 화사하게 눈웃음을 지으며 노래를 부르던 여자를 찾아 주변을 두리번거렸다.

한발 늦은 걸까, 여자가 보이지 않는다.

"혹시 방금 안에서 노래 부른 여자 어디로 갔는지 압니까?"

문 앞을 지키고 있는 직원을 붙잡고 물었다. 여자는 친절하게 웃으며, 하지만 눈빛은 대충 알겠다는 듯 무시하는 투로 대답했다.

"아마 저쪽으로 갔을 거예요."

고맙다는 인사도 하지 않고 여자가 가르쳐준 곳으로 방향을 틀었다. 고등학생 때도 안 하던 짓을 서른이 돼서 할 줄은 몰랐다. 이게 뭐 하는 짓인가 싶으면서도 발걸음은 여자를 찾느라 멈출 생각을 하지 않는다. 노래를 부르며 나를 바라보던 그 시선이 잊히지 않는다. 시간이 지나니 더 진하게 뇌리에 남는다. 이상하다. 진짜 이상한 일이다.

쿵.

갑자기 문이 열리면서 성큼 내디뎠던 오른발 끝에 부딪쳤다. 하마터면 이마를 박을 뻔했다.

"죄송합니다."

모자를 눌러쓴 여자가 문을 열고 나오며 사과를 했다. 짜증스러운 표정으로 대충 미간을 좁히고는 여자를 지나쳐 다시 걸었다. 그런데 방금 스친 눈빛이 어딘지 낯익다.

"잠깐만요."

걸음을 멈추고 뒤돌아서서 여자를 불렀다. 청바지에 후드 티셔츠를 입은 여자가 가방을 손에 든 채로 돌아섰다. 좀 더 가까이 다가갔다. 모자를 눌러 쓰고 있지만 여자의 하얀 얼굴이 빤히 보인다. 커다란 눈도, 얇은 핑크빛의 입술도.

"맞죠?"

다짜고짜 그렇게 물었다. 괜히 반가웠다.

"네?"

"아까 노래 불렀잖아요."

"그래서요?"

역시 그 여자다. 아까처럼 긴 머리칼을 늘어뜨리며 화사하게 웃고 있지는 않지만 분명히 그 여자가 맞다.

"바빠요?"

"네."

"태워다 줄까요?"

가까이서 보니 더 어리고 예쁘다. 정성껏 빚은 도자기 인형 같다. 아무나 살 수 없는 값비싸고 도도한 인형. 어리지만 강단이 느껴지는 눈빛이 시선을 사로잡는다. 생글생글 웃는 것보다는 냉기를 흘리며 빤히 보는 도도한 눈빛이 묘하게 어울리는 여자다. 대충 흘려 봐도 상당히 어릴 것 같은 얼굴이지만 풍겨오는 분위기는 결코 만만하지 않다. 순진함과는 거리가 멀어 보이는, 꽤나 복잡하고 어려울 것 같은 눈빛을 하고 있다. 가까이서 보니 왠지 그런 느낌이 든다.

염색 따위 한 번도 하지 않았을 것 같은 윤기 흐르는 검은 머리칼과 솜털이 보송보송 난 것 같은 맑은 피부. 머리칼도 피부도 한 번 만져보고 싶은 충동이 인다. 근데 그랬다가는 따귀 한 대는 우습게 맞을 것 같다.

"관심 없어요."

여자는 찬바람을 일으키며 휑하니 돌아섰다. 그러고는 망설임 없이 걸음을 내디뎠다.

"내가 있어요, 관심."

긴 다리로 금방 여자를 따라잡았더니 귀찮아 죽겠다는 표정이 얼굴에 역력하다. 아, 자존심 상한다. 그런데도 너무 예뻐서 놓치기가 싫다.

"식도 안 끝났는데 바로 가는 거 보면 가족이나 지인은 아닌 것 같고……."

"그쪽이랑 자고 싶은 마음 없어요."

"네?"

방금 이 인형처럼 예쁜 여자가 무슨 말을 했는데, 잘 못 알아들은 것 같다.

"그쪽한테 넘어갈 마음 없으니까 시간 낭비 그만하시라고요."

심하게 까칠하다. 눈빛은 사납고 입술을 가르고 나오는 말은 전부 다 차갑다.

"그럼 넘어오지 말고 하루만 놉시다."

그다지 곱게 산 아가씨는 아닌 것 같다. 남자들에게 꽤나 시달렸는지 수줍음 같은 것도 전혀 없다. 이 당돌한 아가씨, 볼수록 매력 있다.

"싫은데요."

"몇 살이에요?"

"아저씨."

"아저씨?"

순간 숨이 턱 막히는 줄 알았다. 태어나 처음으로 들어본 말이다. 결혼도 안 했고 어디 숨겨둔 자식도 없는데, 더구나 어디 가면 아직도 20대 중반으로 보는 동안인데 아저씨란다.

"미성년자 잘못 건드리면 콩밥 먹어요."

"미성년자? 스무 살도 안 됐다고?"

"네."

"진짜?"

어려 보이기는 해도 미성년자로 보이지는 않는다. 말도 안 된다.

"너그러운 마음으로 용서해줄 테니까 그만 치근덕대고 들어가서 축하나 마저 해주세요."

건방진 턱 끝으로 문이 열리지 않은 식장 안을 가리키며 여자는 풉, 짧은 비웃음을 날렸다. 귓불이 뜨겁게 달아오른다. 아저씨 소리를 들은 것보다 더 충격이다. 솔직히 정신이 번쩍 들었다. 지루한 틈에 친구 녀석들과 어울리다 보니 순간 착각에 빠졌었다. 유치했고 어이없는 짓이었다. 어린 여자한테 한 방 크게 맞았다. 그렇다고 해도 이 어린 아가씨의 말에 머쓱한 표정으로 꼬리를 내리고 싶지는 않다.

“아무리 아르바이트를 하는 거라고 해도 어른처럼 꾸미고 어른인 척 행동하는 건 바람직하지 않다는 거 모르나?”

“어른인 척?”

“미성년자 주제에 너무 어른스러웠고, 또 미성년자 주제에 너무 예뻐서 내가 잠깐 설레었던 거니까 너도 반성해. 착각한 건 내 실수지만 착각하게 만든 건 학생 실수니까. 그리고 앞으로는 어른 흉내 내지 말고 학생답게 하고 다니고.”

얼굴이 화끈거리는 걸 애써 감추고 나름 차분하면서도 어른스럽게 충고를 해주고 돌아섰다. 자연스러웠다. 그런데 뒤통수가 따갑다. 어쩐지 비웃음을 입술 끝에 매달고 내 뒷모습을 보며 히죽거리고 있을 것만 같아 차마 뒤를 돌아보지는 못하겠다.

1. 어린 여자

작정을 하고 나온 녀석들 때문에 토요일 하루를 온전히 술독에 빠져 허우적거렸다. 숙취에 머리는 깨질 것 같고 속은 손톱으로 박박 긁는 것처럼 쓰리고 아리다. 마셔도 너무 마셨다.

-Rrrrrrrr.

쉬지 않고 울려대는 휴대폰 진동 소리에 머리가 더 깨질 듯 아프다. 번호를 보지 않아도 누군지 알 것 같다. 받지 않으면 한 시간 후 초인종을 누를 걸 알기에 어쩔 수가 없다.

"네."

-뭐 하는데 전화를 이렇게 안 받아?

세상의 모든 어머니는 그런 줄 알았다. 화장을 진하게 하고 하루 종일 밖에 나가서 친구들을 만나느라 바쁘고 밤이면 잠이 든 아들을 붙잡고 울며 아버지 욕을 하는, 그러다 아버지가 며칠 만에 집에 오면 화려한 드레스를 입고 하하 호호 웃으며 행복에 겨운 얼굴을 하는 게 어머니인 줄 알았다.

아침이면 앞치마를 허리에 두르고 늦잠 자는 아들의 옆구리를 간질이며 깨우고 겨우 눈을 뜬 아들을 식탁에 앉혀 따끈하게 끓인 국과 하얀 쌀밥을 먹이며 오늘 하루도 행복할 거라고 말해주는 어머니는 세상에 존재하지 않는 줄 알았다.

그런 건 동화책에나 나오는 거라고 생각했었다.

그리고 모든 아버지는 며칠에 한 번, 혹은 한 달에 한 번 집에 오는 줄 알았다. 매일 아버지와 같이 밥을 먹고, 매일 아버지와 같은 집에서 잠이 들고, 매일 아버지와 아침을 맞는 사람이 있다는 건 상상도 해본 적이 없었다.

"무슨 일이신데요?"

-오늘 아버지 오시는 거 몰라? 얼른 준비하고 건너와.

"약속 있어요."

-약속? 지금 네 아버지랑 식사하는 일보다 중요한 일이 뭐가 있다고 그래?

된장찌개 하나에 노른자가 터진 보잘것없는 계란프라이가 전부인 저녁을 먹으면서도 아들의 하루를 궁금해하며 온화한 얼굴로 귀를 기울여주는 어머니가 진짜 어머니라는 걸 어제같이 술독에 빠졌던 친구 녀석들 때문에 알았다. 그때의 혼란은 여전히 말끔하게 정리되지 않았지만 휴대폰 너머에 있는 내 어머니가 평범한 어머니는 아니라는 건 확실히 알게 됐다.

"두 분이 오붓하게 하세요."

-서태인!

"끊습니다."

아버지가 오신다고 했으니 적어도 지금 당장 집으로 찾아오시지는 못하겠지. 그나마 일요일 하루는 편하게 보낼 수 있겠다.

-Rrrrrrrr.

집요한 성격인 이미라 여사로부터 또 전화가 울려댄다. 휴대폰을 베개 깊숙이 넣어놓고 이불을 걷고 일어났다. 더 자기는 이미 글렀다. 헝클어진 머리칼을 더 부스스 헝클고 욕실로 들어갔다. 뜨거운 물에 샤워를 하고 나가서 커피라도 한잔 사서 마셔야겠다.

쏴아.

시원하게 쏟아지는 물줄기 안으로 망설임 없이 들어갔다. 머리 위로 떨어지는 미지근한 물이 금세 뜨거운 물로 바뀌었다. 얼굴과 가슴으로 떨어진 물이 발아래까지 흐르는 동안 눈을 질끈 감고 있었다. 이제야 조금 정신이 드는 것 같다. 샤워가 아니라 욕조에 몸을 담글 걸 하는 후회가 들었다. 샤워부스 안에 뿌연 김이 서릴 때까지 가만히 물을 맞고 서 있다가 서둘러 머리를 감았다. 정신이 들수록 커피는 더 간절해진다.

11시가 넘은 시각, 햇살이 제법 좋다. 바람도 차지 않고 하늘은 감탄이 나올 정도로 새파랗다. 하얀 셔츠에 얇은 카디건 하나를 걸치고 나왔는데도 춥지가 않다. 진짜 봄이 오긴 왔나 보다. 시간이라는 거, 멈추지 않고 흔들리지 않고 변함없이 흐르고 있다는 게 신기하다.

"새로 생겼나……."

집에서 얼마 걸어 내려오지 않았는데 근처에 못 보던 커피숍이 보인다. 브런치도 같이 하는지 간판에 메뉴 몇 가지가 적혀 있다. 조용하고 어머니 집이나 아버지 집과 가깝지 않아 마음에 드는 동네였는데 딱 하나 그 흔한 커피숍이 근처에 없어서 별로였는데 마음을 읽기라도 한 듯 커피숍이 생기니 이 동네에 더 정이 간다.

〈경자 다방〉

아, 이름은 진짜 마음에 안 든다. 그냥 큰길까지 걸어갈까. '경자'라는 이름의 마담이 있을 것만 같은 다방엔 영 들어가기가 싫다. 그런데 커피 향이 발목을 잡는다. 고소하고 진하다. 일단 커피 맛이라도 봐야겠다.

드르륵.

빨간색의 문을 옆으로 밀고 들어가자 모던하고 넓은 실내가 눈을 사로잡았다. 그리고 밖에서는 보이지 않던 초록의 잔디가 돋은 정원이 실내와 이어져 있다. 하나의 테이블이 놓여 있고 그 테이블 위로 진한 햇살이 뭉글뭉글하게 내려앉았다.

"어서 오세요."

은은하게 흐르는 음악을 가르고 젊은 여자가 인사를 건넨다. 이름은 별로지만 분위기는 상당히 마음에 드는 곳이다. 부디 커피가 맛있었으면 좋겠다.

"아메리카노 한 잔 주세요."

"네."

여전히 정원 쪽을 내다보며 카드를 내밀었다. 카드를 받아 드는 여자의 손끝이 가볍게 스치고 지나갔다. 무심히 고개를 돌렸다. 그리고.

"어?"

아는 얼굴이다. 뺨에 닿은 햇살에 카드를 받아 든 여자의 얼굴이 빛났다. 분명히 아는 얼굴이다. 그런데 선뜻 기억이 나지 않는다.

"우리 어디서 보지 않았어요?"

"아닌데요."

생글생글 웃으며 여자가 단호하게 대답한다. 말투가 익숙하다.

"아닌데, 어디서 본 얼굴인데……."

하나로 땋은 검고 긴 머리칼을 자랑하듯 여자는 등을 보이고 섰다. 요즘도 저렇게 머리를 땋고 다니는 여자가 있나. 저런 특이한 헤어스타일에 저런 미인이면 기억나지 않을 수가 없는데. 그냥 너무 예뻐서 착각한 건가.

"주문하신 아메리카노 나왔습니다."

"아, 네."

커피를 받아 들고 좀 전에 봐둔 정원 테이블 자리로 걸어갔다. 겨우 몇 걸음 나왔을 뿐인데 다른 곳에 들어온 것처럼 분위기가 사뭇 다르다. 공을 차도 좋을 만큼 넓은 정원은 아니지만 구석구석 잘 다듬어져 있었다. 키 작은 나무도 그렇고 반듯하게 다듬은 잔디도 그렇다.

호로록, 커피 한 모금을 마셨다. 향만큼이나 맛이 좋다. 뒷맛이 깔끔하고 잡스러움이 없다. 산미도 적당하고 원두도 신선하다. 진짜 이름 빼고 다 마음에 드는 집이다. 어쩐지 단골이 될 것 같다.

"손님 없었지?"

등 뒤로 남자 목소리가 들린다.

"있었는데요."

머리 땋은 여자가 대답한다. 왠지 방금 들린 목소리의 남자가 내 쪽을 힐끔 보는 것 같다.

"나 커피 한 잔만."

"네."

"점심으로 짬뽕 먹을래?"

아무래도 남자가 이 경자 다방의 주인인 것 같다. 이 맛있는 커피를 두고 점심으로 짬뽕이나 먹자고 하는 남자라니, 취향 참 독특하다.

"저는 짜장이요."

여자도 이상하기는 마찬가지다.

"좋아, 간만에 마당에 돗자리 깔고 먹자."

단골이 되는 건 생각 좀 해봐야겠다.

"근데 오늘은 축가 없는 거 맞지?"

축가?

"네."

"그럼 날 위해 짜장 먹으면서 한 곡 불러주면 안 되나?"

"안 되겠는데요."

"비싼 알바 같으니라고."

맞다, 축가!

이제야 기억이 났다. 역시 아는 얼굴이 맞았다. 뭔가 당한 것 같은 찝찝함이 든다. 저 미성년자, 진짜 당돌하다.

탁.

커피 잔을 내려놓고 다시 실내로 들어갔다. 짬뽕을 좋아하는 남자가 친절한 미소를 지으며 나에게 인사를 건넸다.

대충 고개를 까딱해 인사를 하고 미성년자 앞에 섰다. 진하지는 않았지만 그날은 화장을 하고 있었고 가까이서 봤을 때는 얼굴 반은 가릴 정도로 모자를 푹 눌러쓰고 있어서 단숨에 알아보지 못한 거였다. 말간 얼굴로 태연하게 마주하는 눈빛이, 지금 보니 그날과 똑같다. 사실 화장을 하지 않은 얼굴이 더 예쁘기는 하다.

"상당히 위험한 미성년자네."

아무렇지 않게 거짓말을 하는 태연함이, 어른을 우습게 아는 건방짐이, 몇 번이나 남자를 홀리는 미모가 심히 위험한 학생이다.

"우리 알바가 무슨 실수라도 했습니까?"

뒤에 있던 남자가 카운터 안으로 들어가 미성년자 옆에 서서 물었다.

"네."

내 대답에 남자는 진지한 얼굴을 해 보였고 미성년자는 무표정으로 일관했다. 전혀 긴장을 하거나 불안해하지 않는다. 역시나 보통은 넘는다.

"말씀해주시면 제가 사과드리겠습니다."

"아니요, 이건 미성년자랑 해야 할 얘기라서요."

"미성년자?"

남자가 미성년자를 흘깃 돌아보고는 미간을 좁힌다.

"손님한테 무슨 실수를 했는데?"

다 들리게 남자가 미성년자에게 나직이 물었다. 미성년자는 어깨를 으쓱 들었다 내리는 걸로 대답을 끝냈다. 그러고는 남자와 미성년자가 한 편이 된 것 같은 눈빛으로 나를 쳐다봤다.

"모른다며? 본 적 없다며?"

"네."

너무 단박에 대답하니까 민망하다. 눈빛이 정말 모르는 것 같기도 하다. 내가 오버했나, 귓불이 또 뜨거워진다. 이 미성년자 때문에 좀처럼 뜨거워지지 않는 귓불이 어제, 오늘 난리다.

"어제 결혼식장에서 만났는데, 기억 안 나요?"

"네."

이렇게 자세히 말해줬는데도 기억이 안 난다고? 나처럼 생긴 남자가 흔한 것도 아닌데 기억이 안 난다고?

"내가 어제, 그러니까 그쪽한테……."

남자가 너무 귀를 쫑긋 세우고 빤히 보니까 말을 못 하겠다. 어제보다 오늘이 더 자존심 상한다. 이 어린 미성년자를 상대로 대체 내가 뭐 하고 있는 걸까.

"됐습니다."

그래, 어린애를 상대로 웃기지도 않는 짓을 했다. 진짜 나도 늙기는 늙었나 보다.

아침부터 사무실 문을 열고 들어온 반갑지 않은 손님에 벌써부터 고단하다. 요즘은 회사 출입이 뜸해져서 잠깐 긴장을 풀고 있었던 탓에 이미라 여사님의 얼굴을 보는 순간 철렁 가슴이 내려앉았다. 이름만 들어도 눈물이 나는 게 어머니라고 하던데 난 왜 가슴이 답답해지는 걸까.

"하실 말씀 하고 얼른 가세요."

"아버지하고 통화는 하는 거야?"

어머니 머릿속에는 온통 아버지만 들어 있다는 것도 신기하다. 어떻게 사람이 24시간을 오로지 한 가지 생각만 하고 살 수 있는 걸까. 어머니는 먹는 것도, 입는 것도, 하물며 립스틱을 바르는 것도 전부 아버지에게 맞춘다.

"얼마나 애틋한 부자라고 통화를 합니까."

말을 하면서도 웃음이 나와 입술 끝이 씰룩거린다.

"좀 살갑게 굴어. 네 누나들 좀 봐, 얼마나 입 안의 혀처럼 구는지."

배다른, 그러니까 서윤식 회장님의 본처이자 내가 큰어머니라고 부르는 김차희 여사님의 두 딸인 서현아와 서진아까지도 어머니 이 여사님에게는 싸우고 견제해야 할 적이다.

어려서부터 세뇌 당하다시피 들어온 누나들 얘기에 아마도 고등학교에 들어가기 직전까지도 그들은 상종하면 안 되는, 그리고 무조건 싸워서 이겨야 하는 악랄하고 못된 상대로만 인식하고 있었다. 명절이나 집안 제사가 아니면 딱히 큰집에 갈 일이 없었던 터라 누나들을 자주 볼 수도 없었고 어쩌다 만나도 눈을 흘기기 바빠서 피를 나눈 형제로는 느껴지지가 않았다.

그렇게 남보다 못한 사이로 지내다 성인이 되고 누나들이 각자 짝을 만나 결혼이라는 걸 하면서 어머니의 해석대로라면 이제는 싸워야 할 상대가 두 명 더 늘어났다. 그래서인지 어머니는 부쩍 아버지에게 더 집착하고 신경을 곤두세웠다. 하나라도 더 받아내기 위해서, 인우 푸드의 유일한 아들인 나를 앞세워 어떻게든 더 높은 곳으로 올라가기 위해서. 하여간 참 힘든 인생을 사는 분이다.

"하실 말씀 다 하셨으면 가세요."

"계속 이렇게 못나게 굴 거야?"

"네."

"서태인."

"지금도 넘쳐요."

평범한 부모 밑에서 평범하게 자란 건 아니지만 돈이 많은 아버지와 욕심이 많은 어머니 덕에 남들보다 많은 걸 누리며 살았다. 그걸 알기에, 그리고 어머니의 욕심이 부끄러워서 이 이상을 가져야겠다는 생각은 하지 않는다. 현재 가진 것을 즐기면서 간혹 한심하다는 손가락질을 받으며 편하게 사는 게 좋다.

"고작 실장 직함 하나 달고 있으면서 넘쳐?"

문제는 늘 어머니다. 어머니는 내가 실장이 아니라 인우 푸드 전체를 손아귀에 넣는 자리에 앉길 바라고 본인이 본가 안주인 자리를 차지하길 바라는 것이다. 첩으로서 가질 수 있는 욕심은 전부 갖고 있다. 미안함이나 부끄러움은 전혀 갖고 있지를 않다. 그러니 아들인 나라도 갖고 있는 게 맞지 않을까.

"서 씨도 아닌 것들한테 뺏기지 않게 잘해. 네 밥그릇 네가 챙기라고."

"가세요."

이 회사가 더 큰 기업으로 크지 못하는 데는 어쩌면 어머니도 한몫하고 있을 터였다. 호적에도 오르지 못한, 그래서 남들 앞에 당당히 나설 수도 없는 사람이 제 집 안방 드나들 듯 수시로 들락거리며 회사를 구멍가게로 전락시키니 어떻게 회사가 발전할 수 있을까. 가끔은 직원들 보기 민망해서 고개를 못 들겠다. 하긴 나라는 존재 자체가 직원들에게는 수치일 수도 있을 테지만.

"전화 좀 해봐."

일어날 생각이 없는 듯 어머니는 아예 소파 등받이에 몸을 깊숙이 기대앉았다.

"조금 있으면 점심시간이니까 아버지한테 같이 식사하자고 해."

"가세요."

"오랜만에 우리 셋이 오붓하게 점심이나 먹자."

아예 귀를 닫고 사시는 분 같다. 보고 싶은 것만 보고, 듣고 싶은 것만 들으면서 사는 어머니가 때로는 부러울 때도 있다. 적어도 불행한 순간을 선택할 수는 있으니까.

"선우 호텔 스테이크 괜찮더라, 거기 가자."

"어머니."

"전화해보라니까?"

나이에 비해 몇 살은 젊어 보이는 어머니의 얼굴이 기대감으로 물들어 있다.

"점심시간 되려면 멀었어요. 그리고 선우 호텔 스테이크 별로예요."

"그래? 그럼 다른 데로 가지, 뭐."

"괜히 회사 나왔다고 아버지한테 한소리 듣지 마시고 집으로 가세요."

"네가 같이 점심 먹자고 불렀다고 하면 되지."

52세의 어머니는 아직도 당신이 22세 아가씨라고 착각할 때가 있다. 그래서 여전히 철이 없고 어리광이 심하다. 그래도 된다고 생각하는 건지, 아니면 그게 아버지에게 먹혀서인지는 모르겠지만 받아주기 거북하다.

"참, 너 다음 주 토요일에 약속 잡지 마."

딱히 처리해야 할 서류가 있는 것도 아닌데 바쁜 척 서류를 뒤적이며 어머니 말을 건성으로 흘려들었다.

"겨우 약속 잡은 거니까 실수하면 안 돼. 뭐 그렇다고 우리가 고개 숙이고 들어갈 것도 없지만."

오늘도 서류에는 재미없는 것들이 가득하다. 어머니 등쌀에 경영 공부를 하고 회사에 들어와 떡하니 자리를 맡고 있기는 하지만 적성에 맞지 않는다. 너무 놀고먹으면 안 그래도 욕하는 사람들, 신나서 비웃으며 달려들까 봐 애써 일하는 척, 경영 수업을 받는 걸로 그럴싸한 포장을 하고 있을 뿐이지 사실 회사 경영에는 큰 관심은 없다.

"내 말 듣고 있는 거니?"

"네."

"12시라고."

"뭐가요?"

"다음 주 토요일에 선보는 거 말이야."

"네?"

이제야 어머니 말이 귀에 쏙 박혀 들어온다.

"이미 말 다 끝났으니까 시간 맞춰서 나가기만 해."

"싫습니다."

"네 아버지도 이미 알고 계셔."

"어머니!"

"걱정하지 마, 꽤 미인이야."

예상보다 빨리 움직이셨다. 적어도 2년은 더 놀 수 있을 거라고 생각했는데.

"그 정도 집안에 그 정도 조건이면 나쁘지 않아."

어머니가 원하는 시기에, 어머니가 고른 여자와 결혼이라는 걸 하게 되겠지, 예상하고는 있었다. 그것으로 어머니의 욕심이 끝나지 않을 거라는 것도 모르지 않는다. 그래도 어차피 마음에 둔 여자가 없으니 가능하면 맞출 생각이었다. 그런데 막상 날짜를 잡고 상대를 골랐다고 하니 설핏 숨통이 조여온다.

"든든한 처가가 있어야 너도 더 큰소리칠 수 있는 거야."

"알았으니까 그만 가시라고요."

"점심은?"

"직접 하세요."

"태인아."

"열심히 하라면서요."

어머니 보란 듯이 서류를 들어 흔들었다. 샐쭉하게 눈을 흘기시더니 어머니가 그제야 겨우 자리에서 일어났다.

아무리 회사가 바쁘게 돌아가도 야근이라는 걸 하지 않는다. 인정받지 못하는 상사지만 퇴근이라도 일찍 해야 직원들이 덜 미워할 것 같아 내 나름의 배려인 셈이다. 그 덕인지 처음보다 뒤에서 수군거리는 소리가 덜 들리는 걸 보면 효과가 아예 없지는 않은 것 같다.

"커피나 마실까……."

작정을 한 건 아니었다. 평소처럼 집으로 가는 길이었고, 자연스럽게 시선을 돌렸을 때 경자 다방이 보인 것뿐이다. 그리고 역시나 자연스럽게 맹랑한 미성년자가 떠올랐다.

"어서 오세요."

길가에 차를 세워놓고 커피숍 문을 밀고 들어가자 미성년자가 인사를 하며 나를 맞았다. 웃는 얼굴로 인사를 하다 나와 눈이 마주치자 금세 표정을 굳힌다. 그래도 이제 나를 알아보기는 하는 것 같다.

"또 오셨네요?"

아는 척을 한 건 미성년자가 아니라 사장으로 짐작되는 남자다.

"아, 네."

"커피 드릴까요?"

"네."

계산을 하고 어제 앉았던 정원 테이블로 다가갔다. 조명이 켜진 정원은 어제와는 또 다른 느낌이다. 운치 있고 정겹다. 올 때마다 손님이 없어서인지 고요하고 딱 좋다. 하루 종일 이곳에 앉아 커피만 마셔도 지루하지 않을 것 같다. 넥타이를 매고 책상에 앉아 서류나 들여다보고 있는 건 재미없다. 아마 난 어머니, 아니면 아버지 돈을 쓰면서 한량으로 살 게 빤하다.

"커피 나왔습니다."

슬그머니 의자를 밀고 일어나 커피를 받으러 갔다. 미성년자는 여전히 내게 눈길도 주지 않는다. 웃지 않으면 얼음공주처럼 냉기가 뚝뚝 떨어진다.

"소주 한잔할까?"

막 커피를 받아 들고 돌아서는데 주인 남자가 미성년자한테 묻는다. 난 잠시 내 두 귀를 의심하며 눈썹을 삐죽 세웠다.

"좋죠."

미성년자는 너무나 시원하게 대답한다.

"소주를 마신다고?"

어이가 없어서 끼어들고 말았다.

"네?"

남자가 고개를 갸웃한다.

"지금 미성년자한테 술을 마시자고 한 겁니까?"

남자가 미성년자를, 그다음에 나를 의아한 눈으로 돌아본다.

"보니까 여기 사장인 거 같은데 그렇다고 아직 어린 알바생한테 술이나 마시자고 하면 안 되죠. 그리고 너, 아니 알바생도 그러는 거 아니지. 엄청 반듯한 척할 때는 언제고 소주 마시자는 말에 대뜸 좋다고 해? 너 이러는 거 부모님이 아셔?"

오버다. 분명히 오지랖이다. 그런데 그냥 듣고 넘기기가 싫었다. 유치하지만 나를 그렇게 단칼에 잘라낸 것에 대해, 그리고 나를 알아보지 못한 것에 대해 이런 식으로나마 갚아주고 싶었다.

"없는데요."

"뭐?"

"부모, 없다고요."

"어?"

난 왜 이 미성년자가 하는 말은 한 번에 알아들을 수가 없는 걸까.

"부모 없어요. 고아예요."

"아."

원래 당황이라는 걸 잘 하지 않는다. 그래서 말문이 막힌다거나 머릿속이 하얘지는 경험을 그다지 많이 해보지 못했다. 그런데 이 미성년자 앞에서는 자주 이런다. 이것도 기분 나쁘다.

"그래, 뭐 고아일 수도 있지. 그래서 막사는 거야?"

"네?"

"부모님이 안 계실수록 더 지킬 거 지키면서 반듯하게 살아야지. 미성년자 주제에 소주나 마시고, 이런 데서 늦게까지 알바나 하고 말이야."

"저기……."

마른행주로 유리잔을 닦던 남자가 조심스럽게 나와 눈을 맞춘다.

"나도 내가 끼어들 일이 아니라는 건 아는데, 그래도 아닌 건 아닌 겁니다. 어른이면 어른답게 바른길로 인도할 줄을 알아야죠. 어린애한테 소주나 마시자고 하고. 그래서 되겠습니까?"

"우리 알바 미성년자 아닌데요."

"네?"

"얘 스무 살 넘은 성인이에요."

"네?"

"그러니까 어린애한테 소주나 마시자고 하는 생각 없는 어른 아닙니다, 저."

뒤엉킨 머릿속을 정리하며 미성년자를 쳐다봤다. 아무 상관없는 사람처럼 미성년자는 덤덤한 얼굴로 남자가 닦아놓은 유리잔을 제자리에 정리하고 있을 뿐이었다. 이 미성년자한테, 아니 스무 살도 넘은 어린 여자한테 또 당하고 말았다.

"아니, 뭐 우리 알바가 워낙에 동안이라 가끔 그렇게 보시는 분들이 계시긴 하더라고요."

내가 너무 당황한 표정을 지었는지 남자가 서둘러 나를 위로한다. 하지만 이미 다친 자존심이 회복되기에는 무리다.

"어린애한테 놀자고 하는 어른이 더 어른답지 못한 거 아닌가?"

혼잣말처럼, 그러나 다 들리게 스무 살 넘은 어린 여자가 한 마디 툭 던졌다. 기억하지 못한다는 말은 역시나 거짓말이었다. 맹랑하고 앙큼하다.

"어른인 줄 알면서 어른을 갖고 노는 어린애는 싸가지가 없는 거겠지."

"그럴 수도."

"혹시 두 분이 아는 사이세요?"

"아니요."

"아뇨."

어린 여자와 내가 동시에 같은 대답을 했다. 남자의 눈이 더 의심스럽게 우리 둘을 번갈아 본다.

"이 동네 사세요?"

어색하고 불편한 분위기를 풀어보고 싶었는지 남자가 내게 개인적인 것을 묻기 시작했다.

"네."

"앞으로 자주 뵙겠네요. 우리 집 커피 맛 괜찮죠?"

"네, 뭐."

"은태일이라고 합니다."

남자가 이름을 말하며 불쑥 손을 내밀어 악수를 청한다.

"서태인입니다."

얼떨결에 남자와 통성명을 했다.

"여기는 우리 경자 다방의 유일한 직원이자 실세인 윤강희."

은태일 사장이 건방진 어린 여자를 대신 소개해줬다. 못 들은 척 이렇다 할 반응을 하지 않았지만 이름이 머리에 콕 박혔다. 얼굴과 묘하게 잘 어울리는 이름이다.

"같이 소주 한잔하실래요?"

"네?"

"단골 되신 기념으로."

단 두 번 방문에 악수를 하고 단골까지 만들어버리다니, 이 남자, 보통이 아니다. 생긴 것부터 말하는 것까지 여자들이 딱 좋아하는 스타일이다. 앞으로 이 커피숍에 여자 손님들이 들끓을 것 같은 불길한 예감이 든다. 부디 오래도록 조용한 곳으로 남아줬으면 좋겠는데. 가능하면 남자 손님들도 많지 않은…….

"그건 다음에 하죠."

이미 난 윤강희 앞에서 자존심이 뭉개졌고, 어렵지 않은 남자가 됐다. 그런데 은태일 사장의 제안에 선뜻 오케이를 해서 어렵지 않은 남자가 아니라 아예 쉬운 남자가 될 수는 없다. 어딘지 아쉬운 마음이 들기는 하지만 오늘은 서로 인사를 나눈 것만으로 충분하다.

늦은 시간, 그것도 빈속에 커피를 마신 탓에 잠이 오지 않는다. 생각 많은 건 딱 질색인데 유난히 머릿속이 시끄러운 밤이다.

"윤강희……."

빈 테이크아웃 커피 잔을 보자 곧바로 그 어린 여자가 떠올랐다. 부모가 없는, 스무 살이 넘은 여자. 노래를 잘 부르고 상당히 까칠한 여자. 그럼에도 정말 예쁜 여자. 어린 그 여자가 아무래도 궁금해졌다. 모처럼 호기심이라는 게 발동했다. 그리고 당한 게 있으니, 좀 갚아줘야겠다.

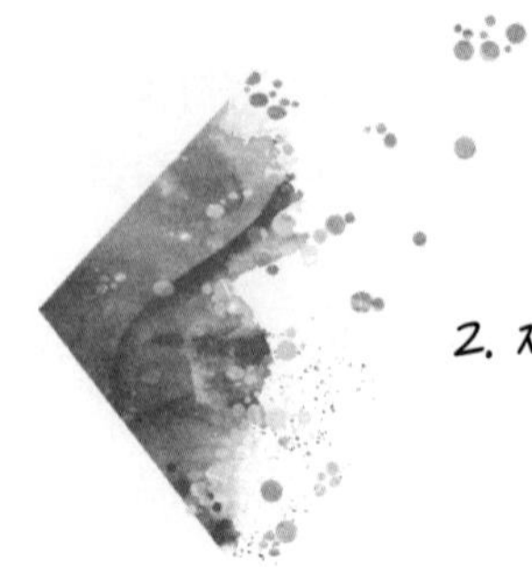

2. 재미있는, 그리고 궁금한

하루의 피로를 푸는 곳, 퇴근할 때면 자연스럽게 발길이 향하는 곳, 토요일 아침 눈을 뜨자마자 가장 먼저 생각이 나는 곳, 싸가지 없지만 예쁜 아르바이트생이 있는 곳.

〈경자 다방〉

이제는 내 지정석이 된 정원 테이블에 자리를 잡고 또 할 일 없는 사람처럼 커피를 홀짝였다.

-Rrrrrrrr.

주머니 속에 든 휴대폰이 고요함을 깨며 울려댄다. 인상을 찌푸리며 누군지 확인도 하지 않고 휴대폰을 꺼내 귀에 댔다.

-준비 다 했니?

누군지 확인할 걸 그랬다.

"아침부터 무슨 일이세요?"

-너 설마 잊은 거 아니지?

"뭐를요?"

이제는 차가운 커피를 마셔도 좋을 것 같은 날씨다.

-오늘 선보기로 한 거 잊었어?

"아."

잊었다. 그것도 새까맣게 잊고 있었다.

-내가 이럴 줄 알았어. 그러게 왜 그렇게 전화를 안 받아? 아직 시간 있으니까 얼른 준비해.

기왕 잊고 있는 거, 내일까지 잊고 있었으면 얼마나 좋았을까. 평화로움이 다 깨져버렸다.

-준비하는 거야?

"전화를 끊으셔야 준비를 하죠."

-늦지 마.

"알았어요."

겨우 두 모금 마셨을 뿐인데, 일어나기 싫다.

전에는 한곳에 오래 있는 걸 좋아하지 않았다. 장소를 옮겨가며 신나게도 잘 놀았다. 여러 사람을 만나는 것도 꽤나 즐기면서 살았다. 물론 여러 사람에는 여자도 포함이었다. 그런데 이것도 나이가 들어서일까, 가끔은 혼자 있고 싶고 아무 말도 하고 싶지 않을 때가 있다. 점점 조용하고 평화로운 걸 찾게 되고 낯선 것보다는 익숙한 걸 찾게 된다.

"쉬는 날인가 봐요."

어느새 다가왔는지 은태일 사장이 먼저 말을 걸어온다.

"그랬는데 그만 쉬어야 할 것 같네요."

커피를 들고 자리에서 일어났다.

"회사?"

"비즈니스."

한결 격이 없어진 은태일 사장과 가벼운 대화 몇 마디를 주고받은 후 그곳을 나왔다. 윤강희가 등에 대고 깍듯하게 인사를 했다. 이번 주에만 세 번을 들렀는데도 윤강희는 나를 여전히 손님으로만 대한다. 은태일 사장처럼 사적인 걸 묻지도 않고, 친근하게 쳐다보지도 않는다. 주문을 받고 커피를 주고 인사를 하는 게 전부다. 손님으로만 대하는 게 당연한 건데 은근히 서운하다. 아니, 분하다.

누가 봐도 선을 보러 나온 것 같은 지루한 차림의 여자와 벌써 30분째 마주하고 있었다. 하품이 나올 것 같은 무료함에도 여자의 말에 적당히 대꾸를 해주며 나름 매너를 지켰다.

"보통 주말에는 뭐 하세요?"

네, 아니오, 같은 단답형의 대답을 요구하던 여자가 대뜸 그렇게 물었다.

"친구도 만나고 집에서 쉬기도 하고."

유희연, 대정 유통 막내딸로 올해 스물일곱 살인 여자는 꽤나 자신감 넘치는 눈빛으로 내 대답을 기다렸다. 수다스러운 정도는 아니지만 그렇다고 마냥 참한, 옛날 어른들이 좋아하는 며느릿감도 아닌 듯하다. 나름 유통업계에서는 확실히 자리를 잡았고 위로 오빠 하나가 있다고 하니 상속 문제서도 그다지 시끄러울 것 같지는 않다. 눈에 띄는 미인까지는 아니어도 세련되고 우아함이 있다. 아마도 지금 당장 눈에 보이는 조건들 말고도 더 세세한 것들까지 어머니가 체크를 해서 골랐을 테니 조건 면에서는 더 따지지 않아도 될 것 같다. 하지만 그것 외에 인간적으로 끌리는 게 없다. 매력이 없다고 하는 게 맞겠다.

"결혼 생각은요?"

조금 전과 눈빛이 달라졌다.

"해야겠죠."

"거부감은 없다는 뜻이죠?"

"네."

독거노인으로 혼자 외롭게 늙어 죽고 싶다는 생각은 해본 적이 없다.

"긍정적으로 받아들여도 될까요?"

조금 전까지, 조신하지는 않았어도 이렇게 저돌적인 느낌은 받지 못했다. 그런데 결혼에 대해서만큼은 이 여자, 진지하다. 작정하고 나온 사람처럼 의사를 분명하게 밝히고 있다.

"이르지 않습니까?"

슬쩍 손목시계를 들여다보며 우리가 만난 지 1시간도 안 됐음을 알렸다.

"신중한 편이신가 봐요."

"신중해야 할 일에 대해서는 그런 편이죠."

아무리 조건 따져서 만났다고 해도 결혼이라는 걸 얼굴 본 지 30분 만에 결정할 만큼 나는 단순하지는 않다. 어쩌면 평생을 한 침대에 누워 살을 맞대며 살아야 할 사람인데 아무나 막 선택할 수는 없다.

"저는 내일도 시간 괜찮은데요."

갑자기 지루함이 사라졌다. 그래도 아까보다는 낫다.

"저는 다음 주가 괜찮을 것 같은데요."

하지만 단지 몇 분 전보다 나을 뿐이지 당장 내일 또 만나고 싶을 정도로 나은 건 아니었다.

"기다리죠."

"일어날까요?"

다음 주에 또 만날 것 같은데 첫날부터 식사까지 하는 건 왠지 부담스럽다. 그래도 유희연은 꽤 실망했는지 얼굴이 슬쩍 일그러진다. 못 본 척 의자를 밀고 일어나자 유희연도 따라 일어났다.

"따로 만나는 분이 있는 건 아니겠죠?"

테이블을 돌아 내 옆에 선 유희연이 슬그머니 물어왔다. 하지만 눈빛만큼은 단호하다.

"제 소문이 그렇게까지 바닥은 아닐 텐데요."

설핏 웃는 걸로 봐서 나에 대한 소문을 대충은 알고 있는 듯하다. 이 여자 제법 여우 같다. 고분고분한 여자는 아닌 것 같다.

"혹시 저에 대한 소문도 들으셨나요?"

나란히 보폭을 맞춰 걸으며 카운터로 오는 동안 유희연은 좀 더 여유로워진 표정으로 말을 이어나갔다.

"제가 들어야 할 만한 소문이 있나요?"

"없다고 해야겠죠?"

묘한 미소를 지으며 유희연이 나를 올려다본다. 길게 말려 올라간 속눈썹이 유혹하듯 찰랑인다. 가까이서 보니 매력이 아예 없지는 않다. 하지만 빈틈없이 곱게 화장하고 생글생글 웃는 이 여자보다는 말간 얼굴빛을 고스란히 드러내며 사납게 노려보는 윤강희가 더 매력적이다.

'윤강희?'

미쳤다. 지금 이 순간, 이 자리에서 왜 그 어린 여자가 생각나는 걸까.

"제 얼굴에 뭐 묻었어요?"

"네?"

"너무 빤히 보셔서요."

"아, 잠깐 딴생각을 했네요."

서둘러 지갑을 꺼내 계산을 했다.

"저를 보면서 딴생각을 했다……. 그게 아주 중요한 일이었기를 바랄게요."

은은한 향수 냄새를 풍기며 유희연이 먼저 카페에서 나갔다. 또각또각, 굽이 높은 하이힐에서 청명한 소리가 울린다. 아슬아슬하게 높고 가냘픈 굽에도 유희연은 흐트러짐 없이 곧은 자세로 잘도 걸어간다. 뒷모습마저도 당당하다. 빠질 것 없는 조건임에도 굳이 나와 선을 본 이유가 뭘까. 호적에만 올랐다 뿐, 아는 사람은 다 아는 첩의 자식인 내게 왜 저 여자는 호감을 보이는 걸까.

"오늘은 안 바래다주셔도 돼요."

사실 그럴 생각도 없었다.

"네."

"만나서 반가웠어요."

유희연을 손을 내밀었다. 비즈니스를 하듯 유희연이 내민 손을 가볍게 잡았다 놓아줬다.

"다음에는 오늘보다 좀 더 길게 봤으면 좋겠네요."

"그러죠."

인사를 하고 유희연은 먼저 도착한 자신의 하얀 벤츠를 타고 유유히 떠나갔다. 노랗게 익은 봄 햇살이 따끈하게 이마를 데워준다. 비즈니스를 하기엔 아까운 날이었다.

집에 들어가는 길에 또 경자 다방에 들렀다. 이러다 VIP 손님이 되겠다.

"일이 일찍 끝나셨나 보네요."

은 사장이 친근하게 아는 척을 한다.

"별로 재미가 없어서요."

커피숍 안을 휘이 둘러보는데 윤강희가 보이지 않는다.

"결혼식 알바 갔어요."

"아, 네."

속을 들킨 것 같아 괜히 민망하다.

"커피 드릴까요?"

"커피 말고 배 채울 수 있는 거 뭐 없을까요?"

"짬뽕 시켜 먹을까 하는데 같이 드실래요?"

이 남자 짬뽕 참 어지간히 좋아한다.

"냄새 날 텐데, 괜찮겠어요?"

지난번에도 거절을 해서 두 번이나 하려니 좀 미안하다. 그래도 이렇게 화창한 봄날, 이 분위기 좋은 카페에서 시뻘건 짬뽕은 역시 좀 아닌 것 같다.

"손님도 없는데요, 뭐."

너무 돌려서 말했나, 안 먹힌다.

"그리고 다 먹고 살자고 하는 장산데 먹고 싶은 건 먹고 살아야죠."

하필이면 그 먹고 싶은 게 왜 매번 짬뽕인 걸까.

"안녕하세요, 여기 경자 다방인데요."

아직 먹겠다고 대답을 한 것도 아닌데 은 사장은 이미 중국집에 전화를 걸어 짬뽕 두 개를 주문하고 있다. 뭔가 이 남자한테 엮이는 기분이다.

"알바 오면 같이 먹으려고 했는데 오늘 두 탕이라 늦는다더라고요."

"네."

냉장고에서 생수 한 병을 꺼낸 은 사장이 카운터에서 나왔다. 정원에 있는 테이블에 생수를 내려놓고 은 사장은 두 팔을 쭉 뻗어 기지개를 켰다. 의자에 앉아 답답한 넥타이를 풀어 재킷 주머니에 찔러 넣었다. 휴대폰 전원을 켤까 잠시 고민했지만 다시 주머니에 손을 넣지는 않았다.

"우리 알바 예쁘죠?"

뜬금없이, 진짜 훅 물었다.

"네, 뭐."

진즉에 윤강희한테 집적댔다는 사실을 들킨 터라 아닌 척하기도 뭐하다.

"쉽지는 않을 겁니다."

"뭐가 말입니까?"

"녀석이 워낙에 까칠해요."

뭔가를 알고 있는 것처럼 은 사장이 픽, 짧은 웃음을 터트린다.

기분이 묘하게 상한다.

“그래도 유부남 아니고, 따로 사귀는 애인 없고, 숨겨둔 자식 없으면 괜찮을 거예요.”

“무슨 뜻으로 하는 말입니까?”

햇살을 온몸 구석구석 담아내듯 은 사장은 눈까지 감고 천천히 가슴을 들썩여 심호흡을 해댔다.

“관심 있으신 것 같아서요.”

“관심 있어 하는 남자한테는 다 알려주십니까?”

“같이 짬뽕을 먹어주는 손님은 처음이라서 특별히 알려드리는 겁니다.”

나를 돌아보며 은 사장이 어울리지 않게 싱긋 눈웃음을 친다. 아, 이 남자 진짜 평범하지 않다.

“연애하기 딱 좋은 날이네요.”

한 번 더 길게 기지개를 켜는데 철가방을 든 남자가 커피숍 안으로 들어왔다. 세상 행복한 얼굴로 은 사장이 남자를 맞았다. 자주 와본 듯 배달원은 자연스럽게 정원 테이블 위에 짬뽕 두 개와 노란 단무지를 놓고 빠르게 들어온 문을 열고 나갔다. 오호, 하는 경박스러운 소리를 내면서 은 사장이 서둘러 그릇을 덮고 있는 랩을 벗겼다. 그는 그릇을 들고 빨간 국물을 몇 모금 마시더니 이내 만족스러운 표정을 지었다.

“짬뽕을 좋아하시나 봐요.”

그다지 내키지 않는 몸짓으로 나도 랩을 벗겨냈다. 빨간 국물이 옷에 튈까 봐 신경이 곤두선다. 이렇게 자극적이고 노골적인 맛과 모양의 음식을 별로 좋아하지 않는다. 더구나 집에서 음식을 시켜 먹는 건 딱 질색이다. 그래도 내 집이 아니니 그나마 다행이긴 하다. 하지만 이 비싼 슈트를 입고 이 좋은 공간에서 짬뽕을 먹는 건 진짜 어울리지 않는다.

"환장하죠."

은 사장의 젓가락이 좀처럼 쉬지를 않는다.

"안 좋아하시죠?"

"환장하지는 않죠."

그럴 줄 알았다는 듯 은 사장이 히죽 웃으며 고개를 끄덕인다. 그래도 얼큰한 냄새에 허기가 몰려와 은 사장을 따라 부지런히 젓가락을 움직였다. 제법 먹을 만하다.

그러고 보니 어릴 때 친구 녀석 집에 가서 자장면을 시켜 먹은 적이 있었다. 남은 자장 양념에 찬밥을 비벼 먹을 정도로 그 맛이 끝내줬었다. 당신이 무슨 귀족인 줄 착각하고 사는 어머니 때문에 집에서는 자장면이나 짬뽕 같은 음식을 먹어본 적이 없었다. 중국 음식은 호텔 중식당에서만 먹는 건 줄 알았지, 거실 바닥에 신문지 깔고 철퍼덕 주저앉아 입가에 묻히며 정신없이 먹는 음식인 줄은 몰랐다.

돈에 한이 많은 어머니는 음식도 무조건 비싼 것만 먹었다. 배도 차지 않는 스테이크를 손톱처럼 작게 잘라 입에 넣고 오물거리는 걸로 자신의 격을 스스로 높이고자 하는 분이었다. 어린 시절 먹었던 건 절대 입에 대지 않으려 했다. 세상 사람 모두가 어딘가에서 자신을 지켜보고 있다고, 마시는 물까지도 백화점에서 파는 것이 아니면 안 된다고 믿는 분이었다. 남에게 보여주기 위한 삶을 너무나 당당하게 살아가는, 타고난 속물이다.

"이게 한 번 빠지면 헤어 나올 수가 없어요."

가까이서 다시 봐도 이 남자, 제법 잘생겼다. 요즘 여자들이 좋아하는 여리여리한 느낌의 꽃미남보다는 남자다움이 물씬 풍긴다. 우락부락하거나 운동으로 다져진 탄탄한 몸매가 아님에도 어쩐지 사내다운 매력이 있다. 무표정일 때는 지적인 것도 같고 웃을 때는 또 장난기가 서린 것도 같다. 아무튼 잘생긴 남자인 건 확실하다.

"미혼이죠?"

기혼이기를 바라는 마음을 숨기고 둘러 물었다.

"아닌데요."

"결혼했어요?"

"네."

기대를 하기는 했지만 예상하지는 못했던 대답이다.

"설마 알바……."

머리를 거르지 않고 나온 물음이었다. 둘이 나란히 있을 때 그림처럼 잘 어울렸다는 걸 스스로도 느끼고 있었나 보다.

"강희요?"

몇 초도 되지 않는 짧은 순간이었다. 은 사장의 대답을 기다리는 그 짧은 몇 초가 몇 시간처럼 길게 느껴졌다.

"한집에서 살기는 하죠."

"네?"

이 무슨 심장 떨어지는 소리란 말인가. 그 여리고 예쁘고 매력 넘치는 어린 여자와 한집에서 살고 있다니. 그것도 결혼을 했다는 남자가 대체 왜…….

"아니다, 한 건물이라고 해야 하나?"

은 사장은 마치 나를 놀리듯 이죽이죽 웃으며 말을 바꿨다.

"저한테는 친동생 같은 아이예요."

단무지 하나를 입에 넣어 싹둑 치아로 베어 먹고 은 사장은 천천히 말을 이어나갔다.

"제 아내 동생이에요, 강희."

"아."

명치를 짓누르던 짬뽕 면발이 쑤욱 내려가는 기분이다. 참았던 숨을 티 나지 않게 토해내고 아무렇지 않은 척 젓가락을 움직였다.

"결혼할 때까지는 데리고 있고 싶어서 우리 빌라 원룸에서 같이 사는 중이고요. 워낙에 녀석이 남자한테 관심이 없어서 결혼을 언제 할지는 모르지만 그래도 뭐, 평생 혼자 살지는 않겠죠."

"네."

"그쪽은 들이닥쳐서 머리채 잡을 애인이나 와이프 없는 거 맞죠?"

"네?"

"나보다는 우리 강희 보고 싶어서 자주 오시는 것 같아서요."

서글서글한 눈매로 사람 좋게 웃어 보이더니 순간 느껴지는 은 사장의 눈빛이 윤강희와 비슷하게 매서웠다. 속을 훤히 꿰뚫고 있는 것 같은 얼굴로 빤히 쳐다보는 게 여간 부담스럽지 않다. 만만하게 봤다가는 큰코다칠 것 같다. 색안경을 끼고 보는 사람들 틈에서 살다 보니 나에게 악의를 품고 다가오는 사람인지, 호의를 가진 사람인지 대충은 볼 줄 아는 눈이 생겼기에 알 수 있었다. 은 사장은 결코 쉬운 남자가 아니다.

"동생 같다면서 윤강희 씨한테 관심 갖고 다가오는 남자가 있으면 다 환영하는 겁니까?"

또 은 사장이 이죽 웃는다.

"젊은 남녀가 관심 갖고 만나겠다는데 막을 필요는 없죠."

"관심 갖고 다가오는 남자, 꽤 있었을 것 같은데."

"다가오긴 하는데 그 이상은 못하더라고요."

태연한 척 설렁설렁 고개를 끄덕여주며 퉁퉁 불기 시작한 짬뽕 면발을 젓가락으로 들어 올렸다.

"녀석이 워낙에 까칠해야 말이죠."

"근데 정확히 몇 살입니까?"

"저요? 올해 서른한 살 됐습니다."

잘 나가다 딴 길이다. 뜬금없이 자기 나이는 왜 말하는 걸까.

"아, 네."

"강희는 스물한 살이고요."

흐흠, 영 눈치가 없는 남자는 아니다.

"성인은 성인이네요."

"언니도 있고 든든한 오빠이자 형부도 있다고 짬뽕까지 사면서 얘기했는데 뭐 딴짓은 안 하시겠죠."

"네?"

"자주 오세요."

씨익 웃으며 은 사장은 남은 짬뽕 국물을 그릇째 들고 들이켰다. 이 남자한테 제대로 낚인 것 같다. 그러니까 순수한 얼굴로 짬뽕을 사주면서 나한테 협박 비슷한 경고를 했던 거였다. 진짜 재미있는 사람이다. 그리고 진짜 궁금해지는 사람들이다.

짬뽕을 먹고 커피 한 잔을 더 마실 때까지도 윤강희는 돌아오지 않았다. 아쉽지만 은 사장에게 다음에 술 한잔 사겠다는 약속을 하고 발길을 돌려 집으로 돌아왔다. 내내 꺼뒀던 휴대폰이 전원을 켜자마자 방정맞게 울려댄다.

"네."

똑같은 벨소리임에도 그냥 누군지 알 것만 같은 예감, 역시나 틀리지 않다.

-지금까지 같이 있었던 것도 아니라면서 왜 휴대폰을 꺼놓고 있어?

"다 들으셨으면서 굳이 전화는 왜 하세요?"

지금도 철이 든 건 아니지만, 지금보다 세상 물정을 더 몰랐던 어린 시절에는 어머니가 한없이 불쌍했다. 그래서 웬만하면 어머니가 원하는 대로 살려고 했다. 도살장에 끌려가는 소가 된 기분임에도 어머니가 가라고 하면 본가에 가서 몇 시간을 얌전히 앉아 있다가 오기도 하고 아버지 손을 놓지 말라는 말에 오줌을 쌀 것 같은데도 꾹 참고 아버지 옆에만 붙어 있기도 했다. 그래야 어머니가 좋아하며 행복하게 웃었으니까. 그래야 되는 건 줄 알았으니까.

-너무 서두르는 것도 보기 그렇지만 그렇다고 길게 끌 것도 없어.

"뭐가요?"

옷을 갈아입는데 휴대폰이 영 걸리적거려서 침대 위에 휙 던져 놓고 서둘러 옷을 벗었다. 그러는 사이 어머니가 뭐라뭐라 얘기를 하는 것 같았지만 늘 하는 말 중 중요한 건 그다지 없었기에 이번에도 크게 신경 쓰지는 않았다.

-너는 희연 양이나 잘 챙겨. 나머지는 내가 다 알아서 할 테니까.

"뭘 알아서 하세요?"

-내가 한 말 안 들었어? 실컷 얘기했더니 왜 딴소리야?

어머니의 목소리가 신경질적이다. 이럴 때는 안 건드리는 게 상책이다.

"피곤해요."

커피 한 잔에 정신은 맑아졌지만 몸은 피곤하다. 낮잠이라도 한숨 늘어지게 자고 싶은 순간이다. 진짜 늙긴 늙었나 보다. 가장 놀기 좋은 토요일 오후에 집에서 혼자 낮잠이나 잘 생각을 하고 있다니.

-쉬어라.

그래도 길게 잔소리를 하지 않고 어머니가 먼저 전화를 끊었다. 휴대폰을 베개 밑에 깊숙이 넣어두고 발로 대충 벗어놓은 옷을 바닥으로 밀어낸 후 침대에 드러누웠다. 암막 커튼 덕에 방 안은 한밤중처럼 어둑하다. 커피가 아니라 짬뽕에 술을 한잔했으면 제대로 곯아떨어졌겠다.

머리 뒤로 팔을 베고 천장을 보고 누워서는 눈을 감았다. 그런데 잠이 오지 않는다. 꼬리에 꼬리를 무는 생각들로 잠은 점점 더 멀리 달아난다.

고아, 라고 했다. 그래서 조금은 안쓰럽고 짠하게 보였다. 그런데 은 사장 말처럼 언니도 있고 든든한 형부도 있으니 불쌍한 고아는 아니다. 그렇다면 한 번 더 집적거려도 될 것 같다. 자존심 회복 차원에서도 이대로 물러나는 건 바람직하지 않다. 콧대 높고 까칠한 어린 그 여자를 제대로 한번 홀려봐야겠다. 이번엔 놀자는 말은 하지 말아야겠다. 다시 생각해도 그건 진짜 싸구려 같았다.

"아, 맞다."

불현듯 낮에 만난 유희연이 떠올랐다. 윤강희한테 집적거리기 전에 유희연을 정리하는 게 먼저겠다. 딱히 정리를 하고 말고 할 사이는 아니지만 그래도 부모님 주선하에 만난 건 만난 거니까 다음에 만나면 관심 없다고 잘라야겠다. 하긴 나 정도의 남자, 두 번 만나면 세 번 만나고 싶고, 더 진지한 관계로 발전시키고 싶겠지. 하지만 괜한 기대를 하게 하는 것보다는 애초에 싹을 자르는 게 남자답기는 하지.

뭔가 기대가 되는, 작년과는 다른 무언가가 있을 것만 같은 봄이다. 공연히 설렌다. 괜스레 마음이 들뜬다.

잠이 안 올 것 같았는데 어느 순간 잠이 들어버렸다. 아마도 다닥다닥 창문을 두드리는 빗소리에 잠이 깬 것 같다. 커튼을 열고 밖을 보니 이미 세상에는 어둠이 찾아들었다. 그리고 비가 내리고 있다.

베개 밑에 넣어뒀던 휴대폰을 꺼내 시간을 확인했다.

[9:57]

생각보다 오래 잤다. 오늘 밤 자기는 글렀다.

주섬주섬 벗어둔 옷을 세탁실에 넣어두고 간단히 샤워를 했다. 새롭게 하루를 시작하듯 정신마저 맑아졌다. 약속이 있는 사람처럼 드레스룸을 서성이며 옷을 고르고 거울 앞에 섰다. 깔끔하면서도 나이 들어 보이지 않는, 그러면서 시크하고 세련된…….

"나 진짜 그 어린 여자한테 반했나?"

나조차도 나를 잘 모르겠다. 길게 본 것도 아니고 대화를 오래

나눈 것도 아니고, 설렐 수 있는 무언가가 특별히 있었던 것도 아닌데 수시로, 불시에 생각이 난다. 그리고 그때마다 두근거린다.

"아니야, 자존심이 상해서야."

그래, 반했다기보다는 자존심 문제였다. 태어나 처음 당한 일이니까. 나 좋다고 달려드는 여자들은 많았어도 나 싫다고 콧방귀 뀐 여자는 윤강희, 그 어린 여자가 처음이니까. 스물한 살밖에 안 된, 아직 남자에 대해 모르는 순진한 여자라 그런 실수를 한 거겠지. 내가 제대로 마음먹고 달려들면 절대 까칠하게 나올 수는 없을 거다. 재미있는 거라고는 쥐뿔 없던 요즘, 흥밋거리를 찾아 심장이 잠시 흥분했던 거겠지. 사람이 사람에게 첫눈에 반한다는 게 이렇게 단순한 건 아닐 거다. 절대 헷갈릴 수 없는 강력한 한 방이 있을 거다.

어쨌든 옷을 갈아입고 우산을 찾아들고는 다시 집을 나섰다. 생각보다 빗줄기가 강하다. 한껏 날이 좋았는데 다시 겨울이 된 것처럼 으슬으슬 춥기까지 하다. 너무 얇은 재킷을 입었나 싶었지만 집으로 다시 들어가자니 귀찮다.

비 오는 밤, 아무도 없는 동네를 걷고 있자니 고요하고 좋다. 이렇게 조용한 걸 좋아하지만 사실 그동안 혼자인 적은 거의 없었다. 가진 게 많아 뜯어 먹을 게 많다고 판단한 녀석들은 밤만 되면 나를 찾아댔고, 그 의도를 알면서도 기꺼이 그들의 지갑이 되어주곤 했었다.

살아가는 데 도움이 되는 말보다는 그저 흥청망청 돈을 쓰며 술을 마시고 즐기는 게 전부였다. 그래도 앞에서는 비위를 맞추느라 듣기 좋은 말만 하는 녀석들이라 같이 즐기는 동안에는 나쁘지 않았다. 술에 취한 녀석들과 헤어져 집에 돌아오는 길이면 공허함과

씁쓸함이 순식간에 몰려와 미친놈처럼 실실 웃어댔지만 그래도 끊을 수는 없었다. 그렇게라도 해야 나도 평범한 사람으로 사람들과 섞여 살 수 있었으니까.

하지만 나이를 먹고 한 번, 두 번 뒤통수를 맞으면서 나름대로 단단해졌고 약아졌고 재수 없어졌다. 손해가 나는 짓은 하지 않았고 내 편이 아닌 사람을 구분할 줄 알게 됐고 또 이용을 당하는 만큼 그들을 적절히 이용하게 됐다. 그렇게 나는 어머니와 아버지를 닮아가며 속물로 살아가는 중이다.

"뭐야, 벌써 문 닫은 거야?"

경자 다방에 다다를수록 좋지 않은 예감이 들었다. 은은하게 새어 나와야 할 불빛이 보이지 않는다. 크지 않은 간판도 불이 꺼져 있다. 시간이 늦기는 했지만 벌써 문을 닫았을 줄은 몰랐다. 나를 이렇게 들뜨게 하는 건 아마도 번번이 어긋나는 타이밍 때문일지도 모르겠다.

하아, 허탈하다.

돌아서려다 아쉬운 마음에 괜히 건물 옆으로 걸어가 정원 쪽을 들여다봤다. 비가 내리고 있는 정원에 사람은…… 있다.

"윤강희?"

웬 여자가 두 팔을 벌리고 하늘을 향해 얼굴을 들고는 그대로 비를 맞고 있었다. 빗물에 가려져 흐릿해진 시야에도 여자의 여린 몸이 고스란히 보인다.

"뭐 해?"

대뜸 친한 척 물으며 작은 나무 문을 열고 남의 정원에 허락도 없이 들어갔다.

"문 닫았는데요."

여자는 윤강희가 맞았다. 고개도 돌리지 않고, 윤강희는 무뚝뚝한 투로 말했다. 이제는 친절하지 않은 게 매력으로 느껴진다.

"다 큰 어른이 비는 왜 맞고 서 있는데?"

슬그머니 윤강희 머리 위로 우산을 받쳐줬다. 얼굴로 떨어지던 빗물이 사라지자 그제야 윤강희가 내게로 고개를 돌린다. 그러고는 입술을 삐죽거렸다. 아주 노골적으로 싫다는 티를 내니까 더 오기가 생긴다. 내가 그렇다고 뭘 한 것도 아니고 귀찮게 쫓아다닌 것도 아닌데 얘는 대체 나를 왜 이렇게 막 대하는 걸까.

"나 너한테 관심 있어."

그게 이성적인 것이든 인간적인 것이든 관심이 있는 건 있는 거니까.

"알아요."

빗물에 젖은 머리칼이 윤강희의 둥그런 이마에 찰싹 붙어 있다. 차가운 빗물에 윤강희의 얼굴은 하얗다 못해 투명할 정도로 얼어 있었다. 그런데 그 모습이 처연할 정도로 예쁘다.

"그래?"

"나는 그쪽한테 관심 없어요."

"알아."

타협점이 없는 대화를 주고받으며, 윤강희와 시간을 공유하며 한 공간에 있었다. 우산 위로 떨어지는 빗소리가 음악처럼 듣기 좋다. 한쪽 어깨가 축축하게 젖고 있었지만 싫지가 않다. 말간 얼굴로 더는 떨어지지 않는 빗물을 기다리듯 서 있는 윤강희가 예뻐서, 윤강희를 바라보고 있는 순간이 설레서, 그래서 그렇게 침묵한 채로 우산을 들고 서 있기만 했다.

"예쁘다."

툭, 본심이 튀어나왔다.

"알아요."

윤강희가 나를 돌아보며 싱긋 웃는다. 심장이 철렁 내려앉는 것 같다. 그래서 또 말해버렸다.

"나랑 놀자."

진심을 담아 사람을 대하는 법 따위 잘 모른다. 나에게 그런 마음으로 다가온 사람도 없었고 나 또한 그렇게 대하고 싶은 사람을 만난 적이 없었다. 제대로 된 가정교육을 받으며 제대로 된 보살핌 속에서 제대로 자라지 못했다. 나를 그저 돈줄로 여기는 욕심 많은 어머니 밑에서 어머니의 욕심을 채우는 수단으로 쓰이며 자랐을 뿐이다. 그걸 알면서도 바르게 자라지 못한 건 내 탓이다. 돈의 맛을 너무 일찍 알아버린 탓에 그걸 힘이라 믿으며 멋대로 그 힘을 휘두르며 사는 게 좋아서 아닌 걸 묵인하고 외면하면서 그렇게 살았다.

아마 앞으로도 지금까지 살아온 것과 크게 다르지 않게 살아갈 거다. 그래서 지금 심장을 뛰게 하는 이 예쁘고 어린 여자 앞에서 신사답지 않은, 또 후회하게 될 말을 하면서도 부끄러움을 모르고 있는 거겠지.

3. 귀여워

싫다는 윤강희 손에 억지로 우산을 들려주고 그 비를 쫄딱 맞고 들어온 탓에 감기에 걸리고 말았다. 그깟 비 좀 맞았다고 바로 감기에 걸리는 걸 보면 체력이 약해지긴 약해진 모양이다.

그래도 여자한테 우산을 던져주고 돌아오던 뒷모습이 제법 남자다워 보였을 테니 그걸로 됐다.

무거운 몸을 이끌고 회사에 출근하니 미팅이 줄줄이 있다. 딱히 내가 없어도 될 일이지만 굳이 나를 미팅에 끼워 넣은 건 내 바닥을 보이기 위한 매형의 얕은 수임을 모르지 않는다. 그래도 머리 써서 일을 만들었으니 나가서 자리를 빛내주는 게 도리일 것 같아 웃는 얼굴로 회의실에 들어섰다. 꿔다 놓은 보릿자루처럼 자리를 지키고 앉아만 있는 게 내가 할 역할이지만 난 매번 그 일을 열심히 하고 있다.

둘째 매형이자 마케팅 실장인 노정민은 간간이 내 의견을 물으며 사람들에게 나라는 존재도 함께하고 있음을 각인시켰다. 그럴 때마다 설렁설렁 대답을 회피했고, 그러면 노정민은 입꼬리를 움찔거리며 재빨리 자신의 능력을 내보였다. 그렇게 나 자신을 돋보이게 하는 발판으로 삼는 걸 노정민은 꽤나 좋아했다.

"이번 신제품이 크게 주목을 받지 못하고 있는 건 아무래도 홍보 쪽 문제도 있는 것 같은데, 어떻게 생각합니까?"

오늘도 크게 다르지 않다.

"그런 것 같군요."

노정민의 말에 적당히 동의를 하며 심해지기 시작한 두통을 견뎌내고 있었다.

"경쟁사들이 신제품을 쏟아내고 있는 상황인데 마냥 두고만 볼 수는 없는 거 아닙니까? 흐름이 전보다 빨라졌습니다. 아니다 싶은 건 일찍 접는 것도 나쁘지 않다고 봅니다."

"아무리 그래도 출시된 지 며칠 되지도 않았는데 벌써 접자는 말을 하는 건 성급합니다. 적어도 한 달은 지나야……."

"한 달이면 이미 회사에 막대한 손해가 난 다음입니다."

처음부터 이번에 나온 신제품 출시를 부정적으로 보던 노정민이 개발팀 곽영수 팀장을 압박하며 열을 올렸다. 둘의 싸움을 그저 강 건너 불구경하듯 흘려들으며 병원을 갈지 아니면 감기약을 사서 먹을지 고민했다. 실장이라는 직함을 달고는 있지만 실장으로서 내가 할 수 있는 건 별로 없었다. 남들처럼 경영 공부도 했고 일찌감치 회사에 들어와 실무를 익히고는 있지만 내가 어쩌다 뭐라도 하려고 하면 치고 들어오는 사람들이 적지 않았다. 그들 대부분이 누나들 사람이라는 걸 알고는 있었다. 가만히 있어도 평생 먹고 살 만큼의 재산정도는 내 손에 들어올 텐데, 굳이 좀 더 가지려는 꼴사나운 집안싸움은 하고 싶지가 않다. 회사에는 관심 없다고 그렇게 누누이 말을 했는데도 누나들은 귀담아듣지 않는지 번번이 나를 밟으려고 안달을 한다. 누나들이나 나나 참 피곤한 삶이다.

'조용히 살아라.'

내게 눈길도 주지 않던 큰어머니가 처음으로 한 말이었다. 어린 나이라 조용히 살라는 게 무슨 뜻인지 몰라 그저 본가에 가면 뒤꿈치를 들고 조용히 걷고 밥 먹을 때 떠들지 않고 집에 가고 싶어도 꾹 참으며 울지 않는 걸로 큰어머니의 말을 따랐다. 그리고 지금은 그 말을 전적으로 이해하며 살아가고 있는 중이다.

"일단 대비책을 마련해놓고 지켜보는 걸로 합시다."

어차피 뾰족한 방법 없이 이렇게 결론을 낼 거면서 왜 그렇게 언성을 높였는지 이해를 못하겠다.

"먼저 일어나겠습니다."

빼곡하게 숫자와 한글이 적혀 있는 서류를 들고 자리에서 일어났다. 회의실을 나오는 등 뒤가 따갑지만 무시했다.

회사 근처에 있는 약국에 들러 증상을 얘기하고 감기약을 샀다. 토요일 밤에 내린 비가 일요일 아침까지 이어진 탓에 하늘이 제법 맑아졌다. 그놈의 미세먼지가 비에 씻겨나갔나 보다.

편의점에서 생수 한 병을 사서 밖에 있는 테이블에 앉아 감기약을 털어 넣었다. 그 순간 올려다본 하늘이 너무 파래서 나도 모르게 눈을 찡긋거렸다. 고개를 내리는데 누군가 햇살을 가리고 내 앞에 섰다.

"여기서 뭐 해요?"

해를 가리고 선 사람이 귀에 익은 목소리로 물었다.

"그러는 너는?"

진짜 윤강희다. 결혼식장도 아니고 경자 다방도 아닌 이곳에 윤강희가 나타났다. 그리고 먼저 내게 말을 걸어왔다.

"백수예요?"

오늘도 후드 달린 티셔츠에 청바지를 입은 윤강희는 고등학생처럼 어려 보인다.

"아니."

"근데 왜 이 시간에 놀고 있어요?"

"이 시간에 놀아도 될 정도로 능력 있는 사람이니까."

내 말이 유치했는지 윤강희가 피식 짧은 웃음을 터트렸다.

"여기는 무슨 일이야?"

물어놓고 고개를 끄덕였다. 윤강희 손에 익숙한 서점 로고가 박힌 종이봉투가 들려 있다.

"책도 읽어?"

"책도 봐요."

그렇게 사양하더니 그래도 우산을 빌려준 게 고마웠는지 윤강희는 꽤나 길게 나와 대화를 이어나간다. 생각지도 못한 곳에서 우연히 만나니까 더 반갑기는 하다.

"감기 걸렸어요?"

테이블에 놓인 약봉지를 보면서 윤강희가 무덤덤하게 물었다.

"어, 누구 덕에."

"그게 나는 아닐 거라고 믿어요."

"어째서?"

"자초했잖아요, 그쪽이."

딱히 반박할 말이 없기는 하다.

"네가 걸릴 수도 있었던 감기 내가 대신 걸린 거니까 고마워는 해야지."

"나는 아직 어리고 건강해서 그깟 비 좀 맞았다고 감기 걸리고 그러지는 않아요."

"지금 나 늙었다고 비꼬는 거야?"

"그렇게 들렸어요?"

"어."

윤강희는 아니라고 하지 않고 그대로 입을 다물었다. 다른 건 다 잘난 척할 수 있는데 그놈의 나이 앞에서는 맥을 못 추겠다. 나이 드는 게 이렇게 서러운 건 줄 윤강희 때문에 뼈저리게 느끼고 있다.

"너는 나를 몇 살로 알고 있는 건데?"

"서른."

정확하다.

"어떻게 알았어?"

내가 말을 해준 적이 있었나?

"그렇게 보여요."

어디를 가도 서른으로 보는 사람은 지금까지 한 명도 없었다. 다들 20대 중반 정도로 볼 뿐이었다. 그런데 윤강희는 한 번에, 그것도 정확히 내 나이를 맞췄다.

"서른으로 보인다고? 내가?"

"네."

"어디가?"

윤강희의 눈이 내 몸을 위에서 아래로 찬찬히 훑어 내렸다.

"너 내 뒷조사했지?"

"저 바빠요."

"근데 내 나이를 한 번에 맞췄다고?"

사람 은근히 열 받게 하는 재주가 있는 여자다. 어머니에게 물려받은 것 중 유일하게 감사한 게 동안의 잘생긴 얼굴인데 그것마저 의심하게 만든다.

"저녁 사."

"왜요?"

"어쨌든 너 때문에 감기 걸린 거니까."

"저녁 먹고 뭐 할 건데요?"

"뭐?"

"나랑 뭐 하고 놀고 싶은 건지 궁금해졌어요."

감정이 읽히지 않던 회색빛에 가까웠던 윤강희의 눈빛에 물이 들기 시작하는 것 같다. 나한테 관심이 생긴 듯하다.

"궁금하면 저녁 사."

후훗, 윤강희가 또 웃었다. 그러더니 갑자기 손을 뻗었다.

"오늘은 커피 마시지 마요."

내 앞 머리칼을 손으로 툭, 아니 부드럽게 건드리며 다정하게 말했다. 그러고는 가겠다는 인사도 없이 그대로 몸을 돌려버렸다. 불쑥 나타났다가 스읔 가버리는 강희를 나는 또 미련한 눈길로 따라갔다. 총총총, 햇살 속으로 걸어 들어가는 윤강희가 시야에서 사라질 때까지 시선을 거두지 않았다. 아니, 거둘 수가 없었다.

횡단보도 앞에서 윤강희는 바로 옆에 무거운 짐 보따리를 들고 있는 할머니를 슬쩍 돌아보는 듯했다. 그러고는 활짝 웃으며 할머니에게 다가가더니 뭐라고, 뭐라고 말을 했다. 그리고 할머니에게서 짐을 받아 들고 할머니 손을 잡았다. 초록불이 켜지고 윤강희는 할머니와 함께 천천히, 아주 천천히 횡단보도를 건넜다.

미처 다 지나지 못하고 빨간불이 켜지자 기다리는 차들에 고개를 숙여 인사를 하고는 할머니가 끝까지 횡단보도를 건널 때까지 잡은 손을 놓지 않았다. 마치 친할머니라도 되는 것처럼 스스럼없는 모습이었다. 원래 저렇게 사랑스럽게 잘 웃는 여자였나 싶을 정도였다. 멀리서도 빛이 나는 것 같다. 목을 길게 빼고는 있지만 그래도 이미 한참이나 멀어진 윤강희가 또렷하게 보인다.

"착하네."

단 한 번도 지나가는 사람을 관심 있게 본 적이 없었다. 길을 가다 누군가를 도와야겠다고 생각한 적도 물론 없었다. 모르는 사람에게 친근하게 다가가 본 적도 없었다. 그런데 윤강희는 달랐다. 적어도 내가 아는 내 주위 사람 중에 윤강희 같은 사람은 없었다. 그래서 윤강희가 더 예뻐 보인다.

실실 웃음이 새어 나오고, 심장이 저릿저릿하고 떨려오고, 그러다 눈살을 찌푸리며 골똘히 생각을 했다. 하루가 어떻게 지나갔는지 모르게 사무실 책상에 턱을 괴고 앉아서 딴생각만 해댔다. 그러다 정각 6시, 칼퇴근을 하고 경자 다방으로 차를 몰았다. 서둘러 온 걸 들키지 않으려고 집 앞에 차를 대고 천천히 걸어갔다. 안에는 여자 손님 몇이 자리를 잡고 있었다.

"어서 오세요."

낮에 봤던 모습 그대로 윤강희가 카운터를 지키고 있었다.

"커피 말고, 아무거나."

난 이미 이 어린 여자한테 잘 보이기 위해 노력이라는 걸 하고 있었다. 커피를 마시지 말라는 말에 커피 아닌 다른 걸 주문하고, 그러면서 슬그머니 윤강희 표정을 살폈다. 오기도 물론 있지만 그것보다는 확실히 관심이었다. 그게 인간적인 건지, 아니면 이성적인 건지는 좀 더 두고 봐야 알 것 같다.

"쌍화차 드려요?"

"그런 것도 팔아?"

"네."

"그러든지."

카드를 내밀고 윤강희가 계산을 하는 동안 재킷 안에서 울려대는 휴대폰을 손으로 지그시 눌렀다. 부르르 떨어대는 진동에 손끝이 간지러웠지만 금방 사라졌다. 중요한 전화면 또 오겠지 했지만 사실 나한테 걸려올 중요한 전화 따위는 없었다.

"사장님은?"

"데이트 갔어요."

"언니랑?"

그걸 어떻게 알았냐는 듯한 눈빛으로 윤강희가 나를 빤히 본다.

"생각보다 내가 많은 걸 알고 있거든."

"좋으시겠어요."

당황하지 않고 덤덤하게 받아치는 윤강희다. 어리지만 강단 있다. 예쁜 척, 애교 많은 척, 여린 척만 하는 여자들만 보다가 전혀 다른 캐릭터를 만나서 내가 더 혹하는 것 같기는 하다. 나를 이렇게 막 대하는 여자는 네가 처음이야, 하는 뭐 그런 비슷한 심리라고나 할까.

"몇 시에 끝나?"

"왜요?"

"같이 저녁 먹자고."

"같이 먹겠다고 한 적 없는데요."

"그럼 지금 해."

내 말에 대꾸를 해주면서 윤강희는 쌍화탕이라는 걸 뚝딱 만들어 내 앞에 내놨다. 자잘한 것들이 동동 떠 있는 짙은 갈색의 음료를 달갑지 않은 시선으로 뚫어져라 쳐다봤다.

"설마 이게 여기 시그니처 음료야?"

"네."

"그래, 이름하고 딱 어울리는 비주얼이긴 하다."

투박하게 생긴 도자기 찻잔을 들고 정원에 있는 테이블로 갔다. 정원의 테이블엔 누구도 앉아 있지 않았다. 아마도 커피숍 밖에 있고, 또 테이블이 여러 개가 아니라서 이곳을 찾는 손님들에게는 아무나 앉으면 안 되는 곳으로 보이는 것 같다. 그래서 내가 올 때마다, 워낙에 손님이 없는 곳이기도 하지만, 자리가 비어 있는 거…….

스윽, 따뜻하고 보드라운 무언가가 이마를 덮었다. 나는 갑자기 일어난 일에 굳은 채로, 정원 어딘가에 시선을 던진 채 움직이지 못했다.

"열은 없네."

윤강희의 손이었다.

"너 지금 뭐 한 거야?"

겨우 정신을 차리고 떨리지 않는 목소리로 침착하게 물었다.

"그거 마시고 집에 가서 푹 자면 나을 거예요."

심장이 쿵쿵쿵 터질 것처럼 뛴다.

"걱정돼?"

연애를 많이, 그리고 진하게 오래 해보지는 않았지만 놀 만큼은 놀았다. 그래서 내가 순진한 놈이 아니라는 걸 안다. 이 나이에 순진하다는 말을 듣는 게 남자로서는 사실 쪽팔린 일이기도 하다. 어린 윤강희한테는 미안하지만 심장이 요동치는 이 순간에도 아무렇지 않은 척할 수 있는 내가 좋다.

"귀찮아요."

"귀찮아?"

"우산 빌려준 걸로 계속 우려먹을 것 같아서요."

들켰다.

"원래 도움을 받으면 갚는 게 사람이니까."

"굳이 원하지 않는 도움을 줘놓고 너무 질기게 우려먹는 게 결코 어른스럽지는 못하지만, 김밥 어때요?"

"뭐?"

"싫으면 말고요."

분위기 좋은 호텔 레스토랑을 바란 건 아니지만 적어도 성의가 느껴지는 곳에서 밥을 먹을 줄 알았다. 그런데 고작 김밥이라니.

"좋아."

나도 참 어지간히 미친놈이다.

은박지에 돌돌 말린 볼품없는 동네 김밥 두 줄, 그게 윤강희가 내게 산 저녁의 전부였다. 요즘 김밥에는 이것저것 고급스러운 것들이 참 많이도 들었던데, 진짜 들어가야 할 것만 들어간 그냥 김밥을 사 들고 온 윤강희는 기세가 등등하다.

"손님 없었어요?"

김밥을 사러 나가면서 윤강희는 내게 커피숍을 맡겼었다. 이제 나를 믿는다는 건가 잠시 또 생각이 많아졌었다.

"없었어."

들어 있는 게 별로 없어서 그다지 크지 않은 김밥을 윤강희는 입에 쏘옥 넣고 오물오물 씹어댔다. 입을 움직일 때마다 윤강희의 작은 콧구멍이 같이 벌렁거리듯 움직였다.

"귀여워."

나도 모르게 손이 윤강희 볼을 꼬집었다. 그런데 윤강희보다 내가 더 당황했다. 겨우 손만 닿았을 뿐인데 심장까지 욱신거린다.

"뭐야, 이거."

혼잣말처럼, 하지만 윤강희에게 다 들리도록 말해버렸다. 나를 빤히, 그것도 기분이 좋지 않은 듯한 차가운 눈빛으로 보는 윤강희를 애써 외면하면서 빨갛게 달아오른 것 같은 얼굴을 감췄다.

"얼굴 빨개졌어요."

배려나 자비 같은 건 애초에 갖고 태어나지 않은 잔인한 윤강희가 굳이 모른 척 지나가줬으면 하는 걸 콕 집어준다.

"더워서 그래."

"아닌 것 같은데."

"김밥이나 먹어."

퉁명스럽게 말해놓고 뻔뻔스럽게 김밥 두 개를 집어 입에 넣었다. 무슨 맛인지도 모르겠다. 찬물에 세수라도 하고 어디 가서 크게 숨을 내뱉고 싶다. 그런데 그랬다가는 윤강희가 날름 카운터로 돌아가 더는 나를 상대해주지 않을 것 같아서 엉덩이를 떼지도 못하겠다. 첫사랑에 빠진 열네 살 어린애 같다.

"애인 없어요?"

김밥을 씹으면서 윤강희가 물었다.

"있어 보이겠지만 없어."

왜 이렇게 이 어린 아가씨 앞에서 허세를 부리고 싶은지 모르겠다. 잘난 어른이고 싶고 멋있는 남자이고 싶어서 안달이 났다. 유치하다는 걸 알면서도 말이 멋대로 튀어나온다. 정상이 아니다.

"애인은 없고 자신이 애인인 줄 착각하고 있는 여자들은 많죠?"

유치한 허세가 먹혔는지 윤강희가 나를 제법 인기 많은 남자로 보고 있다.

"그거야 그 여자들 착각이니까."

"그게 아니라 착각하게 하고 모른 척 즐기고 있는 거겠죠."

이 아가씨 꽤나 똑똑하다. 스물한 살이 아니라 서른한 살인 것 같다. 순진함이 없는 스물한 살은 닳고 닳은 것 같아 매력이 없을 줄 알았는데 윤강희라서 그런 건지 이것마저도 매력적이다.

"칭찬 아닌데?"

"뭐?"

"칭찬인 줄 알고 좋아하는 것 같아서요."

"너 스물한 살 아니지?"

정곡을 찔리고 괜히 민망해서는 말을 돌렸다. 윤강희는 어깨를 으쓱하고는 남은 김밥을 젓가락으로 집었다. 정확히 제 몫의 김밥 한 줄을 먹고는 젓가락을 내려놨다. 순수하지 않고 쓸데없이 착하지 않고 과하게 해맑지 않다. 얼핏 싸가지가 없게 느껴지기도 한다.

"연애해 봤어?"

"아니요."

김밥을 감싸고 있던 포일이 윤강희 손에서 쭈글쭈글한 공이 됐다.

"그럼 해볼래?"

"아니요."

쉽게 넘어오지 않는다. 하긴 밥 한 번 먹었다고 넘어오면 시시하기는 하지.

"왜 싫은데?"

"왜 좋아해야 하는데요?"

한쪽 눈썹을 씰룩거리며 심드렁하게 묻는 표정마저도 귀엽다.

"해보면 알겠지."

심심하지 않을 테고, 생활의 활력이 되는 두근거림도 나쁘지 않고, 또 신체 건강한 남녀가 너무 금욕 생활을 하는 것보다는 마음 맞는 사람과 간간이 풀어가며 즐기는 것도 정신적으로나 육체적으로 좋은 거니까.

"섹스 때문에?"

또 내 생각을 읽어버렸다.

"그것도 있고."

아무렇지 않은 척 태연하게 넘겼다. 얼굴도 달아오른 것 같지 않고 방황하듯 눈동자를 이리저리 부산스럽게 떨어대지도 않았다.

"생각해볼게요."

"진짜?"

"네."

둥글게 만 포일을 들고 윤강희가 일어났다. 확실하게 대답을 듣고 싶어서 덥석 윤강희 손목을 잡았다.

"넘어오는 거야?"

"뭐가요?"

"생각해본다며?"

"연애에 대해서 생각을 해보겠다는 거지 그 연애를 그쪽하고 하겠다고 말하지는 않았는데요."

그럼 그렇지.

"나랑 지금 밀당해?"

"밀당이라는 걸 할 정도로 그쪽이랑 내가 뭘 하긴 했어요?"

"그런가?"

"다 먹었으면 그만 가서 잠이나 자요."

"시간이 몇 시인데 잠을 자냐?"

"아프다면서요."

"괜찮아졌어."

"근데 왜 나한테 반말해요?"

몇 걸음 걸어가던 윤강희가 홱 몸을 돌리더니 미간을 좁혔다.

"말을 너무 심하게 빨리 놓는 거 아니에요?"

"그랬나?"

은근슬쩍 말을 놨고, 윤강희가 은근슬쩍 받아줘서 그래도 되는 줄 알았다. 따지기는 하지만 그렇다고 이제 와서 다시 높이는 것도 우스울 것 같아서 대충 얼버무리며 나도 자리에서 일어났다.

"김밥 잘 먹었다."

오늘은 같이 마주 보고 앉아 김밥을 먹고 어색하지 않게 대화를 나눴다는 사실에 만족해야겠다.

"갈게."

카운터로 돌아간 윤강희에게 다정하게 손까지 흔들며 인사를 했지만 받아주지 않았다. 뭐 아직은 내가 더 관심이 있어서 들이대는 중이니까 인사를 받아주지 않았다고 자존심이 상하지는 않는다. 덕분에 배도 든든해지고 두통도 사라지고 몸도 가뿐해졌다.

별로 중요하지도 않은 미팅에 불려 나가 자리를 지키고 앉아 있느라 퇴근시간이 훌쩍 지나버렸다. 오늘도 꿔다 놓은 보릿자루 역할을 충실히 이행하고 집으로 돌아오는데 친구 녀석에게 전화가 왔다.

"어딘데?"

만나자는 연락을 해오는 친구들은 할 말이 있거나 중요한 일이 있어서라기보다는 그냥 술이나 한잔하기 위함이 대부분이었다. 아무래도 나와 같이 술을 마시면 좋은 안주에 값비싼 술을 마실 수 있을 테니까. 줄곧 친구들의 지갑을 자처했는데 서른이 되면서 그 노릇이 시큰둥해지는 중이었다.

-너 편한 데로 갈게.

"그래?"

막 경자 다방을 지나면서 내 시선은 절로 그곳으로 향했다. 그런데 불이 꺼져 있다.

-몇 시에 만날까?

친구 녀석의 말을 흘려들으며 왜 이 시간에 경자 다방이 문을 닫았을지 생각했다. 혹시 윤강희가 아픈 건 아닐까, 은태일 사장 집안에 무슨 일이 있나, 혼자 이런저런 생각을 하며 내 차는 습관처럼 집을 향해 천천히 달려가고 있었다.

-9시?

그러다 집 근처 놀이터를 지날 때였다. 이제는 스치기만 해도 그 실루엣을 알아볼 수 있는 윤강희가 놀이터 그네를 타고 있는 게 보였다.

-아니면 10시?

"미안한데 오늘은 너희들끼리 놀아라."

나는 이미 놀이터 옆에 차를 주차하고 있었다.

-안 나온다고? 왜?

"일이 생겼어. 다음에 한잔하자."

친구 녀석이 뭐라고 뭐라고 말을 하는 것 같았지만 하나도 귀에 들어오지 않았다. 그것보다는 우연히 만난 윤강희가 반갑고 아무도 없는 공원에 쓸쓸히 있는 윤강희에게 온 신경이 쓰였다.

"여기서 뭐 해?"

끼익 끼익, 듣기 거북한 소리를 내며 앞뒤로 움직이던 그네가 멈췄다. 그리고 멍한 시선으로 어딘가를 초점 없이 보고 있던 윤강희의 눈이 나와 부딪쳤다.

"그네 타요."

"그러니까 이 시간에 아무도 없는 놀이터에서 왜 그네를 타고 있느냐고."

성큼성큼 걸어 윤강희 옆으로 갔다. 작은 그네에 엉덩이를 끼워 넣을까 잠시 고민하다가 그냥 멋스럽게 그네 기둥에 몸을 기대고 섰다.

"아무도 없을 때 와야 그네를 탈 수 있으니까요."

"그래서 다방 문까지 닫고 여기 와서 이걸 타고 있다고?"

"다방 문을 닫은 김에 여길 온 거겠죠."

"다방 문은 왜 닫았는데?"

흐릿하게 켜진 놀이터 가로등 불빛에 윤강희의 그림자가 길게 늘어졌다. 그림자마저도 날씬하다. 아니, 날씬한 것보다는 말랐다고 해야겠다.

"뭐 그렇게 궁금한 게 많아요?"

"너한테 관심 있으니까."

약속을 한 것도 아니고 자주 오는 곳도 아닌데 이 시간에 이곳에서 우연히 만났다는 건 분명 남다른 인연이 있다는 뜻이 아닐까.

"재료도 떨어졌고 형부도 약속 있다고 나가고 그래서 일찍 문 닫았어요."

"아무리 사장이라고 해도 너무 제멋대로 아니야?"

"원래 사장은 그런 거예요."

"그래?"

"그럴 수 있어서 다들 사장도 하고 회장도 하고, 돈 있고 힘 있는 사람 되려는 거 아니에요?"

그네 타는 게 재미없어졌는지 윤강희는 슬금슬금 움직이던 그네를 멈추고 다리를 펴고 일어났다.

"집에 가려고?"

"네."

"데려다줄까?"

후드 티셔츠 주머니에 두 손을 넣고 윤강희는 피식 짧은 웃음을 터트렸다.

"그 웃음은 뭐야?"

"비웃음?"

"뭐?"

"호시탐탐 잡아먹을 때를 노리는 늑대 같아서요."

"그래서 무서워?"

"아니요. 귀여워요."

스물한 살의 어린 아가씨가 자신을 잡아먹으려고 하얀 이빨을 드러내며 으르렁거리는 늑대 같은 서른 살의 내가 귀엽단다.

"내가 알고 보면 매력이 참 많은 남자거든."

기회를 놓치지 않고 얼른 윤강희 옆에 바짝 붙어 서서 매력 어필을 시작했다. 말랐지만 작지 않은 키 때문에 윤강희의 반듯한 이마가 눈에 들어온다. 키마저도 적당하게 딱 좋다.

"네, 좋으시겠어요."

비꼬는 것도 기분 나쁘지가 않다. 윤강희에게 단단히 빠져 있음을 인정하지 않을 수가 없다.

"소주 한잔할래?"

"안 할래요."

"왜, 잡아먹을까 봐?"

"네."

"설마 내가 진짜 그런 놈일 거라고 생각하는 건 아니지?"

윤강희가 대답을 씹어 먹었다. 그런 놈일 거라고 생각하고 있다는 뜻이었다. 하여간 빈말은 할 줄 모르는 여자다.

"아무 짓도 안 해."

"그래도 싫어요."

"왜?"

"소주를 마실 정도로 친하지 않잖아요, 우리."

"소주를 마시면 친해지지 않을까?"

"소주를 마시면서까지 친해지고 싶지는 않은데요."

한 걸음 가까워졌다고 생각했는데 착각이었나 보다. 또 윤강희는 거리를 두기 시작했다.

"어떻게 하면 친해지고 싶어지는데?"

느릿느릿 걷던 윤강희가 덤덤한 얼굴로 나를 돌아봤다.

"나랑 왜 친해지고 싶은데요?"

"예뻐서."

아, 하고 알겠다는 듯 고개를 끄덕이더니 윤강희는 다시금 걷기 시작했다. 그렇게 몇 걸음 만에 놀이터에서 벗어난 윤강희는 내 집과 반대 방향으로 걸어갔다.

"타, 데려다줄게."

"싫어요."

윤강희는 후드 티셔츠에 달린 모자를 손으로 집어 머리에 뒤집어썼다. 작은 얼굴이 커다란 모자에 가려져 반밖에 보이지가 않는다.

"안 잡아먹는다고."

픕, 입술 끝을 올리며 예쁘게도 웃더니 윤강희는 이내 빠른 속도로 뛰기 시작했다. 잡을 틈도 없었다. 다다다다, 어둠을 뚫고 뛰어가는 윤강희를 그저 어이없는 얼굴로 바라볼 뿐이었다.

"귀여워."

종잡을 수 없는 윤강희가 마냥 귀엽다. 삐죽삐죽 가시를 세우고 가까이 다가오지 못하게 경계를 하고 있지만 간간이 스치듯 짧은 미소를 지을 때면 또 속없이 빠져든다. 탁구를 치듯이 장난처럼 주고받는 대화도 재미있고 속을 들여다보는 것처럼 말할 때마다 낯이 뜨거워지는 것도 싫지 않다. 그냥 하는 짓 전부가 예뻐 보인다. 아홉 살이나 어린 아가씨한테 멋대로 놀아나고 휘둘리고 있지만 그게 막 자존심 상하지는 않는다.

진짜 사랑에 빠진 10대처럼 가슴이 뛴다. 사연 많은 것 같은 얼굴이 자꾸만 아른거리고 만나면 오래 같이 있고 싶고 어떻게든 한마디라도 더 하고 싶어진다. 이러다 진짜 이성 잃고 달려드는 건 아닐까 걱정이 될 지경이다.

뭐 그렇다고 내가 그렇게 사리 분별 없이 여자에게 미쳐서 빠지지는 않겠지만 일단은 윤강희가 좋다. 좋으니까 더 다가가야겠다. 그리고 어리고 예쁜 윤강희와 연애라는 걸 해봐야겠다.

-Rrrrrrrr.

차를 향해 돌아서는데 휴대폰이 울린다.

"어."

아까 통화를 하다 만 친구 녀석이다.

-진짜 안 나올 거야?

"애들 다 모였어?"

하긴 너무 오래 쉬기는 했다.

-너 빼고 다 모였어.

"어딘데?"

차에 올라 시동을 걸고 윤강희가 사라진 쪽으로 핸들을 돌렸다. 어딘가를 걷고 있지 않을까 하면서 헤드라이트 불빛을 밝혔지만 윤강희는 보이지 않았다. 빠르긴 빠르다.

-오는 거지?

"가고 있어, 기다려."

오늘 윤강희와 소주 한잔을 마셨으면 더 좋았겠지만 그건 다음을 기약하고 아쉬운 대로 친구들이랑 마셔야겠다.

-여자애들도 부를까?

은근히 기대를 하는 듯한 친구 녀석의 목소리가 들려왔다. 순간 비위가 상했다. 차에서 나는 가죽 시트 냄새 때문인지, 아니면 빈 속이라 그런 건지는 알 수가 없다. 당장이라도 속을 게워낼 것처럼 울렁거리기까지 했다.

"나 못 가겠다."

-뭐?

"알아서들 놀아."

일방적으로 전화를 끊고 휴대폰을 조수석 의자에 집어 던졌다. 몇 번이나 전화가 왔지만 좋지 않은 속을 달래는 게 우선이었다. 서둘러 집으로 차를 돌리고 창문을 내렸다. 먼지 섞인 밤공기를 들이마시면서 속을 진정시켰다. 무엇 때문에 비위가 상했는지는 모르겠다. 그런데.

"윤강희다."

집과 반대쪽으로 갔던 윤강희가 집 근처를 걸어가고 있는 게 보였다. 그리고 거짓말처럼 울렁거림이 사라졌다. 탁했던 공기마저 상쾌하다. 윤강희의 뒷모습을 보고 있는 것만으로도 반갑고 설렌다. 속도를 줄이고 윤강희를 천천히 따라가면서 나도 모르게 입술을 길게 늘어뜨렸다. 클랙슨을 울리려다 놀랄까 봐 그만뒀다. 대신 얼른 차를 집 앞에 주차하고 내렸다.

"어이!"

조금 전 봐놓고도 반가운 마음에 다급하게 내린 걸 감추려고 바지 주머니에 손도 찔러 넣고 무심한 표정을 하고는 윤강희를 불렀다. 걸음을 멈춘 윤강희가 스르륵 고개를 돌렸다. 여전히 후드 티셔츠 모자를 푹 뒤집어쓰고 있는 윤강희가 다가가는 나를 빤히 쳐다본다.

"집에 간다더니?"

"가는 중인데요."

"아까는 이쪽 아니었던 것 같은데?"

"빙빙 돌아가서 가는 중이에요. 근데 이쪽에 살아요?"

"어."

너보다 나이가 많기는 하지만 그 덕에 이렇게 좋은 집도 갖고 있다는 걸 어필하려고 으스대며, 하지만 티가 나지 않게 최대한 자연스럽고 덤덤하게 턱 끝으로 집을 가리켰다.

"반대로 갈 걸."

"너 설마 나 피해서 빙빙 돌아가서 간 거였어?"

"네."

미안한 기색이라고는 눈을 씻고 찾아봐도 없을 만큼 천연덕스럽게 네, 라고 대답하는 윤강희 때문에 또 뒷목이 뻣뻣해진다.

"누가 보면 내가 진짜 나쁜 짓이라도 하려고 한 줄 알겠다."

"갈게요."

"이대로 간다고?"

어이없어서 눈이 커다래진 나와 다르게 윤강희는 말갛기만 하다. 이 아가씨한테 제대로 놀아나고 있다. 많이 우스워졌다, 서태인.

"됐다, 빙빙 돌지 말고 집에나 가."

어깨를 한 번 으쓱하더니 윤강희는 다시 방향을 틀어 저벅저벅 걸었다. 가느다란 다리 아래로 하얀 운동화 끈이 풀려 불안하게 바닥을 쳤다. 저러다 끈이라도 잘못 밟으면 아스팔트 위에 그대로 넘어지겠다.

"잠깐."

괜히 예쁜 얼굴 다쳐서 밴드라도 붙이면 안 그래도 손님 없는 경자 다방에 파리 한 마리 얼씬하지 않을 수도 있으니까, 그래, 단골로서의 배려다.

"왜요?"

대놓고 귀찮다는 표정으로 선 윤강희의 시선을 외면하고 한쪽 무릎을 바닥에 꿇고 앉아 어지럽게 풀려 있는 운동화 끈을 단단히 조여 묶어줬다. 정수리로 떨어지는 윤강희의 시선이 유난히 뜨거웠지만 나만의 착각이리라.

"됐어, 가."

오늘은 그만 들이대야 할 것 같아서 쿨한 척 돌아섰다. 그런데 등 뒤로 발소리가 들리지 않는다.

"데려다줘요."

잘못 들은 줄 알았다. 그래서 한 박자 느리게, 전혀 설레지 않았다는 표정으로 윤강희를 돌아봤다.

"뭐?"

"혼자 가기 싫어졌어요."

까만 아스팔트 위에 반듯하게 선 윤강희가 나를 보며 그렇게 말했다. 커다란 눈으로 오롯이 나를 보면서 그 예쁘고 자그마한 입술을 움직여 그렇게 말하고 있었다.

'귀여워.'

고작 운동화 끈 하나 묶어줬다고 금세 호의적인 눈빛을 하고 경계를 허문 윤강희가 미치게 귀엽다. 어려운 게 아니라 어쩌면 이 어린 아가씨는 누구보다 단순한 게 아닐까 싶어진다.

내가 그동안 만났던 여자들이 너무 닳고 닳은, 그야말로 어른 여자들이라서 윤강희도 당연히 그럴 줄 알고 그 여자들에게 했던 대로 했던 게 실수였을지도 모르겠다. 스물한 살의 연애 경험이 전혀 없는 윤강희는 그저 모든 게 처음이니까 작은 것부터 세세하게 챙겨주면 되는 게 아닐까. 복잡한 게 아니라 간단한 거였다. 머리를 쓰는 게 아니라 마음만 쓰면 되는 거였다.

"귀여워."

내가 한 말이 아니라 윤강희가 한 말이었다. 그것도 나를 향해 옅게 웃으면서.

"고수라고 생각하죠?"

"뭐?"

"연애 고수. 스스로 연애 엄청 잘한다고 생각하는 거 같아서요."

아, 또 잘못 짚었나.

"연애를 한 번도 안 해본 내 눈에 그게 다 보일 정도면 고수는 아닌 거 아닌가?"

"뭐가 보인다는 건데?"

심장을 툭 건드린 것처럼 따끔하다.

"서른 살치고 꽤 귀여워요."

크크, 바람 빠진 공처럼 웃어대며 윤강희는 먼저 앞장서서 걷기 시작했다. 데려다달라더니 어쩐지 내가 따라가고 있는 것 같은 분위기다.

"뭐? 귀여워?"

긴 다리로 몇 발짝 성큼 걸어 윤강희를 따라잡았다.

"속 다 드러내는 사람치고 나쁜 사람은 없다고 하더라고요."

"누가?"

"있어요."

"누군지는 몰라도 틀린 말은 아니네."

그러니까 내가 어설프게 속을 다 드러내기는 했어도 나쁜 사람은 아닌 것 같다는 뭐 그런 말 같다. 좁은 길이 아닌데 지나는 사람도, 지나는 차도 없다. 그 길을 윤강희와 단둘이 걸으니 기분이 색다르다. 걷는 거 별로 좋아하지 않는데, 오늘은 괜찮다. 바람도 시원하고 바닥을 치는 신발 소리도 듣기 좋다. 그리고 바로 옆에서 주머니에 손을 넣고 걷는 윤강희를 힐끔거리며 보는 것도 좋다. 어느새 하나로 맞춰진 발소리가 음악처럼 들린다.

"저녁은 먹었어?"

"집에 가서 먹을 거예요."

같이 먹자고 하고 싶지만 거절할 게 빤해서 굳이 묻지 않았다. 술에 이어 밥까지 거절당하면 오늘은 성질이 좀 날 것 같다.

"그래, 들어가서 맛있는 거 먹어라."

"이제 혼자 갈게요."

"왜, 나한테 집 알려주기 싫어서?"

"네."

"돌려 말하거나 빈말 같은 거 못하지?"

"못하지는 않지만 웬만하면 안 하기는 하죠."

"하여간 참 잘났어."

"칭찬으로 들을게요, 감사합니다."

어울리지 않게 넙죽 인사를 하더니 윤강희는 총총 어딘가를 향해 빠르게 걸어갔다. 그래도 우리 집에서 그다지 멀지 않은 곳에 산다는 것 정도는 알게 됐다. 이성적으로 관심 있는 여자와 이웃사촌으로 시작하는 게 진부하기는 하지만, 어쨌든 시작이라는 걸 했으니 절반은 성공했다고 봐야겠다.

4. 천천히 시작

일 년에 두 번 있는 명절이나 제사가 아니고는 큰집에 가는 걸 극도로 꺼리는 내게 어머니는 틈만 나면 그 지옥 같은 곳에 나를 밀어 넣으려고 안달을 했다.

파티라도 열리는 날이면 어린 나에게 어른들이나 입을 법한 우스꽝스러운 턱시도를 입혀 억지로 등을 떠밀었다. 어떻게든 집안 사람들에게 인정받기를 원했고 앞으로 회사를 이끌어갈 후계자로 자리매김하기를 바라셨다. 아버지께 약속을 받고도 어머니는 늘 불안해했고 아버지를 믿지 못했다. 아마도 아버지의 본부인으로 당당히 옆자리를 차지하지 못했기에 내 미래까지도 위태롭다고 여겼던 듯하다.

하지만 어머니의 바람과 달리 머리가 굵어지면서 점점 더 후계자라는 자리에서 멀어졌다. 어머니가 없는 곳에서 가족이라고 믿었던 누나들에게 당했던 무시와 멸시에 스스로 포기를 택했던 것 같다. 내가 포기해야만 그들과 진짜 가족이 될 수 있다고 믿었던 것 같기도 하다.

같은 성을 가진 아버지의 자식으로 누나들과 한집에서 살고 싶었던 적도 있었다. 감정 기복이 심한 어머니보다는 살갑지는 않지만 한결같은 모습을 보여주는 큰어머니가 내 어머니였으면 하기도 했었고 아버지가 있는 본가가 그냥 집답게 느껴지기도 했었다. 어머니와 생활할 땐 문을 열고 들어가기 전부터 어머니의 기분이 어떤 상태일까, 혹시 기분이 안 좋으면 어쩌나, 하는 걱정으로 밖을 서성이는 게 버릇이었다. 돈이나 권력보다 평온함을 원했다. 매일 김치만 먹어도 마음이 편했으면 좋겠다는 생각을 어려서부터 했다.

"……네."

회사 일은 할 만하냐는 큰어머니의 물음에 짧고 간결하게 대답했다. 큰어머니의 생신, 온 가족이 모처럼 모여서 오붓하게 식사를 하는 자리에 누구도 반기지 않는 불청객이 되어 자리를 함께했다. 아버지가 불렀다고는 하지만 어머니가 억지를 부려서 어쩔 수 없이 끼게 되었다는 걸 모르지 않는다. 그럼에도 눈치 없이 자리를 차지하고 있는 건 어머니의 히스테리를 받아내는 것보다는 누나들의 무시가 덜 괴롭기 때문이다.

"뭐 하는 게 있어야 힘들다는 소리를 하지."

큰누나인 서현아가 비웃으며 한마디 툭 내뱉었다. 하고 싶은 말은 죽어도 해야 하고 자기 것으로 생각하는 건 목에 칼이 들어와도 내놓지 않는 큰누나는 다른 가족들에 비해 아버지 눈치도 크게 보지 않는 편이다.

"제가 그릇이 크지 않아서요."

좋은 날이니 나도 성의를 다해 분위기를 맞췄다. 능글능글 웃으며, 누나들이 하는 말에 반기를 들지 않으면 누구도 날을 세우고 달려들지는 않는다.

"그러게, 그 작은 그릇에 비해 너무 큰 자리를 차지하고 있는 게 아닌가 싶다."

큰매형인 박영도와 작은매형인 노정민이 픽픽 짧은 웃음을 터트린다.

"그릇에 비해서 넘치게 큰 자리이기는 하죠. 그래도 뭐 아버지 아들로서는 그렇게 막 넘치는 자리는 아닌 것 같기도 해요."

내가 아버지 아들이라는 것, 이 집안에 대를 이을 남자는 나 하나뿐이라는 것, 어머니를 닮아가는지 잊을 만하면 그 사실을 식구들에게 알려주는 버릇이 생겼다. 그리고 그럴 때마다 누나와 매형들의 얼굴이 일그러지는 걸 보는 게 나쁘지 않다.

"선을 본 것 같더구나."

오늘따라 유난히 내게 관심이 많은 큰어머니다. 아버지는 언제나처럼 음식물을 입에 넣을 때가 아니고는 입을 벌리지 않으신다.

"네."

"선봤어? 어느 집이랑?"

어떤 사람인지보다 어떤 집안인지가 더 궁금하고 중요한 사람들. 결코 내 어머니와 다르지 않다.

"대정 유통이라고 했던 것 같은데, 맞나?"

며칠 되지도 않았는데 벌써 기억이 가물가물하다.

"설마 유희연?"

작은누나인 서진아가 눈을 크게 뜨고는 물었다.

"이름이 그랬던 것 같네요."

얼굴도 잘 기억이 나지 않는데 이름까지 기억하는 건 무리다.

"아무리 그래도 너한테는 좀 과한 집안 아니야?"

"그래서 한 번 만나본 걸로 만족하려고요."

"네 어머니가 꽤나 노력하셨을 텐데 한 번은 아쉽지 않겠어?"

떠보듯이 서현아가 물었다. 빤히 들여다보이는 속내에 하마터면 웃음이 터질 뻔했다. 아무리 냉정한 사업가 기질을 타고난 서현아라고 해도 오랜 세월 지켜봐서인지 가끔은 얼굴에 생각하는 것들이 훤히 내비쳐서 고스란히 읽히곤 했다. 누구보다 나를 무시하지만 가장 견제하는 이가 서현아였다.

"그럼 한 번 더 만나볼까요?"

장난스러운 내 물음에 서현아의 입매가 단단히 틀어졌다.

"누구를 만나든지 진심으로 대해라."

큰어머니의 한마디에 소란스러움이 잦아들었다. 그걸로 대화는 끝이었다. 각자 음식을 먹으며 아주 조용히 자리를 지키는 걸로 큰어머니의 생신을 축하했다.

보통의 가족들은 생일날 어떻게 보내는지 문득 궁금해진다. 적어도 이런 모습은 아니지 않을까. 경자 다방 사람들이라면, 노래를 잘하니까 윤강희는 노래를 부르고 은 사장은 먹을 걸 준비하지 않을까.

아, 또 생각의 끝에 윤강희가 있다.

숨 막히는 저녁을 먹고 집으로 돌아왔다. 들어올 때 경자 다방에

문이 닫히지 않은 걸 확인하고 서둘러 편한 옷으로 갈아입었다. 가벼운 운동화를 신는데 콧노래가 절로 나온다. 경자 다방은 요즘 내 최고의 놀이터가 됐다. 물론 윤강희가 있기 때문이지만.

-Rrrrrrrr.

거의 앞에 다다랐을 때 휴대폰이 울렸다. 저장되어 있지 않은 번호라 무시할까 하다 그냥 받았다.

"네, 서태인입니다."

-유희연이에요.

어디서 들어본 것 같은 이름이다.

-많이 바쁘신가 봐요.

뭔가 시비를 거는 듯한 뉘앙스다. 일단 경자 다방 앞에서 걸음을 멈췄다. 얼핏 안을 들여다보니 윤강희는 카운터에서 손님을 상대하고 있다.

-어디서 몇 시에 볼까요?

자신에 찬, 적당히 웃음기가 서린 목소리에 유희연이 누군지 떠올랐다.

"아, 제가 먼저 연락을 드려야 했는데 실례를 했네요."

누구를 만나든 진심으로 대하라던 큰어머니 말씀대로 거절을 하더라도 우선은 정중하기로 했다.

-내일 만나기로 한 건 잊지 않으셨죠?

완전히 까맣게 잊었다.

"그럼요."

이런 걸 보통 선의의 거짓말이라고 한다. 상대의 기분이 상하지 않게 나름의 배려를 하는 거니까.

"편한 시간 말씀하시면 맞추겠습니다."

선본 남자한테 먼저 전화해서 약속을 잡는 걸 보면 꽤나 심심하거나 성격이 대차거나 둘 중 하나다. 기억을 더듬어보면 유희연은 아무래도 후자 쪽인 것 같다.

-저녁 먹는 걸로 하죠.

통화를 이어나가며 경자 다방 문을 열고 들어섰다. 아까부터 윤강희 앞에 있던 손님이 아직도 윤강희 앞에 있다.

"죄송합니다."

"죄송하면 주면 되겠네."

남자의 목소리가 곱지 않다. 남자를 상대하고 있는 윤강희의 얼굴도 밝지가 않다.

-5시 괜찮아요?

"네."

휴대폰에서 들려오는 유희연의 목소리가 희미하다. 그것보다는 단정해 보이지 않는 남자를 상대하고 있는 윤강희에게 온 신경이 쏠려 있다.

-그럼 5시에 H 호텔에서 보는 걸로 하죠.

"네."

설렁설렁 대답을 하고 유희연과의 통화를 끝냈다. 그러고는 윤강희 앞에, 좀 더 정확히는 뭔가 시비를 걸고 있는 듯한 남자 손님 옆에 섰다. 윤강희가 나를 보고는 가벼이 눈인사를 건넸다. 남자 손님도 나를 슬쩍 돌아보고는 옆으로 한 걸음 비켜섰다. 하지만 여전히 윤강희 앞을 떠나지 않고 있다.

"커피, 차가운 걸로."

"네."

커피를 주문하고 나도 카운터 앞을 떠나지 않았다. 커피를 내리기 위해 윤강희가 몸을 돌렸다.

"기다릴 테니까 사다줘. 같이 마셔주면 더 좋고."

남자의 시선이 윤강희 엉덩이 쪽을 더듬는 듯하다. 그러면서 음흉하게 웃는다. 윤강희는 아예 대꾸도 하지 않고 있었다.

"뭡니까?"

윤강희에게 향해 있는 시선을 차단하고자 아예 남자 앞에 비스듬히 서서 물었다.

"뭐가요?"

경계하는 듯한 눈빛으로 남자가 몸을 뒤로 뺐다.

"뭘 사다달라는 겁니까?"

남자는 날 아래위로 훑었다.

"당신은 뭔데 나서?"

순식간에 말이 짧아졌다. 가까이 있으니 남자에게서 술 냄새가 진하게 풍겨온다.

"혹시 술 취해서 저 여자를 상대로 주정하고 있었습니까?"

"뭐?"

"맞아?"

남자를 보며 윤강희에게 물었다. 마침 커피를 다 내린 윤강희가 내 바로 등 뒤에서 대답했다.

"네."

"그만 나가시죠."

"뭐야, 애인이야?"

그냥 나가기는 싫은지 남자는 제법 대범한 척 턱 끝을 치켜세우며 공격적으로 되물었다.

"네."

윤강희가 아니라고 대답하기 전에 내가 먼저 대답해버렸다. 남자의 눈이 윤강희를 찾아 흔들렸다. 그 잠깐도 윤강희를 눈에 담게는 하고 싶지 않아 다시 몸을 움직여 남자의 시선을 막아버렸다.

"조용히 나가시죠."

"내가 뭘 어쨌다고 손님한테 이래? 당신들 이거 실수하는 거야?"

"실수는 지금 당신이 하고 있는 거야. 그리고 나는 실수 같은 거 안 해."

스윽, 남자에게로 가까이 다가갔다. 그리고 아주 작은 소리로 속삭여줬다.

"나는 바로 사고 치거든."

남자의 어깨가 움찔, 움츠러들었다. 얼큰하게 술에 취했던 남자는 술이 깬 것 같은 말짱한 얼굴로 슬금슬금 뒷걸음질을 치더니 그대로 문을 열고 경자 다방에서 나갔다.

"어때?"

윤강희를 향해 몸을 돌렸다.

"뭐가요?"

"멋지지?"

"그쪽이 멋진 게 아니라 아까 그 손님이 찌질했던 거죠."

"그냥 고맙다고 해."

"고마워요."

이마 위에 흘러내린 잔 머리칼을 귀에 뒤에 꽂으며 윤강희는 마지못해 내게 인사를 했다.

"근데 왜 또 혼자야? 사장이 자리를 너무 자주 비우는 거 아니야?"

만약 내가 이 시간에 여기를 오지 않았다면 아까 그 술 취한 남자가 귀엽고 예쁜 윤강희한테 무슨 짓을 했을지 모른다.

"비울 만하니까 비웠죠."

"형부라고 편드는 거야?"

"네."

이 순간 윤강희의 형부인 은태일 사장이 몹시 부럽다. 커피값을 계산하고 내 전용 자리로 나왔다. 분명 밥을 먹었는데 속이 허하다. 문 닫을 때까지 지키고 있다가 윤강희랑 국수라도 먹으러 가야겠다. 순순히 따라오지는 않겠지만 소소하게나마 빚을 졌으니 매정하게 뿌리치지는 않겠지.

"잠깐 가게 좀 봐줘요."

"뭐?"

딴생각을 하느라 제대로 듣지도 못했는데 윤강희는 날름 커피숍 문을 열고 나가버렸다. 대충 가게를 봐달라는 말로 알아듣긴 했지만 어쨌든 저럴 때 보면 나를 믿어도 너무 믿는 것 같다. 대체 윤강희와 나의 거리는 얼마쯤인 걸까.

잠시 후, 윤강희는 검은 봉지를 달랑달랑 들고 돌아왔다. 그러고는 그 검은 봉지를 내 앞에 툭 내려놓고 의자를 빼고 앉았다. 왠지 알 것 같은, 그래서 부디 아니기를 바랐던 은박지를 둘둘 만 기다란 것 두 개를 꺼냈다.

"설마 김밥은 아니지?"

"먹기 싫어요?"

은박지를 벗겨내자 검은색의 김을 감싸고 있는 김밥이 초연히 모습을 드러냈다.

"생색내기 전에 미리 사 왔어요."

"너 나를 무지하게 저렴한 남자로 본다?"

"그거 김밥 무시하는 발언인데?"

차마 더는 따질 수 없게 윤강희가 눈꼬리를 내려 웃었다. 입 안 가득 김밥을 넣고 우물거리는 윤강희를 빤히 쳐다봤다. 먹을 때는 참 아이처럼 해맑다. 최선을 다해 입을 벌리고 음식물을 넣어 열심히도 씹는다.

"김밥이 좋은 거야, 뭐든 맛있게 먹는 거야?"

"배고플 때 먹으면 뭐든 맛있어요."

"배고프기 전에 더 맛있는 걸 먹고 싶다는 생각은 안 해?"

윤강희는 대답 대신 가녀린 어깨를 살포시 들었다 내렸다.

"뭐 좋아해? 김밥 말고."

내 물음에 윤강희는 꽤나 진지한 투로 눈까지 굴리며 생각을 했다. 그 모습이 또 사랑스러워서 김밥 먹는 것도 잊고 한참을 빠져서 봤다.

"고추장찌개."

그런데 그 해맑고 사랑스러운 입에서 어떻게 고추장찌개가 나오는 걸까.

"감자랑 애호박 큼지막하게 썰어 넣고 시뻘겋게 바글바글 끓인……."

말을 하면서 윤강희는 꿀꺽, 소리가 나게 침까지 삼키고는 입맛까지 다셨다. 어지간히 좋아하는 모양이다.

"다음엔 그거 먹자."

넌지시 내 멋대로 다음 약속을 잡았다.

"끓일 줄 알아요?"

싫다고 할 줄 알았는데 윤강희는 의외의 것을 물었다.

"당연하지."

그래서 얼떨결에 거짓말을 해버렸다.

"다음에 끓여줄 테니까 기대해."

고추장찌개는커녕 라면 하나도 내 손으로 끓여본 적이 없다. 그런데 기대하라는 허풍까지 떨었다. 윤강희는 진짜 기대를 하는 것만 같은 눈으로 나를 보며 고개를 끄덕였다. 그러니까 내가 끓여주는 고추장찌개를 먹겠다는 뜻이고 그걸 먹기 위해 내 집에 오겠다는, 뭐 그런 말이었다.

"언제 올래?"

이럴 땐 그냥 밀어붙이는 거다. 머뭇거렸다가는 마음이 바뀔 수도 있다.

"내일?"

"그렇게 먹고 싶어?"

시간이 촉박하다.

"사실 지금 당장 먹고 싶은데 이미 김밥을 먹어버렸으니까."

"그래, 뭐, 내일 끓여줄게."

질러도 너무 질렀다. 하루 만에 고추장찌개라는 걸 끓여낼 수 있는 걸까. 사실 난 고추장찌개를 먹어본 적도 없다.

"근데 내일 쉬어?"
"내일 문 닫는 날이에요."
절묘한 타이밍이다. 그렇다면 점심은 너무 이르니까 저녁에…… 아, 유희연! 그사이 또 잊고 있었다. 이렇게나 존재감 없는 사람이 또 있을까. 분명 5시에 약속을 잡았던 것 같다.
"아침에 가도 돼요?"
"아침부터 찌개를 먹는다고?"
"그럼 점심에 갈게요."
그렇게 안 봤는데, 얘 성격 참 급하다. 하지만 저녁에 약속이 있으니 미룰 수도 없다. 의도치 않게 하루에 두 여자를 만나는 양아치가 된 것 같다.

새벽까지 인터넷을 뒤지느라 한숨도 못 잤다. 거의 고시 공부를 하듯이 블로그란 블로그는 다 뒤져가며 레시피를 머릿속에 넣어뒀다. 그리고 오픈 시간에 맞춰 고추장찌개에 들어가는 재료들을 사기 위해 동네 마트까지 다녀왔다. 찌개 하나 끓이는 데 조리 도구와 냄비, 그리고 양념부터 쌀까지 아주 마트를 통째로 옮기다시피 장을 봤다.
"이렇게 공부했으면 하버드도 갔겠다."
나이 먹어서 뭐 하는 짓인가 싶다가도 또 윤강희 앞에서 능숙한 모습을 보이려고 새로 산 냄비에 시뮬레이션까지 하며 철저히 준비를 했다.
아, 은근히 떨린다. 이게 뭐라고 이렇게까지 떨리는 걸까. 하긴 여자가 집에 오는 것도 처음이고, 집에 온 여자를 위해 요리를 하는 건 더더욱 처음이니 긴장될 수밖에.

딩동.

밖에서 시계를 보며 기다리고 있었던 것처럼 윤강희는 정확한 시간에 초인종을 눌렀다. 거울을 보며 머리 모양을 스윽 매만지고 하얀 셔츠도 구김이 없나 살폈다.

"멋있어."

만족스러운 미소를 지으며 정원으로 나갔다. 며칠 전 정원사가 관리를 한 덕분에 눈에 거슬리는 게 하나도 없다. 대문을 열고 윤강희를 맞았다.

"왔어?"

차분하면서도 가볍지 않은 미소를 지었다. 후드 티셔츠가 아닌 그린색의 원피스를 입은 윤강희가 인형처럼 대문 밖에 서 있다. 예쁘다. 길게 풀어헤친 머리칼이 바람에 살랑인다. 여신 같다.

"이거요."

윤강희가 신문에 둘둘 만 무언가를 내게 내밀었다.

"일단 들어와."

옆으로 비켜서서 들어올 수 있도록 해줬다. 그녀는 살포시 오른 발을 들어 안으로 들어왔다.

"근데 이게 뭐야?"

"그냥 빈손으로 오기 그래서요."

무심하게 대답을 하고 윤강희는 정원을 휘이 둘러봤다. 후광이 비치듯 윤강희 뒤로 노란 햇살이 따라붙었다.

"내가 만든 거예요."

그러고는 툭, 한마디를 덧붙였다.

"만들었다고?"

집 안으로 걸어가며 신문지를 한 겹 한 겹 벗겨냈다. 그러자 아이보리 컬러의 네모난, 두부 비슷하게 생긴 딱딱한 무언가가 모습을 드러냈다. 도무지 뭐에 쓰는 물건인지 감이 잡히지 않는다.

"비누예요."

눈치챘는지 윤강희가 친절하게 딱딱한 물건의 정체에 대해 알려준다.

"비누? 세수할 때 쓰는 거?"

"아닌데, 그거 빨래할 때 쓰는 건데?"

"그럼 세탁기에 넣는 거야?"

푸훕, 윤강희가 손으로 입을 틀어막고는 웃어댔다. 현관 앞에 다다르자 윤강희는 웃음을 꿀꺽 목으로 넘기고 생글생글 웃는 얼굴을 해 보이며 말했다.

"손 닦을 때 써요."

"빨래할 때 쓰는 거라며?"

"장난이에요."

나를 이제 경계하지 않나 보다. 그동안 같이 먹은 김밥 덕인가.

"근데 이 집에서 혼자 살아요?"

현관 앞에서 윤강희는 커다래진 눈으로 거실을 둘러봤다.

"어, 들어와."

원피스에 어울리는 하이힐이 아니라 하얀색의 스니커즈를 신은 윤강희는 현관에 얌전히 신발을 벗어놓고 거실로 올라왔다.

"부자예요?"

여전히 적응이 되지 않는 윤강희의 직설 화법에 잠깐 당황했다.

"나 말고 우리 아버지."

"설마 재벌 2세 이런 건 아니죠?"

"재벌 2세는 무슨."

"재벌 2세도 아닌데 이런 집에서 혼자 사는 거면 진짜 재벌 2세들은 얼마나 잘산다는 거예요?"

순진한 윤강희의 질문에 웃음으로 얼버무리고 그녀를 데리고 거실 소파로 왔다.

"언니가 뭐라고 안 해?"

"뭐를요?"

"여기 온 거."

"말 안 했는데?"

"괜히 나중에 알고 혼나는 거 아니야?"

"나 미성년자 아니에요."

"미성년자라고 했던 것 같은데?"

은근히 놀리듯 말했지만 윤강희는 태연하기만 하다.

"잠깐만 기다려, 맛있는 찌개 끓여서 밥 먹자."

이제 결전의 순간이 다가왔다. 우선 머릿속에 넣어둔 레시피를 하나씩 떠올렸다. 그리고 차근히 냉장고에서 재료들을 꺼냈다. 슬그머니 고개를 돌려 거실에 있는 윤강희를 봤다. 그런데 멀찍이 떨어져 있는 줄 알았던 윤강희가 바로 등 뒤에 있다.

"가서 앉아 있어."

"여기 있을래요."

"왜?"

"배웠다가 나중에 집에 가서 해보려고요."

"배운다고?"

라면도 끓여본 적 없는 내게 요리를 배운단다. 순간 식은땀이 나기 시작하면서 등줄기가 서늘해진다.

"어머니한테 배웠어요?"

"어? 어."

"부자들도 그런 거 먹는구나. 부자들은 매일 스테이크만 먹고 한정식처럼 차려서 먹는 줄 알았어요."

"그렇게까지 부자 아니야. 그리고 부자여도 한국 사람한테 찌개는 소울 푸드지."

떨려 죽겠는데 말은 술술 잘도 나온다. 나도 어지간히 간이 크다.

"돼지고기예요?"

"어? 아니, 소고기 샀는데?"

"아."

"왜, 돼지고기 좋아해?"

"아니, 돼지고기로 끓인 것만 먹어봐서요."

제기랄, 그냥 돼지고기 살걸.

"소고기로 끓인 것도 맛있어."

"네."

등을 보이고 서서 잠시 싱크대 앞에서 머뭇거렸다. 호박을 먼저 썰 것인지, 감자를 먼저 썰 것인지 순간 분간이 서지 않은 탓이다.

"안 씻고 그냥 할 건 아니죠?"

"어?"

"그 감자랑 호박이요."

"아."

분명 레시피를 완벽하게 외웠다. 머릿속으로는 이미 고추장찌개를 수도 없이 끓였고 맛도 훌륭했다. 그런데 뒤에 있는 윤강희 때문에 갑자기 머릿속이 하얘지는 기분이다. 이럴 줄 알았으면 아침에 그냥 끓여놓는 건데 잘못했다. 왜 이걸 굳이 윤강희가 보는 앞에서 끓여야 한다고만 생각했던 걸까. 모자랐다. 어리석었다.

"줘요."

"어?"

옆으로 온 윤강희가 내게서 호박과 감자를 뺏어 갔다. 그러고는 익숙한 듯 싱크대 앞에서 야채를 씻었다. 자리를 넘겨주고 멀뚱멀뚱 손만 내려다봤다.

"도마 없어요?"

"그게 뭔데?"

하아, 한숨을 포옥 내쉬더니 윤강희는 감자를 손에 쥔 채로 칼로 숭덩숭덩 감자 모서리를 돌려서 깎아내기 시작했다. 손놀림이 거의 요리사 수준이다.

"내가 왜 좋아요?"

"뭐?"

"나 좋아서, 할 줄도 모르는 고추장찌개 해주겠다고 꼬신 거 아니에요?"

"눈치챘어?"

다 들켰다. 왠지 이 어린 아가씨 손바닥 위에서 재롱 피우며 논 것 같은 느낌이라 얼굴이 다 화끈거린다. 그래도 속은 후련하다.

"넘어온 건가?"

민망함을 거두고 평소의 나처럼 건방진 자세로 윤강희 옆에서 그녀가 하는 걸 가만히 지켜봤다.

"아직은."

"곧 넘어올 건가?"

"모르죠."

모호한 대답이지만 희망이 보인다. 꼬이는 건 줄 알면서도 왔다는 건 흔들린다는 거고, 싫지 않다는 거다.

"자꾸 신경 쓰여요."

자그마한 옆얼굴을 보이고 서서 윤강희가 나직이 말했다.

"나쁜 사람 아닌 것 같아서."

"그리고?"

"잘생겨서."

만족스러운 대답이다. 서른이 된 남자가 스물한 살의 아가씨에게 듣고 싶은 말은 좋은 사람인 것 같다는 말보다 잘생겼다는 말이다.

"데이트하자."

윤강희가 가만히 고개를 두어 번 끄덕였다. 뭔가 좋은 일이 생길 것만 같은 순간이다. 가슴에 찌르르한 전기가 지나갔다.

윤강희가 끓인 고추장찌개를 맛있게 먹고 윤강희와 동네를 벗어나 한강 산책을 하고 윤강희와 경자 다방보다 맛이 없는 커피를 마셨다. 그리고 저녁으로 뭘 먹을까 고민하다 또다시 유희연이 떠올랐다.

"지금까지 계속 저 혼자 떠든 거 아세요?"

결국 윤강희를 집 근처까지 데려다주고 약속 장소인 호텔로 아쉬운 발길을 돌려 유희연과 마주한 참이었다.

"죄송합니다."

유희연이 지금까지 혼자 떠든 것보다 내가 지금 이 시간에 유희연과 마주하고 있다는 게 더 큰 문제다. 그래서 최대한 유희연에게 정중한 거절을 하기 위한 적당한 시간을 기다리는 중이다.

"소문이랑 다르게 과묵한 성격이신가 봐요."

"소문은 어디까지나 소문이니까요."

식사가 끝났는지 유희연은 들고 있던 포크와 나이트를 내려놓고 냅킨으로 아무것도 묻지 않은 입가를 지그시 눌러 닦았다.

"저는 소문이랑 좀 비슷해요."

"네."

"가을에 하죠."

"뭘 말입니까?"

"우리 결혼이요."

몇 초의 정적이 흘렀다. 유희연은 내 대답을 기다렸을 테고 나는 방금 들은 말을 해석해야 했다.

"우리가 그런 걸 하기로 했습니까?"

"아니었나요?"

"제 기억으로는 전혀 아닌 것 같습니다."

이 여자 소문에 대해 하나라도 귀담아들어 볼 걸 그랬다.

"어머님들이 통화하신 걸로 아는데요. 물론 서태인 씨 생각을 서태인 씨 어머니가 대신해서 전달하셨고요."

자신에 찬 표정으로 유희연은 내 표정을 살폈다.

"잘못 아신 것 같군요."

"그런가요?"

"유희연 씨랑 결혼할 생각 없습니다."

굳이 돌려 말할 필요 없는 일이다. 이런 일일수록 확실하게 매듭짓는 게 중요하다. 유희연이 아니라 이 여자보다 더 대단한 배경을 가진 여자가 나타난다고 해도 아무런 관심이 없다. 현재 내 관심은 오로지 윤강희가 전부다.

"그럼 지금부터 하세요."

"아니요, 그럴 생각도 없습니다."

"성급하시네요."

"그건 제가 아니라 유희연 씨한테 해당하는 말인 것 같습니다."

성급하고 전혀 매력이 없는 여자다. 가진 거라고는 부자 부모를 만나 금수저를 입에 물고 태어났다는 것밖에는 내세울 게 없는, 그럼에도 그걸 자신의 능력으로 착각해 하늘 높은 줄 모르고 콧대를 세우고 있다는 거다.

"기분 상하지 않게 배려하고 싶었는데 그건 이미 늦은 것 같군요."

물 한 모금을 마셔 텁텁한 입 안을 헹궜다.

"다시 한 번 말씀드리겠습니다. 저는 유희연 씨랑 결혼할 생각도 없고 앞으로 다시 만나고 싶은 생각도 없습니다. 기분 상하셨다면 죄송합니다. 그래도 이렇게 깔끔하게 끝내는 게 서로한테 좋을 거라고 생각합니다. 부디 좋은 분 만나시길 바랍니다."

고개까지 까딱해 인사를 하고 자리에서 일어났다. 등을 돌릴 때까지도 유희연은 입가에 미소를 머금은 채로 미동도 하지 않았다.

화가 났다기보다는 즐기는 듯했다. 아무래도 정상은 아니다.

혹시나 싶어 경자 다방 앞에 차를 세우고 안을 들여다봤지만 윤강희는 없었다. 그다지 친구도 없어 보이는데 윤강희는 지금 어디서 뭘 하고 있을까. 나랑 헤어지고 그사이 어디라도 간 걸까.

먹잇감을 찾아 산기슭을 어슬렁거리는 하이에나처럼 윤강희를 찾아 나도 모르게 동네 곳곳을 돌아다니고 있었다. 계속 다니다 보면 왠지 거짓말처럼 윤강희를 만날 수 있을 것만 같은 예감이 든다.

"여기 어디쯤인 것 같은데……."

결국 윤강희의 집 근처로 추정되는 곳까지 와버렸다. 이쯤 되면 스토커로 오해 사기 딱 좋다.

"어?"

윤강희가 아니라 은태일 사장을 만나버렸다.

"여기까지는 웬일이세요?"

은태일 사장은 짧은 단발에 생글생글 웃는 얼굴을 한 여자와 손을 맞잡고 나를 향해 걸어왔다.

"저녁 먹고 소화시킬 겸 산책 중이에요. 그러는 사장님은 여기 무슨 일이세요?"

은태일 사장이 이 근처에 사는 걸 전혀 몰랐다는 듯 시치미를 떼며 아주 자연스럽게 물었다.

"저쪽이 집이에요."

골목 어딘가를 은 사장이 턱 끝으로 가리켰다. 정확히 짚어주면 좋겠는데 그가 가리킨 골목 안에는 무수히 많은 빌라가 빼곡하게 줄지어 있어서 도무지 그중 어느 곳이 윤강희 집인지는 알 수가 없었다.

"참, 이쪽은 제가 세상에서 제일 사랑하는 아내."

은 사장은 자랑스럽게 맞잡고 있는 손을 들어 보이며 제 아내를 소개했다.

"안녕하세요, 서태인이라고 합니다."

"안녕하세요, 이정윤이에요."

그러니까 지금 내 앞에 있는 이분이 윤강희의 언니라는 거였다. 앞으로 윤강희와 연애라도 할 수 있으니 내가 잘 보여야 할…… 그런데 윤강희와 성이 다르다.

"우리 다방 최고 단골손님."

은 사장은 나를 그렇게 소개했다.

"아."

여자의 눈이 금세 더 호의적으로 빛난다. 예쁘긴 하지만 윤강희와 분위기도 사뭇 다르다. 별로 닮지 않은 것 같기도 하다.

"아이스크림 하나 드실래요?"

먹겠다고 대답도 하지 않았는데 은 사장은 들고 있던 봉지를 뒤적여 상어 모양의 아이스크림 하나를 건넸다. 거절하기 어려운 상황이라 잘 먹겠다는 인사를 하고 썩 내키지 않는 그것을 받아 들었다. 그러고 보니까 은 사장과 그의 아내는 이미 하나씩 해치웠는지 작고 얇은 빈 나무 막대기를 손에 쥐고 있다.

"기다리시는 건 아니죠?"

"네?"

"아니, 누구 기다리시는 것 같아서요."

다 알고 있다는 듯 입술 끝을 씰룩거리며 은 사장이 나를 떠봤다. 영문을 모르는 은 사장의 아내가 은 사장 옆구리를 쿡 찌르며 무슨 말이냐고 나직이 물었다. 은 사장은 가벼이 고개를 저으며 나름 의리의 침묵을 지켰다.

“잘 먹을게요.”

이쯤에서 부부와 헤어지는 게 좋을 것 같아 아이스크림을 들어 한 번 더 인사를 전했다. 막 은 사장 부부를 지나쳐 걸으려던 때였다.

“강희야!”

청명하고도 맑은 음성으로 은 사장의 아내 이정윤이 강희의 이름을 부르는 게 너무나도 명확하게 들려왔다.

“지금 들어와?”

“너는 이 시간에 어디 가?”

“그냥 심심해서 나왔어.”

두 여자가 주고받는 대화를 엿들으면서 스르륵 몸을 돌렸다. 윤강희는 단번에 나와 눈이 마주쳤다. 짙은 파란색의 아이스크림을 슬쩍 들어 보이며 윤강희에게 손인사를 건넸다.

“저녁은?”

“먹었어.”

“뭐 먹었어? 라면?”

“어.”

“내가 집에 밥 있다고 했는데 왜 또 라면이야? 너 진짜 그러다 속 다 버려.”

보통의 언니들이 그런 걸까. 이정윤은 윤강희를 살뜰하게도 챙겼다. 목소리만으로도 얼마나 애틋한지 알 것 같았다.
"여기서 만난 거예요?"
이정윤의 잔소리를 피해 윤강희가 내게 먼저 말을 걸었다.
"어."
"약속 있다더니 일찍 왔나 봐요?"
"어."
"약속 있는 걸 네가 어떻게 알아?"
은 사장이 나와 윤강희를 번갈아 힐끔거리며 의심의 눈길을 보냈다. 당혹스러워하는 나와 달리 윤강희는 아주 천연덕스럽게 어깨를 으쓱했다.
"고추장찌개 끓여준다고 해서 같이 밥 먹었어요. 뭐, 결국 내가 끓여서 먹기는 했지만."
"같이 밥을 먹어? 이 사람 집에서?"
이정윤은 나를 '이 사람'이라고 칭하며 손가락으로 얼굴을 찌를 듯 가리켰다.
"어."
"둘이 무슨 사인데?"
"아무 사이도 아닌데?"
"근데 남자 집에 가서 찌개를 끓여서 밥을 먹었다고?"
"어."
"어머, 얘 미쳤나 봐."
이정윤의 호들갑에 길을 지나는 관계없는 사람들까지도 윤강희가 오늘 내 집에 와서 고추장찌개를 끓여 먹었다는 걸 다 알게 돼버렸다.

"아무 사이도 아닌데 왜 모르는 남자 집에 가서 밥을 먹어? 내가 너 그러고 다니라고 했어?"

잘하면 한 대 때릴 기세로 이정윤이 윤강희를 다그쳤다. 하지만 윤강희는 익숙하다는 듯 무신경한 표정으로 듣고만 있었다. 그 옆에 있는 은 사장도 강 건너 불구경이었다.

"나이도 있어 보이는데 숨겨둔 자식이나 와이프가 있을 수도 있는 거고, 또 아무도 없는 집에서 너한테 무슨 짓을 할지도 모르는데 겁도 없이 거기서 찌개까지 끓여서 밥을 먹어?"

아무래도 나 들으라고 하는 말인가 보다.

"남자는 다 짐승이라고 했지?"

"형부 빼고."

"어, 형부 빼고."

찰랑이는 단발에 갸름하고 작은 얼굴, 악함이라고는 전혀 찾아볼 수 없는 깨끗한 얼굴에 많이도 순한 여자인 줄 알았다. 말도 조곤조곤하고 언제나 눈웃음을 짓는, 그냥 천생 여자 같은 첫인상을 줬다. 그런데 이 여자, 윤강희와 마찬가지로 평범하지 않다.

"잠깐 끼겠습니다."

다 들었으니 나도 할 말은 해야겠지.

"네, 끼세요."

"제가 어디 가서 나이 많아 보인다는 말을 듣고 다니는 그런 사람은 아닌데, 뭐 어쨌든 윤강희보다 많은 건 사실이니까 그건 넘어가고. 숨겨둔 자식이나 와이프 같은 거 없고, 애인은커녕 썸 타는 여자도 없고, 그리고 앞으로 윤강희한테 무슨 짓을 하기는 할 건데 그렇다고 내 집에 처음으로 놀러 온 여자를 덮칠 정도로 미친놈은 아닙니다."
"앞으로 무슨 짓을 할 건데요?"
이정윤이 아니라 윤강희가 내게 물었다.
"남자로 집적거릴 거야, 너 넘어올 때까지."
"아."
"그리고 너 넘어오면 그때는."
"그때는?"
"손도 잡고 입도 맞추고, 남자랑 여자랑 하는 건 다 할 거고."
이런 얘기를 왜 길거리에서, 그것도 윤강희의 언니와 형부를 앞에 두고 하고 있는지 모르겠지만 그래도 후회가 되거나 자존심이 상하지는 않는다. 윤강희한테 끌리고 있고 그 끌림이라는 게 이성적이라는 것도 부정할 수 없는 사실이고 앞으로 더 많이 좋아질 것 같으니까 혼자만 깊어지기 전에 윤강희한테 말해주는 게 맞는 것 같다.

고맙게도 은 사장이 이정윤을 데리고 서둘러 집으로 들어가준 덕분에 윤강희와 동네 놀이터에서 아이스크림을 하나씩 입에 물고 아쉬웠던 오늘을 마무리 지을 수 있게 됐다.
"언니랑 별로 안 닮았던데?"
"생긴 거요?"
"그것도 그렇고 성격도."
"성격은 막 다르지는 않은데."
사람 앞에 놓고 하고 싶은 말 거르지 않고 쏟아내는 건 닮았어도 말이 많지 않은 거랑 목청이 크지 않은 것, 그리고 여우 같은 앙큼함은 전혀 닮지 않았다.

"얼굴이야 부모가 다르니까 당연히 안 닮았을 테고."

"부모가 달라?"

"내가 고아라고 말했던 것 같은데?"

고아, 라는 말을 너무나 아무렇지 않게 하니까 놀란 표정을 짓는 게 오히려 무색하다. 윤강희는 핑크색의 아이스크림을 입 안에 넣고 후르릅 소리가 나게 몇 번이나 빨아먹었다.

"했는데 은 사장이 자기 와이프 동생이라고 해서 당연히 친언니인 줄 알았지."

"친언니만큼, 아니다, 친언니보다 가까운 사람이니까."

"아."

지금보다 철이 없던 시절에는 자신이 고아였으면 좋겠다고 생각했었다. 잠 한 번 편하게 잘 수 없게 하는 불안한 정서의 어머니가 부담스러웠고, 나라는 존재를 세상에 태어나게 하고도 당당하게 큰소리를 치는 아버지가 수치스러웠고, 반쪽이라도 피를 나눈 형제인데 벌레 보듯 몸서리를 치는 누나들이 싫었다. 외로울지언정 차라리 혼자인 게 좋겠다고 수없이 괴로워했었다.

"친언니보다 가까운 은 사장 와이프가 나 안 좋아하는 거 같지?"

"네."

"그게 너랑 나랑 연애하는 데 문제가 되나?"

"좀 시끄럽기는 하겠죠."

잠깐 고민하는 척하더니 윤강희는 시큰둥한 투로 대답했다.

"그 정도는 뭐."

윤강희가 혈육이 하나도 없는 고아라는 걸 알게 된 순간, 나는 참 치졸하고 이기적이게도 마음이 더 움직였다.

적어도 첩의 자식이라고 나를 반대하는 가족은 없겠구나, 적어도 윤강희한테는 감추는 거 없이 속을 다 보여도 되겠구나, 적어도 윤강희는 나를 무시하지 않겠구나.

그렇다고 윤강희가 쉬워 보이는 건 결코 아니었다. 그저 비슷한 처지에서 오는, 동지애 같은 게 느껴져서였다.

"영화 볼래?"

차가운 아이스크림을 먹은 덕에 탱글탱글하게 부은 입술을 혀끝으로 핥으면서 윤강희는 나를 빤히 바라봤다.

"아무 짓도 안 하고 영화만 볼게."

윤강희가 피식, 가볍게 웃었다. 처음 결혼식장에서 봤을 때보다 훨씬 더 부드럽고 사랑스러워진 얼굴이다. 앙증맞은 귓불마저도 예쁘다.

"팝콘은 내가 살게요."

윤강희가 드디어 마음을 열기 시작했다. 손을 잡고 싶었지만 꾸욱 참았다. 대신 바람에 흐트러진 앞머리를 손으로 쓸어 넘겨줬다. 그 짧은 순간의 스침에도 내 심장은 쿵, 큰 소리를 내며 바닥으로 떨어졌다.

5. 괜찮은 사람

그 어떤 계산을 할 필요도 없고 그 누구의 눈치도 볼 필요 없이, 아주 내 집처럼 경자 다방을 드나들기 시작했다.

"바빴어?"

"별로."

나와 윤강희는 사랑 노래가 흘러나오고 눈에서 꿀이 떨어질 것만 같은 오글오글한 로맨틱 영화가 아니라 총소리가 고막을 때리고 시뻘건 피가 화면 전체를 물들이는 액션 영화를 같이 보는 걸로 연애를 시작했다.

물론 사귀자는 말을 하지 않았고 영화를 본 것 외에 그 어떤 진도를 나가지도 않았지만 우리는 분명 그랬다.

"커피 줘요?"

"아니, 쌍화차."

사실 커피가 더 좋지만 강희의 정성이 들어간 것 같아서 쌍화차를 주문했다. 오래도록 등을 보이고 서 있는 것도, 투박한 찻잔을 두 손으로 내미는 것도 그저 좋기만 하다.

"근데 야근 같은 건 안 해요?"

"왜?"

"심하게 한가해 보여서요."

"말했지, 그게 다 능력 있어서 그런 거라고."

"할 일이 없는 건 아니고요?"

정곡을 푸욱 찌르며 강희가 뜨끈한 쌍화차 한 잔을 내 앞에 내놨다. 어리다고 만만하게 보면 안 된다. 가끔 속까지 꿰뚫고 있는 것 같은 눈빛과 말을 할 때마다 그야말로 간담이 서늘하다.

"야구 보러 갈래?"

이럴 때는 화제를 돌리는 게 최선이다.

"야구?"

"스트레스 풀리고 좋대."

"나 스트레스 없는데."

"그래서 싫어?"

"언제 가는데요?"

"문 닫고."

한 시간 정도만 있으면 문을 닫을 시간이니까 야구장까지 딱 맞게 갈 수 있을 것 같다.

"오늘이에요?"

"어."

대답이 끝나기 무섭게 커플로 보이는 남녀가 경자 다방 문을 열고 들어왔다. 긴 얘기를 나눌 틈도 없이 강희는 주문을 받았고 나는 쌍화차를 들고 정원으로 나갔다. 그런데 그 후로 이상하다 싶을 정도로 손님이 줄을 지었다.

보통 저녁이면 많아야 한두 팀이었는데 오늘은 아예 앉을 자리가 없을 정도였다. 혼자서 주문을 받고 음료를 만들고 설거지까지 하느라 강희는 나와 눈을 맞출 시간조차 없었다.

"줘."

너무 혼자서 동동거리는 것 같아 생전 처음으로 설거지라는 걸 하기 위해 작은 싱크대 앞에 섰다.

"할 줄 알아요?"

"안 깨뜨려, 걱정하지 마."

큰소리를 치고 우선 강희에게서 촌스러운 핑크색의 고무장갑을 건네받았다. 그걸 억지에 손에 끼고, 그때부터 허리가 끊어져라 설거지를 했다. 달랑 음료 몇 개 파는데 어찌나 씻어야 할 것들이 많이, 그것도 끊이지 않고 나오는지 신기할 지경이었다.

"안녕히 가세요."

두 시간 가까이 이어진 전쟁이 끝이 났다. 강희는 후, 하고 한숨을 돌리고는 곧장 내게로 와 나를 옆으로 밀어냈다. 하지만 그 여린 몸으로 나를 밀어내는 건 역부족이었다.

"다 끝났어. 가서 쉬어."

내가 생각해도 나 오늘 좀 멋있다. 자상하고 따뜻하고 배려 깊고. 어떤 여자라도 반하지 않을 수 없는 따뜻함이었다.

"곱게 자랐죠?"

"왜?"

"회사에서는 어떤지 모르겠지만 밖에서는 할 줄 아는 게 별로 없는 것 같아서요."

"뭐?"

"서태인 씨가 씻은 거, 그거 다 다시 해야 해요."

팔짱을 낀 강희가 짐짓 정색을 하며 말했다.

"왜 다시 해?"

어차피 양념이 된 것들이 아니라 고춧가루가 묻어 있는 것도 아니고 밥풀이 붙어 있는 것도 아니었다. 시원한 물줄기 아래에서 허리 한 번 펴지 못하고 눈에 불을 켜고 닦았는데 대체 뭐가 잘못됐다는 걸까.

"보여요?"

강희는 방금 씻어놓은 커피 잔에 물을 받았다. 그러고는 그것을 내 앞에 들이밀었다. 새하얀 커피 잔에 보글보글 거품이 앙증맞게 올라왔다. 몇 초가 지나도 거품이 가라앉지 않는다. 후, 불면 어릴 때 했던 비눗방울 놀이도 할 수 있을 만큼 거품이 풍성하다.

"덜 헹궜나?"

"네."

"인체에 무해한 거 아니야? 요즘 세제 다 유기농, 뭐 그런 걸로 만드는 거 아니었어?"

괜히 무안해서 어디서 주워들었던 말들을 횡설수설 쏟아냈다. 강희는 침착히 내 손에서 고무장갑을 벗겨냈다. 깨끗하게 씻어놓은 것들을 전부 다시 샤워시키듯 헹구는 강희를 미안한 눈길로 바라봤다.

"그래도 고마워요."

"어."
"야구, 늦은 거 아니에요?"
"늦게 가도 돼."
사실 나도 야구장을 가본 적은 없었다. 여차여차해서 표가 생겼고 그걸 잊고 사무실 책상 서랍에 넣어두고 있다가 퇴근 직전 생각이 났던 거였다. 영화는 어제 봤고 드라이브를 하기에는 너무 시간이 늦을 것 같고, 그렇다고 어린 강희와 술을 마시는 건 내키지 않았다. 하루 종일 사무실을 지키고 앉아서 내가 한 거라고는 스물한 살의 강희와 뭘 하면 즐거울까 하는 거였다.
요즘 어린 아가씨들이 뭘 좋아하는지 인터넷으로 검색을 하고 또 맛집을 알아보느라 나름대로 하루가 바빴다. 그래도 활동적인 데이트를 강희가 더 좋아할 것 같아 두 번 고민하지 않고 표를 챙겨 퇴근했다.
"나 야구 잘 모르는데."
"나도 몰라."
친구들과 어울려 야구를 할 여유 같은 게 나한테는 없었다. 그렇다고 공부에 큰 뜻을 두고 있어서 어려서부터 미친 듯이 공부를 했던 것도 아닌데 어린 시절 친구들과 어울려 해봤음직한 것들을 많이 경험해보지 않았다.
어느 집 아들이 승마를 한다고 하면 그다음 날 바로 승마장을 가야 했고, 어느 사모님 아들이 방학을 이용해 해외로 연수를 갔다고 하면 또 얼마 지나지 않아 미국으로 가는 비행기를 타야만 했었다. 재미도 없고 흥미도 없는 것들을 어머니의 욕심에 찔끔찔끔 경험하기는 했지만 그 모든 것에서 전혀 두각을 나타내지 못했다. 그래서 항상 어머니를 만족시키지 못했다.

"얼른 가자."

새로운 곳을 강희와 처음 가본다는 게 나름 설렌다. 딱히 처음이 아니라고 해도 지금은 윤강희와 무언가를 한다는 것 자체만으로도 충분히 좋기는 하다.

경자 다방 문을 닫고 야구장에 도착하니 이미 경기가 한참 진행되고 있었다. 한껏 흥이 오른 사람들은 목이 터져라 응원을 하고 있었고 우리는 사람들을 지나 겨우 자리를 찾았다. 막상 오니 현장감이 대단했다. 늦은 시간임에도 야구장 안은 대낮보다 환했다. 어린아이들부터 나이가 지긋한 어르신까지, 남녀노소 구분 없이 빈자리가 없을 정도로 빼곡했다. 음악 소리와 사람들의 함성에 정신이 하나도 없었다.

"우리 어느 팀 응원해요?"

강희가 내 귀에 바짝 대고 소리를 쳤다. 덕분에 강희의 뜨거운 숨결이 내 귓속으로 들어왔다. 심장이 다 쪼그라든다. 야구장은 현명한 선택이었다.

"하고 싶은 팀 아무나!"

나도 강희의 자그마한 귀에 대고 소리를 질렀다. 입술에 귓불이 닿을 만큼 가까웠다. 순간 남자로서의 본능이 꿈틀거렸지만 때와 장소를 가려, 그리고 나의 강희가 놀라지 않게 자제했다.

"여기는 다 빨간 유니폼 입은 팀 응원하나 봐요!"

"그럼 우리도 빨간 유니폼 응원하자!"

"네!"

그 어느 때보다 환하게 강희가 입술을 늘려 웃었다. 눈까지 빛내며 제법 흥분하는 듯했다. 옆을 돌아보며 사람들이 하는 걸 따라 하면서 강희는 경기를 즐겼다. 손을 입에 대고 목청껏 소리로 질렀다. 그렇게 즐거워하는 모습을 보는 것만으로도 스트레스가 풀렸다. 윤강희가 웃을 수 있는 일이면 진짜 하늘의 별도 따다 주고 싶은 심정이다. 예뻐도 너무 예쁘다. 사랑스러워서 미치겠다.

"어? 끝난 거예요?"

선수 교체를 보고 강희가 눈을 휘둥그레 떴다. 전광판을 보니 이제 막 7회 경기가 끝난 듯하다.

"아니, 아직 남았어."

"아."

이벤트를 하려는지 사회자로 보이는 남자가 마이크를 잡고 뭐라고 뭐라고 얘기를 했고, 사람들은 환호성을 질렀다. 아직 야구장 적응도 안 되었지만 그래도 강희가 뭔가를 물어보면 대답을 해줘야 한다는 의무감과 책임감에 부지런히 돌아가는 상황을 살폈다.

그리고 그 순간 어딘가에서 카메라가 찍고 있는지 전광판에 사람들의 모습이 나왔다. 제 얼굴이 나올 때마다 사람들은 손을 흔들거나 자리에서 일어나 폴짝폴짝 뛰었고 몇 명은 황급히 손으로 제 얼굴을 가리기도 했다. 다양한 사람들의 반응을 보며 나도 슬그머니 긴장을 풀고 이벤트를 즐기기 시작했다.

"어?"

그때였다. 강희의 얼굴이 전광판을 가득 채웠다.

"우리다."

강희뿐만이 아니라 나까지 함께였다. 그리고 금방 스치듯이 지나가던 카메라가 좀처럼 옆으로 돌아가지 않았다. 서로 마주 보며 어깨를 으쓱하고 있는데 사람들이 외치기 시작했다.

"뽀뽀해!"

분명 그렇게 말했다.

"뽀뽀해!"

몇 번을 들어도 같은 말이었다. 몇 초가 지나서야 머리가 돌아가기 시작했다. 아무래도 전광판에 얼굴이 나온 커플이 뽀뽀를 하는 뭐 그런 이벤트인 것 같다.

여전히 어리둥절해하는 강희를 보다 손안에 쏙 들어오는 강희의 작은 얼굴이 부서질까 조심스럽게 두 손으로 감싸 쥐었다. 그리고 그대로 강희의 핑크빛 입술에 내 입술을 갖다 댔다. 바람에 날리는 꽃잎처럼 보드랍다. 찰나가 영원 같다. 아니, 영원이었으면 좋겠다. 사람들의 함성은 이미 들리지 않았다. 난생처음 하는 입맞춤처럼 아찔할 정도로 달콤하다. 겨우 입술만 닿았다가 떨어졌는데도 머리카락이 쭈뼛 선다.

그렇게 강희와 두 번째 데이트를 하는 날, 첫 입맞춤을 하고 말았다.

경기가 끝나고 우르르 몰려나왔던 사람들은 금세 어딘가로 사라졌고, 밤은 한창 깊어졌다. 그런데 내 심장은 아직도 진정이 되지 않는다. 얌전하게 손끝이 닿을 듯 말 듯 팔을 흔들며 걷는 윤강희를 벌써 몇 번이나 힐끔거렸는지 모른다. 연애를 한 번도 못 해본 숙맥처럼, 대체 윤강희에게 어떤 말을 해야 할지 모르겠다.

"배 안 고파요?"

결국 야구장을 나와 차를 주차해놓은 곳까지 한참을 걷다 강희가 먼저 말문을 열었다.

"배고파?"

"네."

"뭐 먹을까? 뭐 좋아해?"

"그냥 아무거나요."

입맛이 까다로워서 맛있는 거 아니면 먹지를 않고 웬만큼 핫하다고 소문난 곳은 안 가본 데 없이 다 가본 나인데 도무지 이 근처 맛집이 어디 있었는지 아무것도 떠오르지가 않는다.

"떨렸어요."

묵묵히 걸음을 내디디며, 내가 아닌 멀찍이 보이기 시작한 내 차가 있는 곳을 응시하면서 강희가 말했다.

"어?"

"아까, 조금 떨렸다고요."

대가를 바라지 않는, 머릿속으로 계산기를 두드리지 않는, 그런 순수한 사랑 따위는 하지 못할 줄 알았다. 모두 하나같이 바라는 게 있었고, 어떻게든 원하는 걸 받아내려고 머리를 굴렸다. 물론 나도 그들이 원하는 걸 주는 대신 내가 원하는 걸 받아냈다. 연애가 아니었고 그냥 노는 거였다. 근데 강희랑은 연애가 하고 싶다. 어색하고 낯설지만 가슴이 떨리는 것도 좋고, 무엇을 해주면 좋아할까 고민하는 순간도 좋고, 지금처럼 손끝이 스칠 듯 바로 옆에서 발을 맞추며 걷는 것도 그냥 좋다.

수많은 감정과 수많은 생각으로 어지러운 내게 떨렸다는 말 한마디로 심장을 토닥여주는 윤강희가 너무 좋다.

"너 좋아하는 거, 하나씩 다 해보자."

강희가 걸음을 멈추고 나를 올려다봤다.

"가고 싶은 곳, 먹고 싶은 것, 하고 싶은 일, 그거 나랑 다 해보자고."

"왜요?"

"그럼 네가 웃을 테니까. 나는 웃는 윤강희가 미치게 좋으니까."

진짜 좋아서 웃는다는 걸 알 것 같다. 거짓이나 허세가 전혀 없는 여자다, 윤강희는. 평범한 사람들의 기준 속 스물한 살과는 달라도 많이 다르다. 과장도 없고 진심 앞에서는 배려도 없다. 마음을 감추고 속이지도 않는다. 그래서 이 여자가 웃으면 나도 덩달아 웃게 된다.

"나랑 노는 거 좋아요?"

"아니."

강희의 커다란 눈이 작아졌다.

"연애하는 게 좋아."

다른 여자들과 그랬던 것처럼은 하기 싫다. 실망하게 만들기 싫고 우스워 보이기 싫다. 잘난 사람이 아니라 괜찮은 사람이 되고 싶어졌다. 그게 어떤 건지 모르지만 그냥 그런 사람이 되고 싶어졌다.

"서태인 씨는 뭐 좋아해요?"

"너."

작아졌던 눈을 원래대로 키우고 강희가 또 옅게 웃었다. 장미가 아닌 벚꽃을 닮은 수줍고도 소박한 미소가 예쁘다.

"라면 먹고 갈래요?"

쿵, 심장이 또 제멋대로 자리를 이탈했다.

"뭐?"

"라면, 싫어해요?"

이 어린 아가씨는 자신이 지금 무슨 말을 하고 있는 건지 아는 걸까. 아니, 라면 먹고 가겠느냐는 말에 남자들이 어떤 생각을 하는지 알기는 하는 걸까.

"저기 잘 끓이는데."

"어?"

강희의 가느다란 손가락 끝을 따라 시선을 돌리자 분식집이 보인다. 늦은 시간임에도 불이 켜진, 간판에 24시간 맛집이라고 커다랗게 적혀 있다.

"아."

"가요, 내가 살게요."

순수한 연애를 하고 싶다. 본능에만 충실해서 노는 게 아니라 마음을 다하는 그런 연애가 하고 싶다. 그런데 자꾸 본능이 꿈틀거린다. 아직 괜찮은 놈은 아닌 것 같다. 하긴 그게 하루아침에 될 리는 없겠지.

"바빠?"

여보세요, 라고 해야 할지 다른 인사를 해야 할지 나름대로 고민을 하다가 상당히 친근하면서도 편안하게 말문을 열었다.

-조금.

확실히 윤강희는 보통의 여자와는 다르다.

지난 밤, 사람들이 다 보는 앞에서 공개적으로 입까지 맞춰놓고 휴대폰 번호를 알려달라는 내 말에 상당히 황당하다는 표정을 지었다. 일부러 나를 안달 나게 하려고 밀당을 하는 것 같지는 은데. 나를 유혹하기 위해서 눈에 빤히 보이는 여우 짓을 하지도 않고 내 관심을 싫은 척하며 즐기는 것 같지도 않았다.

분명 나한테 호감이 있는 것 같고 싫어하는 것 같지도 않았는데 또 좋다는 표현은 하지 않는다. 그런데 좋아하는 사람치고는 전화를 받는 목소리가 너무 시큰둥하다.

명확하게 연애하자고 말하기를 기다리는 건지, 아니면 그깟 입맞춤 정도는 별거 아니라는 건지 여러모로 헷갈린다.

"그래서 끊으라고?"

출근을 하기도 전부터 목소리를 듣고 싶었지만 그러면 너무 매달리는 것 같아서 점심시간까지 가까스로 참았다가 전화를 했다. 그런데 윤강희 반응이 미지근하다.

-할 말 있어서 한 거예요?

"아니."

-그럼요?

"목소리 듣고 싶어서."

참으면 뭘 하나, 이렇게 속을 다 보이고 마는데.

-목소리 들으면 그다음엔 얼굴 보고 싶을 텐데?

"많이 보고 싶어?"

입술을 씰룩이며 은근슬쩍 강희의 속마음을 떠봤다.

-생각이 안 나요.

"뭐가?"

-서태인 씨 얼굴.

주책맞게도 심장이 또 파르르 떨린다. 낮으면서도 그윽한 강희의 목소리가 파도처럼 밀려와 마른 감정을 건드린 탓이다.

"갈까?"

-일해요.

"참을 수 있겠어?"

-기억이 안 난다고 했지 보고 싶다고 한 것 같지는 않은데요.

"그게 그거지."

-손님 왔다. 끊어요.

무심하게 전화가 끊겼다. 그럴 일은 없겠지만 전화를 끊으며 강희가 수줍은 미소를 짓고 있을 것만 같아 웃음이 번진다.

똑똑똑.

사무실 문을 두드리는 경쾌한 소리에 고개를 들었다.

"네."

문을 열고 얼굴을 들이민 건 둘째 매형 노정민이었다.

"바쁜 거 아니지?"

바쁠 일 따위 너한테는 없겠지, 하는 투로 노정민이 능글능글 웃으며 안으로 들어왔다.

"여기까지 무슨 일이세요?"

얼굴을 마주하고 앉아 밥 한 끼 먹기도 싫은 사람이지만 손윗사람이고 회사 동료라서 철저히 속내를 감추고 그를 대했다. 어려서부터 단련이 된 탓에 머릿속에 든 생각이나 가슴에 품고 있는 감정들을 숨기는 데 탁월한 재능을 갖고 있는 편이다.

좋아하는 사람보다는 미워하는 사람들이 더 많았기 때문에 그들에게 조금이라도 예쁨을 받기 위해서 참 많이도 애를 쓰면서 자랐다. 하지만 그럼에도 세상에는 절대 달라지지 않는 무언가가 있다는 걸 알게 됐고, 그 후로 나도 연기라는 걸 하게 됐다.

싫어도 좋은 척, 역겨워도 괜찮은 척, 우스워도 인정하는 척, 무수히 많은 척을 하며 살길을 모색했다.

"그냥 지나는 길에."

사무실을 염탐하러 온 듯 노정민의 눈이 바쁘게 돌아갔다.

"커피라도 드릴까요?"

"그럴까?"

할 말보다는 무언가 알고 싶어서 온 게 분명했다. 노정민이 제 발로 이곳까지 찾아오게 할 만큼 그가 알고 싶어 하는 게 과연 무엇일까.

"드세요."

지난달 영국에 갔을 때 사온 비싼 차 대신, 사무실에 굴러다니는 싸구려 믹스커피를 한 잔 타서 노정민에게 대접했다. 개인 비서가 없고 딱히 사무실을 찾아오는 중요한 손님이 없어서 번듯한 쟁반 하나 없지만 그래도 손수 커피를 타서 줬으니 내 딴에는 엄청난 대접이기는 하다.

"진행이 생각보다 빠르던데?"

노정민은 커피를 한 모금 마시더니 앞뒤 잘라먹고 대뜸 뭔가를 안다는 투로 눈썹을 움직이며 말했다.

"뭐가 말입니까?"

"그 집에서 처남이 꽤나 마음에 드나 봐?"

사업을 하는 집안의 사람들이 다 그렇지는 않겠지만 특히나 우리 집안은 그게 좀 심하다. 안부를 묻는 소소한 인사에서도 상대의 의중을 떠보고 또 차를 한잔 마시면서도 머릿속으로 수많은 계산들을 한다.

어떻게 하면 내가 더 많은 걸 가질까, 어떻게 하면 첩의 자식인 서태인에게 하나라도 덜 줄 수 있을까.

내가 태어나지 않았다면 이들은 지금보다는 덜 힘들게 살아갈 수 있었을까.

"그만 말 돌리고 본론으로 들어가시죠."

한창 강희 생각에 기분이 좋았는데 노정민의 등장 이후, 사라졌던 짜증이 스멀스멀 기어 올라온다. 하여간 오래 상대할 사람은 아니다.

"작은어머니 생각이야 세상 사람 다 아는 거고."

그래도 웬일로 이미라 여사님이 아니라 작은어머니란다.

"처남 꿍꿍이가 뭐야?"

"꿍꿍이란 표현이 좀 거슬리네요."

"욕심이라도 생겼어?"

노정민의 표정이 사뭇 진지하다.

"세상에 욕심 없는 사람도 있습니까?"

대체 노정민이 무엇을 알고 싶은 건지, 나에 대해 무엇을 주워들은 건지 알아야겠다.

"그래도 이렇게 빨리 드러낼 줄은 몰랐지. 그것도 결혼으로."

결혼…….

"결혼으로 한몫 잡은 걸로 치면 작은매형은 못 따라가죠."

어쩐지 노정민과 나누고 있는 이 밑도 끝도 없는 대화 속에 유희연이라는 여자가 끼어 있는 것만 같은 예감이 들기 시작했다.

"그래서 대정 유통을 잡았다?"

역시 내 예감이 맞았다. 그런데 이미 끝난 일인데 왜 이제 와서 노정민이 대정 유통을 들먹이며 날을 세우는 걸까.

"생각보다 능력이 좋은데?"

"저에 대한 기대치가 워낙에 낮으시니까."

아무래도 노정민을 비롯해 다른 식구들은 내가 유희연과 결혼을 전제로 만나고 있다는 판단을 한 것 같다.

"괜히 분란 일으키지 말고 지금처럼 조용히 사는 게 어때?"

"저 따위가 감히 분란을 일으킬 존재나 됩니까?"

이른 새벽 잠을 깨우는 옆집 개보다 못한 존재일 것이다. 너그럽게 봐달라고 울며 매달려도 거들떠보지 않았고, 애처로운 눈길로 손을 내밀면 매정하게 쳐내기 일쑤였다. 있어도 그만인, 하지만 없어졌으면 좋을 성가신 존재, 그게 바로 나 서태인이다.

"누나들이 별로 달가워하지 않아."

"그거 알려주려고 여기까지 들러주시고, 감사합니다."

한껏 비꼬아서 말했지만 노정민은 엉덩이를 떼고 일어나지 않았다.

"기다리면 처남한테 맞는 짝 찾아줄 거니까 대정은 포기해."

포기를 해야겠다는 생각을 할 정도로 유희연과 뭔가가 있었던 것도 아닌데 득달같이 달려와서 포기를 운운하니 정말 뭐라도 해야 했던 게 아닐까 후회가 들려고 한다.

"그리고 아무리 대정 유통 딸이라고 해도 초혼인 처남이 이혼녀랑 결혼하는 건 좀 그렇지 않아?"

비웃음이 서린 노정민의 입술이 비열하게 틀어졌다.

"돈도 좋지만 자존심은 좀 챙기면서 살아."

유희연이 이혼녀라는 것보다 노정민이 내 앞에서 자존심을 운운한다는 게 더 열 받는다. 건드리지 않으면 나 역시 그들의 심기를 건드릴 만한 건 아무것도 하지 않을 생각이다. 지금처럼 있는 돈 써가면서 피곤하지 않게 사는 게 딱 좋다. 그러니까 제발 누구도 건드리지 않았으면 좋겠다.

"알아들은 걸로 알게."

노정민이 사무실 문을 열고 나갔다. 사람 취급 받지 못한 게 어제오늘 일도 아닌데 오늘은 좀 성질이 난다. 절반도 마시지 않은 믹스커피를 노정민이 나간 문을 향해 냅다 집어 던지고 싶은 걸 안간힘을 다해 참았다.

노정민이 다녀간 후로 좀처럼 기분이 나아지지 않았다. 정신없이 몰두할 일이 있는 것도 아니라, 사무실을 지키고 있는 동안 머릿속엔 온통 잡스러운 생각들만 꾸물거렸다. 세상 사는 걱정은 어릴 때 진즉에 다 해둬서 성인이 된 지금까지 딱히 심신을 고달프게 하지는 않았다. 그래도 한 번씩 본가 식구들을 만날 때면 사라졌다고 믿었던 악한 감정들이 되살아나기는 한다.

이렇게 기분이 좋지 않은 날은 나에게 집중하며 나를 떠받들어 줄 친구 녀석들을 불러서 진탕 술을 마시는 게 상책이다. 하지만 오늘은 돈에 움직이는 친구들보다는 윤강희가 절실히 고프다.

"생각보다 퇴근이 이르네요?"

경자 다방에 갈 생각으로 집 앞에 차를 주차하고 내리는데 등 뒤에서 여자 목소리가 들려왔다. 왠지 나를 향해 하는 말 같아 자연스레 고개를 돌렸다. 그리고 이내 미간을 좁혔다.

"놀랐어요?"

다시는 만날 일이 없을 줄 알았던 유희연이 내 집 앞에 나타났다.

"설마 나 만나러 온 겁니까?"

우연이라고 하기엔 유희연의 말과 표정이 너무나 태연하다.

"그럼 내가 이 시간에 여기 왜 있겠어요."

나에게로 걸어오면서 유희연은 얼핏 보이는 담 너머 집을 휘이 둘러봤다.

"좁고 격이 좀 떨어지고, 동네가 후지기는 하지만 뭐 집은 그런대로 괜찮아 보이기도 하네요. 여기서 시작하는 것도 나쁘지는 않겠어요."

큰 호의라도 베푸는 듯 유희연은 고개를 끄덕였다.

"더는 만날 일 없다고 말했던 것 같은데, 전달이 안 된 겁니까?"

"밥은 그렇고 차나 한잔 줘요."

자신감이 넘치다 못해 상대를 무시하는 것 같은 유희연의 말투와 눈빛에 괜찮아지려던 기분이 또다시 우울하게 가라앉는다.

"멋대로 구는 걸 매력으로 생각하는 건 아니죠?"

당장 클럽에 가도 될 것 같은 화려한 화장과 옷차림까지도 전혀 매력으로 느껴지지 않는다. 특별할 것도 없이 주변에 차고 넘치는 그저 그런 여자 중 하나로 보일 뿐이다.

"그랬으면 좋겠는데 아닌가요?"

"전혀."

훗, 유희연이 살짝 고개를 옆으로 돌려 웃었다. 얼굴 위로 흘러내린 머리칼을 손으로 넘기며 유희연은 나를 빤히 응시했다.

"그냥 하죠."

"뭘 말입니까?"

"결혼."

내가 설령 여자에 환장을 하는 놈이라고 해도 웃는 것조차 예뻐 보이지 않는 여자와 길바닥에 서서 결혼을 운운할 정도는 아니다. 이혼을 한 경력이 있는 건 중요하지 않다. 대정 유통의 귀한 딸이라는 것도 전혀 끌리지가 않는다. 내 눈에 유희연은 강남 길거리를 지나다니는 수많은 여자 중 한 명일 뿐이다.

"시간 끌 필요 없지 않아요? 난 서태인 씨 나쁘지 않아요."

그래도 고백이라면 고백을 들은 건데 어째서 심장은 아무런 반응도 하지 않는 걸까. 단지 유희연 뒤로 주홍빛의 노을이 지는 게 아쉽기만 하다.

"여름 전에 하는 걸로 하죠."

"여름 전에 결혼을 하자?"

내 말에 유희연은 고개를 한 번 끄덕였다.

"유희연 씨와 내가 여름 전에 결혼을 한다……."

그 말은 당장이라는 뜻이었다. 돈만 있으면 결혼을 하는 데 그깟 시간이 중요한 건 아니지만 심장이 손톱만큼도 반응하지 않는 여자와 그렇게 급하게 결혼을 할 정도로 결혼에 목을 매고 있지 않다.

"사양하죠."

"네?"

"결혼이 급하신 것 같은데 다른 사람 알아보시는 게 좋을 것 같군요. 저는 결혼에도, 그리고 유희연 씨한테도 관심이 없어서요."

여자에게 상처 주는 남자는 되고 싶지 않지만 때로는 확실한 거절이 상처를 최소화하는 걸 수도 있다.

"관심은 차차 갖는 걸로 하죠."

그러나 유희연은 전혀 상처받지 않은 얼굴이다. 그것보다는 이런 상황이 재미있기라도 한 것처럼 묘하게 눈웃음을 지었다.

"서태인 씨보다는 내 의견이 양쪽 집안에 더 큰 영향을 미칠 것 같은데요?"

"그래서 혼자 진행이라도 하시겠다?"

예의가 아니라 이제는 성가셔서 말이 반듯하게 나가지를 않는다. 삐딱하게 서서 삐딱한 시선으로 삐딱하게 말하는 나를 유희연은 말짱한 얼굴로 마주할 뿐이다. 이 여자한테, 그리고 어머니한테 말릴 것 같은 좋지 않은 예감이 든다. 유희연에게서 어머니의 향기가 진하게 난다.

"같이 해야죠."

"유희연 씨."

"네, 서태인 씨."

"돈 좋아하는 우리 어머니가 유희연 씨를 얼마나 좋아하는지는 알겠는데, 결혼은 어머니가 아니라 내가 하는 겁니다."

"네."

"나는 유희연 씨랑 결혼할 마음 전혀 없습니다. 앞으로 더 볼 일도 없고 더 보고 싶지도 않습니다. 내가 유희연 씨한테 예의를 차리는 것도 딱 오늘까지입니다."

노을이 사라져가는 게 아쉽다. 경자 다방 정원에 앉아 강희가 내려준 커피를 마시며 오늘의 고단함을 씻어내고 싶다.

"오늘도 그다지 예의를 차리신 건 아닌 것 같은데요."

그래도 눈치가 아예 없지는 않다.

"다음엔 오늘보다 더 불쾌하게 굴 거라고 미리 말씀드리는 겁니다. 그러니까 서로 얼굴 붉힐 일은 만들지 맙시다."

이 정도면 알아들었겠지 하며 눈을 돌리는데 멀지 않은 곳에서 지금만큼은 만나고 싶지 않은 사람이 성큼성큼 걸어오고 있었다.

"일 끝났어?"

나도 모르게 당혹스러운 표정으로 물었다.

"네."

"가려고 했는데."

강희의 눈이 내 앞에 서 있는 유희연에게로 옮겨졌다. 당황스럽고 미안하고 또 화가 난다.

"잠깐 손님이 왔었어."

"네."

"초대한 거 아니야."

"네."

"오해할 필요 없는 일이야."

길게 이어지는 내 변명에 유희연이 피식, 어이없는 웃음을 터트렸지만 그런 건 아무 상관없었다. 그저 윤강희가 내 집에서 나온 유희연을 보며 다른 오해를 하지 않는 게 무엇보다 중요하고 그녀의 마음이 상하지 않았으면 한다.

"여자 있었어요?"

윤강희를 비스듬히 훑어 내리며 유희연은 건방진 미소를 입술에 걸었다.

"얘기 끝난 것 같은데?"

"취향이 참 독특하시네요."

강희를 깔아뭉개는 듯한 유희연의 말투에 신경이 곤두선다. 심하게 기분이 좋지 않다.

"제가 흔한 여자는 안 좋아해서요."

"흔한 여자?"

"짝사랑 중이에요, 저 특별한 여자를."

얼떨결에 고백을 해버렸다. 내 고백에 윤강희는 대수롭지 않다는 듯 눈썹을 한 번 꿈틀거릴 뿐이었다.

"시간 낭비를 좀 하게 될 것 같네요."

여전히 자리를 떠나지 않고 있는 유희연이 더 이상 신경 쓰이지 않는다. 그것보다는 속을 읽을 수 없는 말간 얼굴로 나를 보고 있는 강희에게 온 신경이 쏠렸다.

"저녁은?"

"아직이요."

"같이…… 먹을래?"

강희는 대답 대신 어깨를 한 번 들었다 내렸다. 싫지 않다는 의미의 강희다운 대답에 내 입가에는 금세 봄날 아지랑이 같은 미소가 피어올랐다.

평온한 며칠이 흘러갔다. 아무 일도 일어나지 않는 걸 이상하다 인지하지 못할 정도로 조용한 나날이었다. 하지만 결코 내 평화를 좋아하지 않는 어머니의 방해로 괜찮았던 일상은 뒤틀렸다.

"홍차 좀 내와."

회사에서 퇴근도 하지 않은 사람을 닦달해서 집으로 불러놓고도 어머니는 저녁은 먹었는지 묻지도 않았다. 언제나 그랬듯 당신이 먼저였다. 남자를 잡기 위한 볼모로 낳은 아들의 끼니는 전혀 중요하지도 궁금하지도 않았다.

"도련님은 뭐 드릴까요?"

"전 됐습니다."

잠자리에 들 시간이 아님에도 어머니는 잠옷에 가운을 걸치고 있었다. 종일 집에만 있었다는 뜻이었다. 아버지가 오는 날이 아니면 좀처럼 외출도 하지 않고 스스로를 꾸미지도 않았다. 그 외 어쩌다 며칠, 기분이 날아갈 듯 좋을 때는 밤늦게까지 집에 들어오지 않기도 했다. 여전히 20대 어린 아가씨인 줄 착각하고 친구들과 어울려 쇼핑을 하고 술을 마셨다.

과거에도 다를 건 없었다. 그렇게 어머니가 당신의 좋은 기분을 만끽하며 착각에 빠져 있을 때마다 집에서 외로움과 불안함에 몸을 떨었다. 혹시 어머니가 나를 버리고 도망을 간 건 아닌지, 혹시 어머니가 무슨 일이 있어서 못 들어오고 있는 건 아닌지. 그런 일이 반복되며 쉽게 감정을 드러내지 않는 사람이 됐고, 외로움에 익숙해졌다. 사람들과 괄시와 무시에도 천연덕스럽게 웃을 수 있는 건 그래도 어머니의 덕이 크다.

"아버지가 꽤 흡족해하시더라."

"뭘 말씀이세요?"

"희연 양 말이야."

어머니 입에서 유희연의 이름이 나오는 게 놀랍지가 않다. 아마도 내 다른 이성은 이런 상황을 예상하고 있었나 보다.

"어머니는 어떠신데요?"

소파에 등을 기대고 편하게 앉았다. 손바닥에 닿은 가죽이 시원하다. 그러고 보니 소파가 바뀐 것 같다.

"다 만족스럽지는 않지만 그래도 그 정도면 괜찮기는 하지."

"역시 알고 계셨네요."

내가 아들이 아니었다면 어머니는 나를 어떤 용도로 쓰셨을까 궁금하다. 이미 딸이 둘이나 있는 아버지에게 딸이 하나 더 생긴다는 건, 그것도 밖에서 낳은 혼외자라면 아마도 아버지와 어머니에게 숨기고 싶은 존재였을 거다.

"뭘 알고 있어?"

당장 회사로 찾아올 것처럼 난리를 치던 어머니는 놀라울 정도로 차분했다. 하나뿐인 아들을 어떻게 다뤄야 하는지 알고 있어서 일부러 그렇게 전화를 했다는 걸 알면서도 번번이 어머니의 난리에 동조하게 된다.

"결혼 안 합니다."

"뭐?"

"유희연 씨랑 결혼하는 일 없을 겁니다."

맑은 기운이 번져 있던 어머니의 얼굴에 먹구름이 끼기 시작했다. 자기 감정을 컨트롤하지 못하고 그 변화무쌍한 감정을 절대 감추지 못하는 52세의 어머니는 곧바로 입술을 파르르 떨었다.

"이제 와서 그게 무슨 말이야?"

그래도 날카롭게 언성을 높이지 않고 제법 침착하다.

"결혼하겠다고 한 적 없습니다."

"안 하겠다고 한 적도 없잖아."

"그래서 지금 말씀드리고 있는 겁니다, 안 하겠다고."

지금도 말하고 내일도 말하고 그다음 주에도 말하겠지만 그때마다 어머니는 마치 처음 듣는 것처럼 되물을 게 뻔하다. 늘 그랬으니까. 듣고 싶은 것만 듣고 보고 싶은 것만 보는 분이니까.

"괜히 일 복잡하게 만들지 마세요. 저 안 합니다."

"서태인."

"그 여자한테도 분명히 말했습니다."

"안 하겠다는 말을 했다고?"

"네."

향이 좋은 홍차를 내오던 군산댁 아주머니는 나와 어머니의 눈치를 봤다. 그나마 어머니의 비위를 맞추며 이 집에서 오래도록 버티고 있는 아주머니가 볼 때마다 놀랍고 존경스럽다.

"아니, 넌 해야 해. 이미 그쪽 집이랑 하기로 얘기 끝났어."

그럴 줄 알았다. 그래도 자존심은 있는 여자인 줄 알았는데 더 실망이다.

"네 아버지도 결혼하는 걸로 알고 계셔. 허튼소리 하지 말고 준비나 해."

열네 살, 배가 찢어지는 것 같은 통증에 자는 어머니를 흔들어 깨웠을 때도 어머니는 지금과 비슷한 말을 했었다. 힘들게 잠든 사람을 왜 깨우느냐며 온갖 짜증을 부렸었다. 결국 난 혼자 택시를 타고 응급실을 찾았고 뒤늦게야 병원 연락을 받고 온 어머니 덕에 맹장 수술을 할 수 있었다. 미안함보다는 이 지경이 될 때까지 미련하게 참았느냐는 타박만 들어야 했었다.

아마도 그때였던 것 같다. 어머니에게 나는 도구일 뿐이구나, 하는 걸 깨달았던 게.

"아버지께는 제가 말씀드리죠."

"서태인!"

"갖고 있는 것마저 잃지 않으려면 가만히 계세요."

"뭐?"

"충분히 욕심부리셨어요."

"욕심을 부려? 내가?"

금세 어머니의 눈에 핏발이 섰다. 화가 많이 났다는 거였다.

"아들 장사해서 이만큼 누리고 살면 충분한 거 아닌가요?"

고등학교도 겨우 졸업할 정도로 찢어지게 가난한 집에서 태어난 어머니는 반반한 외모와 영악한 머리 덕에 규모가 크지는 않지만 나름대로 괜찮은 회사에 비서로 취직을 했고, 하청업체였던 그 회사를 방문한 아버지 눈에 들었다고 한다. 바로 며칠 후 아버지는 어머니를 당신 회사로 불러들였고 그때부터 어머니는 아버지의 여자가 됐다. 돈을 맛을 알고 권력의 맛에 취한 어머니는 아버지라는 동아줄을 놓치지 않기 위해 덥석 아이부터 가졌다.

그렇게 해서 세상에 나온 게 나였다. 아들 없는 집에서 아들을 낳은 어머니는 떳떳한 첩이 되어 가진 자로서의 삶을 살기 시작했다. 본처인 큰어머니 앞에서도 절대 기죽지 않았고 첩이라고 손가락질하는 사람들 앞에서도 고개 한 번 숙이지 않았다. 누나들로부터 전해 들은 얘기지만, 약간의 과장은 있어도 그것들이 전부 진실이라는 걸 의심하지 않는다.

내 어머니 이미라 여사님은 충분히 그럴 수 있는 분이니까. 지금도 큰어머니 자리를 차지하지 못하고 있는 게 세상 억울한 분이니까.

"내가 고작 이렇게 살려고 아들을 낳았다고 생각해? 넌 서씨 집안 대를 이를 유일한 아들이야. 근데 겨우 이게 다라고? 이게 욕심이라고?"

차라리 너를 위해서, 네가 인정받고 당당하게 살 수 있기를 바라서라고 거짓말이라도 했다면 덜 미웠을 것 같다. 그랬더라면 적어도 어머니의 존재를 부정하고 싶지는 않았을 것 같다.

"쉬세요."

편하게 등을 기대고 있었는데도 일어나려니 다리가 저리다. 역시 이 집은 나하고 안 맞는다.

"내일 같이 점심 먹기로 했으니까 시간 맞춰서 나와."

아마 백 번을 얘기해도 어머니는 듣지 않을 거다.

"안 나갑니다."

"나 죽는 꼴 보고 싶은 거 아니면 말 들어."

"그 협박, 이제 안 먹히는 거 모르셨어요?"

여전히 뽀얗고 팽팽한 어머니의 손이 부르르 떨리는 게 보였지만 마음이 쓰이지 않는다.

"전화하셔도 안 받습니다."

"서태인!"

고막을 때리는 어머니의 날카로운 목소리를 뒤로하고 신발을 신고 느긋하게 나왔다. 현관문이 닫힘과 동시에 허기가 몰려왔다. 갑자기 맛있는 초밥이 당긴다. 포장을 해서 강희와 먹어야겠다.

강남에 있는 초밥집에 가서 2인분을 포장하고, 강희를 만나기 위해 차를 운전해서 가는 동안 이미 기분이 나아졌다. 그리고 배시시 웃으며 도시락이 들어 있는 종이봉투를 받아 드는 강희 덕분에 가슴 밑바닥에 남은 불순물 같던 찝찝한 감정의 잔재들마저 흔적도 없이 사라졌다.

"맛있는 거 주는 사람은 좋은 사람인데?"

"그래?"

"나 맛있는 거에 엄청 약해요."

"맛있는 거 사주면서 너 매일 꼬시고 싶다."

"그러라고 알려준 거예요."

꼬여내는 거 말고 마음을 흔들고 싶다. 윤강희에게 맛있는 걸 사주지 않아도 좋은 사람, 괜찮은 사람이라는 말을 듣고 싶다. 그냥 그런 사람이 되고 싶어졌다. 편하게 숨이 쉬어지고, 시도 때도 없이 웃음이 무거운 입술을 비집고 흘러나오고, 다른 생각들은 좀처럼 고개를 들지 못하게 머릿속을 비워주는 이 어린 여자가 좋다. 이 여자의 무엇이 나를 이토록 강하게 끌어당기고 있는지 알 수는 없지만 이유도 모른 채 끌려가는 지금이 싫지 않다. 왠지 이대로라면 오롯이 숨을 쉬며 사람답게 살 수 있을 것 같다.

"고민 있어요?"

도시락을 열고 종이봉투 안에 있던 나무젓가락을 꺼내 반으로 가른 후 강희는 그걸 내게 먼저 건넸다.

"그렇게 보여?"

"알아달라고 하는 것 같아서요."

"그게 읽혀?"

연어 초밥 하나를 골라 입에 넣고는 윤강희가 고개를 끄덕인다. 양 볼이 불룩하게 부푼 게 복어처럼 귀엽다.

"……혼자인 거, 외롭지 않아?"

가족 같은 사람들이 주변에 있지만 그래도 진짜 가족이 없다는 게 어린 윤강희를 때때로 외롭게 하지 않을까 궁금해졌다.

"별로."

오물오물 입에 가득 든 초밥을 씹어 넘기더니 윤강희는 대수롭지 않다는 듯 가벼운 투로 대답했다.

"자유롭고 그런가?"

"가족들이 힘들게 해요?"

이렇게 저렇게 돌려 말해도 윤강희는 찰떡같이 알아듣는다. 나보다 세상을 덜 살았으면서, 이 어린 아가씨는 어떻게 세상 돌아가는 일을 다 알고 있는 것 같은 눈빛을 하고 있는 걸까.

"가족은 그러나?"

"뭐가?"

"다 큰 성인인데 여전히 서로의 인생에 간섭하고 막대한 영향을 끼치고 그러나 싶어서요."

"그거야 사람마다 다르고 집마다 다르겠지."

"그럼 서태인 씨 집은 막 간섭하고 그래요?"

"어."

"갑갑하겠다."

매일 아침 목에 두르는 넥타이보다 더 목을 죄어올 때가 있다. 휴대폰에 어머니 이름이 찍힌 것만 봐도 그때부터 가슴이 꽉 막힌 것처럼 조여온다. 아버지를 볼 때도, 그리고 누나들을 만날 때도 크게 다르지 않다. 가족이란 나에게 불편하고 갑갑하고 자신을 초라하게 만드는 그런 존재다.

"그래도 너무 속상해하지는 마요."

젓가락을 들고 다음에는 뭘 먹을까 진지하게 고민하면서 윤강희가 툭 한마디를 덧붙였다.

"고아 앞에서 가족 때문에 힘들다고 말하는 건 진짜 배려 없는 거예요."

"네가 물었잖아."

"물어볼 수밖에 없는 얼굴이었잖아요."

고민을 접고 윤강희는 장어가 올려진 초밥을 젓가락으로 집어 입에 넣었다.

"다음엔 고기 사줄게."

"맛있는 거 사주는 사람 좋아하지만 그렇다고 이유도 없이 번번이 얻어먹기만 하는 개념 없는 사람은 아니에요."

"이유가 왜 없어?"

윤강희가 동그란 눈으로 내 대답을 기다렸다.

"만나주잖아."

"그렇게 매달리는 남자 매력 없는데?"

"그럼 그만 매달리게 확실하게 넘어오든지."

"나 넘어갔는데?"

"진짜?"

"같이 밥 먹고 있잖아요."

"이게 넘어온 거라고?"

"싫은 사람하고는 절대 안 먹어요."

다부진 눈빛으로 윤강희가 핑크빛 입술을 앙다물었다. 그 말에 심장이 또 눈치 없이 나댄다.

꾸미지 않은 순수한 윤강희가 마음을 끈다. 굳이 잘 보이려고 거짓말을 하지 않아도 될 것 같다. 오히려 거짓말을 하는 순간 윤강희는 돌아설 것 같다. 온전히 서태인으로, 허세 부리지 않아도 될 것 같다. 그래도 지금 같은 눈으로 바라봐주며 같이 밥을 먹어줄 것만 같다.

"근데 내가 먹여줄 때까지 기다리고 있는 건 아니죠?"

"맞는데."

"그럼 나 이거 다 먹을 동안 한 개도 못 먹을 텐데?"

"낯간지러워?"

"심하게."

"겨우 이 정도가 낯간지러워?"

"다 큰 어른들이 서로 먹여주고 받아먹고 그러는 거 아니에요."

"다 큰 어른들이 그래야지, 어린애들이 그러면 그건 혼날 짓이야."

"그냥 좀 먹죠?"

"그 예쁜 얼굴에 애교가 없다는 게 아쉽다."

"이 예쁜 얼굴에 애교까지 있으면 서태인 씨 미쳐버릴걸요?"

"뭐?"

"말짱한 손으로 얼른 젓가락질이나 해요."

그래야 하는데 이미 머릿속엔 고양이처럼 앙증맞고 커다란 눈을 깜박이는 강희의 얼굴이 영상처럼 떠오른다. 혀 짧은 소리로 오빠, 하고 부르며 팔에 매달리는 모습도 곧바로 이어진다. 상상만으로도 오금이 저린다. 윤강희 말처럼 미쳐버릴 것 같다.

"지금 상상했죠?"

오물오물, 부지런히 입을 움직이던 강희가 눈을 똑바로 마주하며 불쑥 물었다. 덕분에 얼떨결에 대답해버렸다.

"어."

강희가 피식 웃어넘겼다. 귓불이 뜨거워진다. 이 여자 앞에만 있으면 아무것도 당해내지를 못하겠다. 그 잘하던 속마음 숨기는 짓도 못하겠고 괜히 으스대며 있는 척도 할 수가 없다. 전부를 꿰뚫고 있는 듯한, 그렇다고 사람을 빤히 보고만 있는 것도 아닌데 윤강희 앞에서는 거짓이 나오지 않는다.

"너 이상해."

"나요?"

"너랑 있으면 긴장돼. 그래서 번번이 진심이 튀어나와."

이것 역시도 이상한 짓이다. 속에 담아두고 있어야 할 혼란스러움을 또 고스란히 윤강희에게 실토하고 말았다.

"괜찮아요."

덤덤한 표정으로 윤강희가 나와 눈을 맞추며 그 작고 어여쁜 입술을 움직여 또박또박 말했다.

"나도 그래요."

쿵, 하고 심장이 곤두박질치듯 바닥으로 떨어졌다.

6. 연애의 발견

하늘의 별이 아니라 우주를 다 선물할 수 있을 것 같고, 구름 위를 걷는 것처럼 발아래가 폭신폭신하고 몸이 공기처럼 붕 뜨는 기분이다. 빠앙, 클랙슨 소리를 내며 빠르게 지나가는 차마저도 너그러운 마음으로 웃어넘기게 되고 허파에 바람 든 사람처럼 실실 웃음이 새어 나온다. 연애를 처음 하는 것처럼, 세상이 온통 아름답게만 보인다.

"일 끝나고 심야 영화 볼래?"

"오늘이요?"

"어."

같이 밥을 먹고 같이 눈을 맞추고 마음을 확인하고 또 온기를 나누며 손을 잡고 있으니까, 오늘은 그야말로 역사적인 날이다.

"나 약속 있어요."

"무슨 약속?"

"술 약속."

"누구랑?"

"친구랑."

묻는 말에 대답을 해주기는 하는데 영 시원치가 않다.

"남자는 아니지?"

슬그머니 웃는 낯으로 물으며 잡고 있는 손에 힘을 줬다.

"맞아요."

"남자랑 술을 마신다고? 밤에?"

집착하는 모습 따위 보이고 싶지 않지만 어쩔 수가 없다.

"네."

호흡이 가빠지고 미간이 좁아지기 시작했다.

난 여자를 구속하거나 여자의 이성 친구를 부정하는 속 좁은 남자가 아니다. 상대의 사생활과 사고를 존중하고 나 또한 자유로운 배려 안에서 나만의 생활을 즐기는 걸 좋아한다. 지금까지 나의 연애는 그래왔다. 제법 쿨하고 개방적이란 말을 들어온 편이었다. 지켜야 할 선을 그어놓고 서로 그 선을 넘지 않는 범위 내에서 얼마든지 이상적이고 이성적인 연애를 할 수 있다고 믿는 그런 남자였다. 그런데 이번엔 처음부터 삐거덕거린다.

"꼭 만나야 해?"

"꼭은 아니지만 약속했으니까."

심각한 나와 다르게 윤강희는 천하태평이다. 여전히 손을 잡은 채로 나와 발을 맞춰 걷고 있지만 나의 끓어오르는 이 불같은 질투를 그녀는 전혀 감지하지 못하고 있는 듯하다.

"단둘이 만나는 건 아니지?"
"단둘이 만나는 건데?"
"뭐? 대체 어떤 친군데 한밤중에 단둘이 만나서 술을 마시기로 한 건데?"
가까스로 언성을 높이지 않았고 말투도 꽤나 부드러웠다. 하지만 지금 심하게 진지하다.
"아르바이트하다가 만난 친군데 마음이 잘 맞아요."
그냥 친한 것도 아니고 마음이 잘 맞는단다. 이러면 더 집요해질 수밖에 없다.
"어떻게 잘 맞는데?"
"좋아하는 게 같고 얘기할 게 많고 그래서 같이 있으면 즐겁고."
"뭘 좋아하고 무슨 얘기를 하는데?"
"같이 갈래요?"
"어?"
"그냥 같이 가서 보고 듣고 하는 게 나을 것 같아서요."
"그래도 돼?"
걸음을 멈추고 윤강희를 보며 눈을 빛냈다. 내 생각에는 분명 내 눈이 사심 없이 해맑게 빛났으리라 생각한다.
"남자로 보였으면 지금까지 친구 안 했어요."
사심 없이 해맑았던 게 아니었나 보다.
"그 친구는 다른 마음일지도 모르잖아."
유치하고 치졸하지만 어쩔 수가 없다.
"다른 마음이었으면 나한테 벌써 들켰겠죠. 그랬으면 친구 그만했을 거고."

"단호하네."

"난 불편한 사람하고는 안 만나요."

"내가 불편해하는 사람은?"

"안 만나지는 않겠지만 싫다고 하면 자제는 하겠죠."

생긋 눈웃음을 짓는 강희가 예뻐서 손을 올려 그녀의 작은 머리를 어루만졌다. 참 반듯하게 잘 컸다. 마음이 올곧고 깨끗하다. 차갑고 모가 난 것처럼 보였는데, 전혀 그게 아니었다. 싫은 것과 좋은 것, 해야 할 것과 하지 말아야 할 것에 대한 경계가 확실한 거였다.

"술 마시고 길에 뻗어서 자고 그러는 거 아니지?"

"나 술 센데."

"헤어지기 전에 전화해, 데리러 갈게."

"됐어요."

"해."

"안 할래요."

"왜?"

"습관 되면 안 되니까."

또다시 싱긋 웃으며 이번엔 윤강희가 잡고 있는 손에 힘을 줬다.

첫 데이트의 아쉬움을 뒤로하고 윤강희의 손을 놔야만 했다. 밤새 손을 잡고 보석을 심어놓은 듯한 까만 눈을 들여다보며 얘기를 나누고 싶은데 친구와 술 약속이 있다는 강희는 매정할 정도로 쿨하게 손을 흔들며 내게서 멀어져갔다. 한 번쯤 뒤를 돌아볼 법도

한데 강희는 그런 미련 따위 보여주지 않았다.

"동네 산책이나 해볼까?"

누가 듣고 있는 것도 아닌데 나도 모르게 속에 있는 말을 입 밖으로 내뱉으며 대문을 열고 나왔다. 괜한 민망함에 헛기침을 몇 번 하고 가벼운 발걸음으로 산책에 나섰다. 어슬렁어슬렁 밤공기를 마시며 걸을 생각이었는데 두 발이 알아서 윤강희 집이 있는 쪽으로 향했다. 눈은 분주할 정도로 강희의 그림자를 찾아 움직였다.

11시 37분.

늦은 시간이었지만 경자 다방 문을 닫고 갔으니 마음이 잘 맞는다는 그 남자 친구와 만난 지 그리 오래된 시간은 아니다. 그래도 술 한잔을 마시며 우정을 다지기에는 충분한 시간이었다. 그렇다고 전화해서 아직도 같이 있는지, 언제 올 건지 물을 수 없어서 애가 타기 시작한다. 어울려 놀다가 연애를 시작한 사이가 아니라서, 내가 없는 곳에서 윤강희는 사람들과 어떻게 노는지 알 수가 없으니 답답하기만 하다. 술에 취해 제 몸도 가누지 못하고 누구에게나 쉬워 보이는 여자의 모습은 아니라는 걸 의심하지 않으면서도 여전히 마음이 불편하다.

나, 대체 그 전에는 어떤 심정으로 연애를 했던 걸까. 기억도 나지 않지만 어쨌든 지금과 같은 마음은 아니었던 것 같다.

"자주 보네요, 특히나 여기서."

검은 비닐봉지를 든 이정윤이 눈을 가늘게 뜨고 내게 다가오고 있었다. 분명히 산책하듯 여유 있게 걸어왔는데 이미 윤강희가 사는 빌라 앞이다. 하필이면 이 시간에, 딱 이 빌라 앞에서 만나다니.

"그러네요."

당황하지 않은 척 태연하게 이정윤에게 눈인사를 건넸다.

"강희 친구 만나러 갔는데?"

"압니다."

"남자 친구인데?"

"그것도 압니다."

"둘이 연애하기로 했어요?"

스윽, 코앞으로 다가온 이정윤이 대뜸 물었다. 5초도 되지 않는 그 짧은 순간에 고민이라는 걸 했다.

"네."

가족이나 다를 것 없는 언니라는데, 더구나 내가 미성년자와 해서는 안 될 짓을 하는 것도 아닌데 굳이 숨길 이유는 없을 것 같아서 사실대로 말했다.

"언제 밥 먹으러 와요."

"네?"

"집으로 한번 오라고요."

마치 윤강희의 엄마라도 되는 것 같은 눈빛으로 이정윤이 초대를 했다. 내가 더 연상일 듯하고 사회적 위치로 볼 때도 부족할 것이 없는 나지만 어쩐지 이 여자, 그러니까 윤강희의 언니라고 하는 이정윤 앞에서는 은근히 공손해진다. 그래야만 할 것 같다.

"내일 어때요?"

언제 한번 오라더니 바로 내일 오란다.

"약속 있어요?"

"아니요."

"그럼 같이 점심 먹어요."

"강희한테 물어봐야 하는 거 아닙니까?"
"이따 들어오면 물어보죠, 뭐."
"아, 네."
시원시원한 건 좋은데 같이 살면 피곤할 것도 같다. 난 그냥 조용하고 차분한, 때로는 무서운 눈을 하는 윤강희가 좋다.
"강희 올 때까지 여기서 기다릴 거예요?"
"아니요."
"곧 올 텐데?"
"그걸 어떻게 압니까?"
"12시는 안 넘기는 애예요."
아주 유용한 정보를 남기고 이정윤은 검은 봉지를 흔들며 빌라 안으로 들어갔다. 얼마 지나지 않아 맨 꼭대기 층에 불이 켜졌다. 은 사장과 같은 건물 아래층에 산다고 했으니 그 아래 있는 창문 중 하나가 강희가 사는 집인가 보다. 불이 꺼진 창문들을 눈으로 훑으며 그 안에서 잠을 자고 밥을 해 먹고 책을 읽기도 했을 강희를 자연스레 떠올렸다.
"여기서 뭐 해요?"
그리고 반가운 강희의 목소리가 들려왔다.
"나 기다렸어요?"
다가온 강희의 얼굴은 아까와 달라진 게 없었다. 빨갛게 달아오르지도 않았고 눈이 게슴츠레 풀어지지도 않았다. 흐트러짐 없는 걸음걸이로 윤강희는 여전히 예쁘게 내 앞에 서 있었다.
"12시는 안 넘었네?"
이정윤 말이 맞았다. 시계는 정확히 11시 53분을 가리키고 있었다.

"술 안 마셨어?"

"마셨어요."

강희 입술 가까이 코를 갖다 댔다. 친숙한 샴푸 냄새와 은은한 소주 향이 바람을 따라 코끝을 건드렸다.

"같이 마신 친구는 안 데려다주고 혼자 간 거야?"

"취해서 택시 태워서 보냈어요."

"네가?"

"나 술 세다고 했잖아요."

씨익, 입술 끝을 올려 웃더니 윤강희가 느닷없이 다가와 턱 아래까지 제 얼굴을 들이밀었다. 하마터면 윤강희 이마에 입술이 닿을 뻔했다.

"나 보고 싶어서 기다렸어요?"

숨을 내쉴 수 없을 만큼 밀착된 상태에서 윤강희가 물었다. 가슴이 떨려서 곧바로 대답이 나오지 않는다. 입을 열면 미친 듯이 날뛰는 심장이 자리를 박차고 튀어나올 것만 같다. 순간이지만 눈앞이 아찔하고 어지럽다. 윤강희가 숨을 내쉴 때마다 나는 알싸한 소주 향에 취할 것만 같다.

"밥은 먹었어요?"

한 발 뒤로 물러서며 강희가 또 물었다. 겨우 참았던 숨을 들키지 않게 간헐적으로 내뱉었다. 이제야 살 것 같다.

"어."

"커피 마실래요?"

"지금?"

가만히 고개를 끄덕이더니 윤강희가 내 옆에 와 섰다. 그리고 내 손을 잡았다. 또 가슴이 쿵쿵 뛴다. 참 가볍고도 가볍다.

아무도 없는, 아무도 들어올 수 없는, 불이 꺼진 경자 다방에 윤강희와 단둘이 있으려니 기분이 묘하다. 커피를 내리고 있는 강희를 보고 있는 것만으로도 꿈을 꾸는 것처럼 좋다. 호텔이나 고급 레스토랑이 아닌데 이 좁고 허름한 공간에 단둘이 있다는 것만으로도 좋을 수 있다는 게 신기하다.

돈이라는 가치가 보이지 않는 장소와 물건을 여자들은 싫어한다고 믿었다. 어디를 가서 무엇을 먹든 무조건 비싸야 했다. 돈으로 행복을 저울질했고 돈으로 가치를 매겼다. 그게 현실이고 그게 전부인 줄 알았다. 어쨌든 주위에 있던 사람들의 기준은 거의 다가 돈이었으니까. 그 속에서 살았고 지금도 살아가고 있으니까.

그런데 윤강희는 아닌 것 같다. 아이스크림 하나씩 물고 동네 놀이터에만 있어도, 생글생글 웃고 손을 잡고 별일 없이 동네를 걸어도 윤강희는 잘만 웃는다. 다리가 아프다고 불평하지 않고 값비싼 것에 시선을 두지 않았다.

"잠 안 올까 봐 연하게 내렸어요."

나이답지 않게 배려가 넘치고 지혜롭다. 마음을 연 후부터 윤강희는 얼음 공주 같았던 처음의 이미지를 완전히 잊게 했다.

"뭐 했어요?"

"밥 먹고 메일도 확인하고 잠 안 와서 산책도 하고."

"내 생각도 하고?"

입가에 미소를 가득 머금고 반달이 된 눈으로 보면 어쩌라는 건가. 갑작스러운 변화에 정신을 못 차리겠다. 좋아서 미쳐버리겠다.

"윤강희."
그러다 불현듯 궁금한 게 생각났다.
"왜요?"
"연애 몇 번이나 해봤어?"
다른 사람은 몰라도 나를 홀리는 재주는 분명 타고났다. 사람을 아주 롤러코스터를 탄 것처럼 정신없게 만든다.
"안 해봤는데요?"
"처음이라고?"
"네."
"연애해본 적 없다는 말이 진짜라고?"
"하자는 사람은 많았지만 안 했어요."
이 와중에 잘난 척도 하신다. 이 정도면 윤강희의 심장은 남들보다 더 크고 단단한 것 같다. 강심장에, 타고난 연애 고수다.
"왜?"
"하고 싶은 사람이 없었으니까."
이 말에 또 심장이 쿵 내려앉는다.
"너 때문에 심장병 걸리겠다."
"왜요?"
사람 홀려놓고 순진무구한 표정으로 왜냐고 묻는 윤강희는 진짜 여우다. 이러니 안 홀릴 수가 없다.
"여기가 너덜너덜해."
강희의 손을 가져다 내 왼쪽 가슴 위로 올려놨다. 무덤덤한 표정의 강희가 빠르게 뛰는 내 심장을 손으로 느끼고는 얄궂게 미소를 지었다.

"서태인 씨 보기보다 여린 남자네."

태어나 처음 듣는 말이다. 그런데 싫지가 않다. 여리다는 말보다 남자라는 말이 더 가슴이 콕 박혔다.

"내가 이러면 안 여린 윤강희도 좀 떨리려나?"

심장을 누르고 있는 윤강희의 손을 좀 더 끌어당겨 내 허리를 두르게 했다. 뽀얀 얼굴이 바로 코앞으로 다가왔다. 잔잔하게 뿌려지는 숨결이 콧잔등에 떨어진다. 밝지 않은 조명 아래에서도 강희의 얼굴이 또렷하게 보인다. 보드라운 솜털이 보일 정도로 가까운 거리다. 하지만 이 정도에 강희는 당황하지 않는 듯했다. 그래서 좀 더 다가갔다.

"이러면?"

윤강희의 얇은 입술 위에서 내 입술이 아슬아슬 꿈틀거렸다. 닿을 듯 말 듯 위험한 그 거리를 두고 내 심장은 요동쳤다.

"떨려요."

윤강희의 입술이 닫히기 전에 움직였다. 벌어진 입술 사이로 내 입술을 들이밀고 그 안으로 미끄러지듯 혀를 집어넣었다. 예상보다 더 달콤한 향기가 입 안을 가득 채웠다. 허리에 닿아 있는 강희의 손에 힘이 더해졌다. 강희의 가는 목덜미를 한 손으로 부여잡고 좀 더 깊숙이 혀를 밀어 넣었다. 뜨거운 숨이 입 안으로 들어오고 아찔한 소리가 머릿속을 부유했다. 숨을 내쉬는 그 짧은 찰나조차 견딜 수가 없을 것 같아 필사적으로 강희를 끌어당겼다.

분명 부드럽고 감미로운 입맞춤을 해주려고 했던 건데, 내 이성이 그걸 견디지 못했다. 굶주린 늑대처럼 번번이 거칠어지려고 했다. 목덜미를 잡고 있는 손이 제멋대로 다른 곳으로 내려가려 했다.

하지만 그건 안 되는 거였다. 강희를 놀라게 할 수는 없다. 처음부터 겁먹게 하는 건 안 된다. 발가락이 부러질 정도로 힘을 줘가면서 깨어난 온몸의 감각들을 충족시켜야 했다. 서서히 반응하듯 움직이기 시작한 강희의 혀를 다정하고 세심하게 맞아야 한다. 아래로 내려가려는 손에 힘을 주고 온순하지 못하고 거세지는 혀를 다독이며 그렇게 위태롭게 이성의 끈을 붙잡은 채로 강희와의 첫 키스를 즐겼다.

"하아……."

한결 가빠진 숨을 몰아쉬며 강희가 붉어진 얼굴로 나를 바라봤다. 촉촉하게 젖은 눈동자가 사랑스럽다. 발그레 물이 든 얼굴이 예쁘다. 그래서 살짝 벌어진 강희의 입술에 도장을 찍듯 내 입술을 한 번 더 내리눌렀다. 입술을 떼고 깊어진 강희의 눈동자를 한없이 들여다봤다. 순간 저릿함이 심장을 에워쌌다.

본능에 끌려 다가갔고 키스를 했다. 그런데 그 끝에 오는 감정은 쾌락의 것이 아니었다. 그보다 더 진하고 깊었다. 말로는 설명할 수 없는 따뜻함이다. 노는 걸로는 절대 만족할 수 없을 것 같은, 불안하면서도 설레는 그런 기분이다.

아침에 일어나 제일 먼저 강희에게 전화를 했다. 잘 잤는지 물으며 어제 이정윤에게 집으로 초대받은 일에 대해 얘기했다. 강희는 놀라지 않았다. 대신 많이 불편할 수 있을 텐데 그래도 오겠는지 되물어왔다. 불편할 수 있다는 것과 강희와 단둘이 있을 수 없다는 게 마음에 걸려 내키지는 않았지만 그래도 가족에게 받은 첫 초대라 대범한 척 괜찮다고 대답했다.

샤워를 하고 옷을 서너 벌 입어본 후 그에 맞는 신발을 고르느라 또 30여 분을 허비했는데도 약속 시간이 한참이나 남아 말끔하게 차려입은 상태로 정원을 어슬렁거렸다. 초등학교에 입학해서 첫 소풍을 가기 전날처럼 그렇게 마음이 들떴다. 나도 이런 순진한 구석이 있구나, 새삼 놀랍기도 했다.

-Rrrrrrrr.

주머니 깊숙이 넣어둔 휴대폰이 울렸다. 벨소리와 함께 심장이 요동치기 시작했다. 이런 연애, 낯설지만 싫지 않다.

"여보세요."

-준비 다 했니?

강희라고 생각해서 주머니에서 휴대폰을 꺼냄과 동시에 통화버튼을 눌러 귀에 댔다. 당연히 윤강희라고 생각했다. 그런데 아니었다.

"무슨 일이세요?"

-실수하지 말고 시간 잘 맞춰서 나와.

앞뒤 잘라내고 당신 하고 싶은 말만 하는, 어제와 마찬가지로 어머니는 평행선을 달리는 게 아니라 아예 등을 지고 다른 곳을 향해 달린다.

"알아듣게 말씀하세요."

-너 설마 오늘 점심 약속 잊은 거야?

"그런 약속 한 적 없습니다."

-얘가 정말 왜 이래?

"바빠요, 그만 끊겠습니다."

-서태인!

좋은 기분 망치고 싶지 않다. 서둘러 전화를 끊고 휴대폰을 진동으로 바꿔 주머니 가장 안쪽까지 찔러 넣었다. 머리칼을 건드리고 지나가는 바람에 잡스러운 생각들도 실어 보냈다. 온전히는 아니어도 강희 생각만으로도 머릿속에서 지분거리는 잡음은 들리지 않는다.

"뭐 해요?"

등 뒤 담 너머에서 강희의 목소리가 들려왔다. 이미 꿈틀거리기 시작한 입술에 억지로 힘을 주며 고개를 돌렸다.

"설마 나 데리러 온 거야?"

담 가까이 다가가며 새어 나오는 미소를 감추지 못했다.

"보고 싶어서요."

얼굴을 붉히지도 않고 시선을 피하지도 않은 채 강희는 어리둥절할 정도로 담백하게 제 마음을 꺼내놨다.

"이 아가씨 진짜 사람 미치게 하네."

이렇게 빨라도 되나 싶을 정도로 강희는 전력 질주를 하기 시작했다. 출발은 내가 먼저 했는데, 이러다 추월을 당할 것만 같다.

"들어가도 돼요?"

"아, 미안."

잠겼던 대문을 열고 봄바람처럼 살랑이는 강희를 안으로 들어오게 했다. 그녀에게서 나는 은은한 꽃향기가 상큼하다. 화장을 하는 것도 아니고 향수는 뿌리지도 않는 것 같은데 묘하게도 강희에게서는 늘 향기가 난다.

"그건 뭐야?"

"두부."

손에 들고 있던 자그마한 검은 봉지를 달랑달랑 흔들면서 강희는 씨익 장난스럽게 웃었다.

"점심에 두부 먹여주는 건가?"

"아마도."

"나 보고 싶어서 마트에서 여기까지 돌아왔어?"

"네."

뼈가 으스러지게 안아주고 싶다. 예뻐도 너무 예쁘다. 거짓말을 하지 않아서, 내 눈을 똑바로 진심 어린 눈으로 마주해서, 내가 하는 말에 귀를 기울여줘서, 특별하지 않은 일상을 특별하게 만들어줘서 고맙고 예쁘다.

"보고 싶기만 했어?"

"그럼?"

"안고 싶지는 않았어?"

두 팔을 벌리자 강희는 망설이지 않고 내 품에 안겼다. 세상을 다 가진 것 같다는 기분이 어떤 건지 알 것 같다. 지금 이 순간, 아무것도 바랄 게 없다.

"전화 온다."

"어?"

"서태인 씨 주머니에서 진동이 느껴져요. 휴대폰 울리는 거 아니에요?"

"아니, 내 심장이 좋아서 날뛰는 거야."

그저 강희를 으스러지게 꽈악 안았다. 온몸으로 퍼지는 따스한 온기에 눈이 스르르 감긴다. 워낙에 노는 거 좋아하고 회사 일에는 관심도 없고, 물론 관심을 가져서는 안 되는 입장이지만, 어쨌든 강희와 같이 있으면 더 베짱이가 되고 싶어진다. 그냥 이대로 한량처럼 윤강희를 옆에 두고 놀고만 싶다.

"아침은 먹었어요?"

품에서 나온 강희가 앙증맞은 눈으로 물었다.

"아니."

"먹어야 하는데?"

"왜?"

"점심이 생각보다 만족스럽지는 않을 거예요."

"긴장해서 많이 못 먹을까 봐?"

입술을 두어 번 꼬물거리더니 강희는 중요한 비밀을 털어놓듯 내게 한 걸음 다가와 속삭였다.

"우리 언니가 요리를 더럽게 못하거든요."

고개를 끄덕이는 강희의 눈빛에서 단호함이 엿보인다.

예상하지 못했던 반전이다. 결혼을 한 모든 평범한 여자는 살림을 잘하고 아이를 잘 키우고 요리를 잘하는 줄 알았다. 그런데 강희의 말대로 이정윤의 요리는…….

"입에 맞을지 모르겠네요."

길에서 마주쳤을 때와 다르게 집에서의 이정윤은 상냥하고 친절했다. 나를 향해 잘 웃어주고 내가 불편하지 않게 이것저것 배려했다. 그래서 차마 진실을 말하지 못하겠다.

"네, 맛있습니다."

거짓말하는 걸 싫어하지만 때와 장소에 따라 놀라울 정도로 천연덕스럽게 거짓말을 잘하기는 한다. 자라온 환경 탓에 사실 아주

능숙한 편이다.

"정말요?"

눈이 안 보일 정도로 환하게 웃는 이정윤 때문에 입에도 맞지 않는 두부전골을 크게 한 숟가락 떠서 입에 넣었다. 애국가를 부르며 경건한 마음으로 두부의 참맛을 찾기 위해 애썼다.

"이것 봐, 내 요리를 좋아해 주는 사람도 있다니까?"

"좋아하는 척하는 거겠지."

"윤강희."

이정윤의 눈이 금세 가자미처럼 가늘게 휘었다. 잡아먹을 것처럼 노려봤지만 강희는 꿈쩍도 하지 않고 밥을 김에 싸서 먹었다. 그 김이 너무도 먹고 싶었지만 손을 뻗을 수가 없었다. 나를 너무도 부담스러운 눈길로 바라보고 있는 이정윤 때문에 하는 수 없이 두부맛이 전혀 나지 않는 두부전골을 또 한 숟가락 떠야 했다.

"다음에 또 초대할 거면 그때는 고기 해줘."

"고기 먹고 싶어?"

"삼겹살은 누가 구워도 맛있으니까."

"그건 그렇지."

꾸역꾸역 밥만 먹던 은 사장이 겨우 입을 열어 한마디 거들었다. 찌릿, 보이지 않는 레이저가 강희에게서 은 사장에게로 넘어갔다.

단란하면서도 살벌한, 평범하면서도 비범한 가족이다. 그래도 사람 냄새가 난다. 친구들 집에 갔을 때 느꼈던 딱 그 분위기다. 우리 집에서는 단 한 번도 느껴보지 못했던 아늑함.

부럽다.

"계속 이런 식이면 저녁에도 내가 요리라는 걸 하는 수가 있어."

"이것도 새벽부터 준비한 건데 저녁에 요리하려면 점심 먹자마자 바로 시작해야 하는 거 아니야? 괜찮겠어?"

오늘의 메인이라고 할 수 있는 두부전골과 동그라미 같기도 하고 얼핏 하트 같기도 한 맛살전, 그리고 싸서 먹을 게 없음에도 떡하니 식탁 한가운데를 차지하고 있는 신선한 상추쌈, 오늘 바로 한 것처럼 보이지는 않는 몇 가지 마른반찬과 나물들이 차려진 소박한 밥상을 대체 무엇 때문에 새벽부터 준비한 걸까.

원래 요리라는 게 그렇게 고난이도로 어려운 건가? 본가에서는 이것보다 몇 배는 많은 화려한 요리가 끼니마다 별 어려움 없이 나오는 것 같던데 내가 잘못 알고 있었던 건가?

"하긴 그건 좀 무리네."

"어, 언니는 충분히 했어. 그러니까 저녁은 내가 알아서 먹을게."

"아니지, 저녁까지 같이 먹어야지. 우리 넷이서."

분명 점심 초대를 받아서 온 것 같은데 이정윤은 저녁까지 풀코스로 계획을 세워놨단다. 점심을 다 먹은 후에는 넷이서 오붓하게 둘러앉아 맥주를 마시고 저녁에는 뭐든 먹고 소주를 마실 생각이란다.

이유는 하나였다. 아끼고 사랑하는 동생 윤강희가 어떤 남자를 만나는지, 그 남자의 술버릇은 어떤지 알기 위해서란다. 남자는 손버릇과 술버릇이 중요한 거라면서 이정윤은 단단히 각오를 하라는 듯한 무언의 압박을 내게 주기 시작했다. 은 사장은 옆에서 격려의 손짓으로 내 어깨를 두드렸고 믿었던 강희는 나와 눈을 맞추지 않았다. 뭔가 크게 엮인 것 같은 불안한 기운이 감돈다.

"나 술 세요."

스윽, 옆으로 다가온 강희가 내 귀에 대고 나직이 말했다. 손을 잡아주며 다독이듯 고개도 끄덕여줬다. 이토록 사랑스럽고 든든한 연인이라니.

"아무 걱정 마요."

오늘뿐 아니라 내일도 아무 걱정 하지 않아도 될 것 같다. 이 작고 어린 여자가 내 불안정한 삶을 지켜줄 것만 같다. 착각이고 지나친 기대겠지만 그래도 마음만은 그렇다. 누려보지 못한 지금의 특별한 일상이 좋고 경험해보지 못한 윤강희와의 연애가 좋다.

오후 2시 28분.

식사를 하고 입가심으로 맥주나 와인을 가볍게 마신 적은 있어도, 아예 판을 깔아놓고 마시고 죽자는 분위기 속에서 술을 마셔본 건 처음이었다. 내게 얼마나 안 좋은 술버릇이 있는지 다 까발려보겠다던 은 사장과 이정윤 부부는 소주는 아예 꺼내보지도 못하고 고작 맥주 3병에 드러누웠고, 술이 세다고 했던 강희는 역시나 말짱한 얼굴로 개판이 된 식탁과 주방을 치우느라 분주했다.

"재미있는 부부네."

누워 있다가 벌떡 일어나 제 발로 안방으로 들어간 이정윤과 다르게 은 사장은 내가 짐짝처럼 질질 끌고 겨우 방에 데리고 가 눕혀야 했다.

"같이 있으면 심심하지는 않아요."

"그럴 것 같다."
"속 괜찮아요?"
"얼마나 마셨다고."
"점심이 부실했잖아요."
핑크색의 고무장갑을 끼고 설거지를 하는 강희의 모습이 어색하지가 않다. 제집처럼 편안해 보인다.
"언니가 해주는 밥 매일 먹는 건 아니지?"
왜 맛있는 거 사주는 사람을 좋다고 하는지 어렴풋이 알 것도 같다.
"매일 먹으면 죽어요."
"은 사장은 매일 먹잖아."
"형부는 사랑으로 극복 중이고."
참 위대하고 존경스러운 사랑이다. 나라면 매일이 아니라 일주일에 한 번도 참아내기 힘들 것 같다.
"라면이라도 끓여줄까요?"
"괜찮아. 내가 도와줄 건 없어?"
할 줄 아는 게 없지만 어쩐지 가만히 앉아만 있으면 안 될 것 같아 슬그머니 엉덩이를 떼고 일어났다.
"할 줄 아는 거 있어요?"
"아니."
귀하게 자란 건 아니지만 그래도 손에 물을 묻히거나 집안일을 할 필요는 없었으니까.
"그래도 알려주면 할 수는 있지."
"그럼 거기 남은 음식들 저기 있는 통에 담아줘요."

"왜?"

"남았잖아요."

"그러니까 먹다 남은 걸 왜 담느냐고."

"내일 먹으려고요."

"이 사람 저 사람이 젓가락으로 집적댔던 걸 내일 또 먹는다고?"

남은 건 당연히 버리는 게 맞고, 오늘 먹은 반찬을 내일 또 먹는 것도 맞지 않다. 더구나 다른 사람이 먹다 남긴 건 먹는 게 아니다.

"서태인 씨 집에서는 식구들이 먹다 남긴 반찬 다 버려요?"

"어."

"우와."

나보다 더 놀란 눈으로 강희가 입을 동글게 모아 감탄했다.

"우리는 안 버리고 또 먹어요."

어깨를 가볍게 들었다 내리더니 강희는 다시금 설거지를 하기 시작했다. 등을 보이고 선 그녀 뒤에서 반찬통과 남겨진 반찬들을 번갈아보며 나름 고민에 빠졌다. 내 연인의 건강을 생각해서 이것들을 그냥 버릴 것인지, 그다지 고분고분하지 않은 내 연인의 성격을 생각해서 시키는 대로 이것들을 반찬통에 담을 것인지 진중하게 생각했다.

"여기에 담으면 되지?"

선택은 후자였다. 이것도 개인의 취향이고 다른 삶의 패턴이니까 존중하는 게 맞겠지. 결코 윤강희가 무서워서가 아니다.

"근데 오늘 약속 있었던 거 아니에요?"

"어?"

"아까부터 서태인 씨 휴대폰, 엄청 울리던데요?"

진동으로 해놔서 잘 몰랐다. 알아도 모른 척하고 싶었다. 수도 없이 전화를 했을 사람은 빤하니까.

"중요한 일 아니야."

하지만 귀찮은 일이고 앞으로 좀 시끄러워질 일이기는 하다. 어머니와 관련된 일은 매번 그랬다. 도무지 대화가 통하지 않았다. 당신 생각이 제일 옳고 당신 입장이 제일 중요한 분이었다. 젊은 시절에는 배우만큼이나 화려한 미모로 아버지를 꼼짝 못하게 휘어잡을 수 있었지만 나이가 든 지금은 그것도 잘 먹히지 않았다. 그래서 더 안달을 하며 욕심을 부렸다. 시들해지기 시작했다는 걸 알고 있어서, 아버지가 언제라도 완전히 돌아설 수 있다는 불안함에 어머니는 하나라도 더 챙기려고 했고 늘 그 앞에 나를 무기로 내세웠다.

화수분처럼 마르지 않고 생겨나는 어머니 욕심에 점점 지쳤다. 아니, 이미 지칠 대로 지쳐서 서서히 등을 돌리고 있는 것도 같다.

"커피 마시러 나갈까?"

"커피 마시고 싶어요?"

"아니, 너랑 더 오래 같이 있고 싶어."

배시시 웃으며 강희가 고무장갑을 벗었다. 식탁 위에 있는 것들을 마저 정리하고 그녀는 내 손을 잡았다.

"나는 서태인 씨 손 잡고 싶었어요."

이 여자는 나의 무엇에 마음을 열었을까. 나이도 많고 착하지도 않고 은 사장 같은 좋은 가족도 없는 나인데. 도대체 무엇을 보고 내 손을 잡아줬을까.

경자 다방이 아닌 동네 다른 커피숍에서 커피 두 잔을 사서 한 쪽 손에 든 채 우리는 손을 잡고 동네를 걸었다. 호텔이 아닌 동네 이름도 모르는 커피숍에서 커피를 사는 것도, 목적지 없이 손을 잡고 걷는 것도, 명품 가방을 들지 않고 명품 선글라스를 쓰지 않고도 전혀 불편해 보이지 않는 여자를 만나는 것도 다 처음이다.

"좀 미안해지려고 한다."

"뭐가요?"

"너 꼬신 거."

"왜요?"

"제대로 못 산 것 같아서 미안하고 쪽팔리고 그래."

그렇다고 한꺼번에 여러 여자를 만나거나 울리지는 않았다. 사람에게 상해를 입힌 적도 없고 누군가에게 사기를 친 적도 없다. 그들이 나에게 필요한 것을 얻기 위해 내 앞에 고개를 숙인 것처럼 나 역시 그들에게서 가져올 수 있는 것들을 갖기 위해 내게 넘치는 것들을 나눴다. 진심 따위 없는 비즈니스와 같은 관계였지만 그 순간만큼은 서로 즐거웠다.

그런데 윤강희와 같이 있으면 그때의 순간들이 조금은 수치스럽게 느껴진다. 그깟 돈으로 사람을 사고 시간을 사고 관계를 산 것 같아 내 인생 전부가 하찮아진다. 어머니를 부끄러워하면서도 어머니처럼 갖고 있는 것을 으스대며 사람을 대했고 그게 진짜 내 힘이라고 여겼다.

"막 예쁜 여자만 보면 놀자고 그랬어요?"

"어?"

"아니면 공부해야 할 때 공부 안 하고 돈 벌어야 할 때 놀고 그랬나?"

스물한 살 어린 여자의 기준에서 쪽팔린 삶은 그런 건가 보다. 이것마저도 순수하다.

"공부는 안 했고 놀기는 많이 놀았지."

"바람직한 삶은 아니었네요."

시럽을 넣지 않은 블랙커피를 강희는 쭈욱 소리가 나게 빨아들였다.

"그래도 대학도 가고 지금 회사도 다니고 있잖아요."

"그건 그렇지."

"앞으로 바람직하게 살면 되겠네요."

나를 돌아보며 강희는 햇살처럼 환하게 웃었다. 헤벌쭉, 내 입술이 길게 올라갔다.

"나는 공부도 열심히 했고 많이 놀지도 않았는데 내가 하고 싶은 거 제대로 못 했어요."

"뭐가 하고 싶었는데?"

"대학도 가고 싶었고 가수도 되고 싶었고 돈도 많이 벌고 싶었고."

아무렇지 않게 말했지만 스치듯 보이는 강희의 옆얼굴은 왠지 씁쓸해 보였다.

"대학은 안 갈 거고 가수는 힘들 것 같고 돈은 열심히 모으고 있고. 그래서 나는 내 인생이 아직은 하나도 안 쪽팔려요."

아직은, 이라고 말하는 강희가 어리지만 멋있게 보인다.

"서태인 씨는 대학도 졸업했고 돈도 열심히 벌고 있고 나처럼 예쁜 애랑 이렇게 손잡고 놀고 있으니까 쪽팔릴 필요 없어요."

"그런가?"

입 안을 가득 채운 커피가 하나도 쓰지가 않다. 샷을 두 개나 추가했는데도 시럽을 듬뿍 넣은 것처럼 달콤하다.

"연애하니까 좋다."

맞잡은 손을 앞뒤로 흔들며 우리는 제법 씩씩하게 걸었다.

"저쪽으로 가자."

내 집과는 반대 방향인 곳으로 몸을 돌렸다. 그러자 강희가 다시 방향을 틀었다.

"집까지 데려다줄게요."

"그리고?"

"서태인 씨는 서태인 씨 집으로 들어가고 나는 내 집으로 가고."

"이렇게 데이트 끝내자고?"

"아쉬워요?"

"어."

"거의 하루를 같이 있었는데?"

"뭐야, 나만 아쉬운 거야?"

거짓말을 하지 못하는 윤강희는 커피 한 모금을 더 마시고는 나를 빤히 올려다보면서 고개를 끄덕였다.

"이럴 때는 거짓말 좀 하면 안 돼?"

"저녁에 아르바이트 있어요."

"그게 거짓말이야?"

"아니, 진짜."

"무슨 아르바이트?"

"노래 부르러 가야 해요."

"오늘 저녁에?"

"네."

"어디로?"

"집에서 안 멀어요."

노래 부르는 강희가 보고 싶어진다. 그러다 문득 나처럼 한눈에 반해 따라붙는 놈이 있으면 어쩌나 걱정이 된다.

"같이 갈까?"

그래서 은근슬쩍 물었다. 다시 내 손을 잡은 강희가 내 집이 있는 쪽을 향해 천천히 걸음을 내디뎠다.

"원래 일터에 애인 데리고 가고 그러는 거 아닌데?"

그래도 싫다고 거절하지는 않았으니까 긍정적으로 생각해도 될 것 같다. 마무리까지 완벽한 하루가 되겠다, 라는 생각을 막 끝내기도 전에 먹구름이 끼기 시작했다.

"정말 같이 가고 싶어요?"

강희의 물음에 대답을 하며 멀리 보이는 낯익은 차로 시선을 옮겼다. 그 차는 정확히 내 집 담벼락 아래 주차를 하고 있었다. 세상에 하나밖에 없는 차는 아니었지만 번호판을 보지 않아도 그 안에 타고 있는 사람이 누군지 알 것 같았다.

"이따 전화할게."

슬며시 강희의 손을 놨다. 걸음을 멈추고 강희를 바라봤다.

"너무 예쁘지는 않게 해."

흘러내린 머리칼을 귀 뒤로 넘겨주고 싱긋 웃어줬다.

"너무 멋있지는 않게 하고 나와요."

강희의 커다랗고 새까만 눈동자 속에 내 얼굴이 엿보였다. 오래도록 이렇게 마주하고 있으면 얼마나 좋을까. 동네를 몇 바퀴 더 돌면 얼마나 좋을까.

"서태인."

막 강희가 손을 흔들며 나에게서 몸을 돌렸을 때였다. 나만 들었기를 바라며 강희의 뒤통수를 쳐다보고 있었다.

"누구니?"

인내심 없는 어머니가 기어이 강희를 아는 척하듯 물었고 강희는 다시금 돌아섰다.

"모르셔도 됩니다."

생각보다 어머니의 걸음이 너무 빨랐다. 강희를 미처 돌려보내기도 전에 어머니는 어느새 내 옆까지 걸어왔다. 어리둥절한 표정으로 강희는 나와 어머니를 쳐다봤다. 그러다 이내 누군지도 모르는 내 어머니를 향해 고개를 숙여 인사했다. 어머니의 서늘한 눈이 강희의 전신을 훑어 내렸다.

"전화할게, 가."

마주하게 하고 싶지 않다. 같은 시간, 같은 공간에 어머니와 강희를 두고 싶지 않다. 나한테 실망할 게 빤하니까. 어머니가 상처를 줄 게 분명하니까.

"갈게요."

내게 눈인사를 해주고 어머니에게 한 번 더 머리를 움직여 인사를 하고 강희가 돌아섰다. 좀 더 붙잡아두기 위해 다가오는 어머니를 막아섰다. 서서히 멀어지고 있는 강희를 곁눈질하면서 어머니는 못마땅한 듯 미간을 찌푸렸다.

"저런 애랑 노닥거리느라고 약속을 깬 거니?"

"같은 얘기 몇 번을 반복해야 만족하시겠어요? 제 의사 무시하고 일방적으로 약속 잡으신 건 어머니세요."

"설마 저 애랑 연애라도 하는 거야?"

"가세요."

"희연 양한테 정중히 사과해."

"안 합니다."

"그리고 다시 약속 잡아. 이번에는 실수하지 말고."

벽에 대고 떠들고 있는 심정이다. 누나들과 피 튀기게 싸우고 경영권을 오롯이 내 것으로 만들면 만족하실까. 아니, 아마도 그때는 다른 욕심을 내실 거다. 그게 무엇인지 알아서, 그리고 절대 그게 끝이 아니라는 걸 알아서 차마 어머니 편에 설 수가 없다. 그렇게까지 괴물이 되고 싶지는 않다.

"네, 다시 약속 잡아야 할 것 같네요."

어머니의 눈매가 금세 둥글게 말렸다.

"그래, 괜히 격 떨어지게 아무하고나 어울리지 말고 품위 지켜."

강희를 서둘러 돌려보내길 잘했다. 만약 강희가 있었다면 어머니는 지금보다 더 격 떨어지는 말로 상처를 줬을 거다.

"알아서 할 테니까 그만 가세요."

만족스러운 대답을 들었는지 어머니는 가보겠다는 말도 하지 않고 곧장 차에 올랐다. 아들이 어떻게 사는지, 먹을 건 잘 챙겨 먹는지, 지내는 데 불편한 건 없는지는 챙길 생각조차 하지 않았다. 어머니답다.

"후우."

어머니의 차가 사라진 곳을 한참이나 바라보는데 나도 모르게 진득한 숨이 몰아 나왔다. 주먹이 둥글게 말렸다. 명치가 따끔거렸다. 넋을 놓고 있으면 안 될 것 같은, 진짜 정신을 차리고 살아야 할 것만 같은 강한 오기가 꿈틀거리기 시작했다. 예감이 좋지 않았다.

7. 행복과 불행의 공존

나와는 전혀 다른 생각을 하고 있는 듯한 표정으로 유희연은 약속 시각보다 20여 분 정도 늦게 모습을 나타냈다.

"일부러 늦었어요."

"압니다."

"알면서도 기다렸다는 건 지난번 일에 대해 상당히 미안하게 생각한다는 뜻이겠죠?"

멋대로 생각하고 멋대로 행동하는 게 어머니와 너무나도 닮았다. 그래서 유희연이란 여자가 더 마음에 들지 않는다.

"한 번 더 확실히 해둬야 할 것 같아서 연락했고 그래서 지루했지만 참아가며 기다렸습니다."

유희연의 붉은 입술이 틀어지듯 올라갔다.

"커피 시킬 시간은 주시죠?"

손을 들어 커피를 주문하고, 유희연은 휴대폰을 꺼냈다. 문자를 보내는지 손가락이 여러 번 움직이는 것을 그저 가만히 기다려줬다. 주문한 커피가 나오고 유희연은 휴대폰을 테이블 위에 올려놨다. 여러 개의 반지를 낀 손가락으로 검은색의 빨대를 집어 음료 마시듯 커피를 들이켜면서 유희연은 그제야 눈을 내게로 향했다.

"이제 해도 됩니까?"

"하세요."

"유희연 씨랑 만날 생각도 없고 결혼할 생각은 더 없습니다."

더 이상의 배려는 시간 낭비일 뿐이다.

"여자로서의 매력도 없고 배경을 보고 결혼을 할 정도로 제가 별로 그런 쪽에 욕심이 없습니다."

"그런 것 같네요."

"이런 식의 불편한 만남, 더는 만들지 않았으면 합니다."

예전의 나였다면 거절을 당하고도 또 만나겠다고 나서는 유희연 때문에 나 잘났다고 어깨를 으스댔을지도 모르겠다. 다가오는 여자 마다한 적 별로 없고 그런 상황을 즐겼던 게 사실이다. 하지만 그건 어디까지나 강희를 만나기 전의 얘기다. 더구나 어머니까지 개입이 된 문제라 깔끔하게 잘라내는 게 맞다.

"어떤 스타일 좋아해요?"

정상적인 대화가 아예 안 되는 여자다.

"맞출게요."

"그렇게까지 해서 나와 결혼을 하려는 이유가 뭡니까?"

"어차피 조건이야 다 거기서 거기인데 이왕이면 근사한 남자가 좋지 않겠어요?"

유희연에게서 들은 칭찬에도 별로 기분이 좋아지지는 않는다.

"나는 서태인 씨 마음에 들어요. 놓치기 싫어요."

"나는 유희연 씨 마음에 안 듭니다. 유희연 씨랑 엮일 생각 없습니다."

차라리 늘어지게 잠이라도 자는 게 나을 뻔했다. 시간이 아깝다는 생각이 든 것도 참 오랜만이다.

"나만 정리한다고 해서 될 일이 아닌 거 같은데, 아닌가요?"

"그건 유희연 씨가 신경 쓸 문제가 아닌 것 같습니다."

"과연 그럴까요?"

내 말에 유희연은 뜻 모를 미소를 짓더니 자리에서 일어났다.

"제가 고집이 세요."

옆자리에 놔둔 핸드백을 들며 유희연은 흘리듯 말을 이었다.

"그리고 하지 말라고 하면 더 하고 싶어지는 못된 버릇도 있고요."

"그래서요?"

소파에 편하게 등을 기댄 채로 유희연을 올려다봤다.

"불편한 만남, 또 하게 될 거라고요."

치렁치렁 늘어뜨린 머리칼을 확 잡아당기고 싶은 충동이 인다. 억지를 쓰는 못된 네 살 어린애 같다.

"아니요, 나는 안 합니다."

이번엔 내가 다리를 펴고 일어났다.

"고집 센 걸로 치면 유희연 씨한테 절대 지지는 않을 겁니다. 그리고 한 번 엇나가자 마음먹으면 또 지랄 맞게 엇나갑니다, 내가."

강희가 내려주는 그윽한 커피 한 잔이 고프다. 오늘 회사는 조퇴해야겠다.

"먼저 가겠습니다."

살갑지 않은 눈인사를 건네고 먼저 커피숍을 나왔다. 바로 차에 올라 강희가 있는 경자 다방을 향해 핸들을 돌렸다.

회사를 땡땡이쳤다고 철없다며 놀리는 강희에게 진한 포옹으로 입막음을 하고 어슬렁어슬렁 카페 뒷마당에서 햇살을 만끽했다. 나를 따라서 은 사장도 빈둥거렸다.

"알바를 너무 부려먹는 거 아닙니까?"

"내가 옆에 있으면 저 알바가 엄청 성가셔하거든요."

틀린 말은 아닌 것 같다. 커피도 내리고 설거지도 하고 틈틈이 책도 보는 강희에게 은 사장은 큰 도움이 안 되는 것처럼 보이기는 했다.

"부러운 삶을 사시네요."

"서태인 씨도 별반 달라 보이지는 않는데요?"

은 사장의 눈이 커피숍 안에 있는 강희에게로 넘어갔다 돌아왔다. 아무래도 부러운 삶에 윤강희가 포함돼 있나 보다. 하긴 여러 면에서 윤강희가 이정윤 씨보다 낫기는 하다. 일단 요리도 잘하고, 얼굴은 두말할 것 없이 예쁘고, 나이도 어리고, 현명하고, 똑 부러지고…… 일일이 나열할 수가 없을 정도다.

"차마 아니라고는 못하겠네요."

순순히 인정을 하고 은 사장과 빈둥거림을 끝냈다. 잔디 위에 돗자리라도 깔아놨으면 그 위에 누워서 낮잠을 자고 싶을 정도로 한가로운 순간이다. 당연히 옆자리에는 은 사장이 아니라 강희가 있어야 한다. 팔베개를 해주고 나란히 누워서 눈이 시리도록 파란 하늘 구경을 하다가 어느 순간 스르르 잠이 들면…….

"저녁에 한잔할까요?"

단꿈을 깨트리고 은 사장이 말을 걸었다.

"술도 약하신 것 같던데 괜찮겠어요?"

"제가 또 소주파라서."

하여간 재미있는 사람이다.

"설마 이정윤 씨가 또 요리하는 건 아니죠?"

"에이, 설마요."

말을 해놓고도 등골이 서늘했는지 은 사장은 황급히 주변을 두리번거려 어딘가에서 지켜보고 있을지도 모를 이정윤 씨를 찾았다.

"그럼 오늘은 제가 사겠습니다."

강희와 단둘이 데이트를 하고 싶지만 은 사장 부부와 어울리는 것도 나름 재미가 있기는 하다. 더구나 집에까지 초대를 받아서 밥을 얻어먹었으니 한 번은 갚아야 도리겠지.

"서태인 씨 집에서?"

"아니요, 밖에서."

아쉬움 가득한 얼굴로 은 사장이 입맛을 다셨다.

"집은 좀 더 친해지면 초대하는 걸로 합시다."

"우리 이 정도면 친한 거 아니었습니까?"

"아직 먼 것 같은데요?"

"생기신 대로 까탈스럽네요."

험담 비슷한 말을 얼굴색 하나 변하지 않고 잘도 하는 은 사장이다.

"아무튼 한잔하기로 한 겁니다."
"네."
"저녁 하지 말라고 전화해야겠다."
싱글벙글 웃으며 은 사장은 휴대폰을 들고 카페 안으로 들어갔다. 바통 터치를 하듯이 은 사장에게 카운터를 맡기고 강희가 밖으로 나왔다.
"둘이 무슨 얘기했어요?"
"저녁에 술 한잔하자는 얘기."
"오늘?"
"어."
"나도?"
"너 빠지면 무슨 재미가 있다고 내가 은 사장이랑 술 약속을 잡아?"
"나 아니어도 둘이 잘 맞는 것 같은데요?"
"어디가?"
"여러모로."
"전혀 아니거든?"
피식 웃는 강희의 볼을 아프지 않게 꼬집었다. 깨물어주고 싶게 귀엽다는 말, 윤강희를 볼 때마다 떠오른다.
"많이 마시지 마."
"술 취해서 서태인 씨 덮칠까 봐 무서워요?"
유혹적인 눈웃음을 흘리며 강희가 가까이 스윽 다가왔다. 사람만 없다면 아마도 윤강희에게 입을 맞췄을 거다. 때때로 안고 싶고, 때때로 입을 맞추고 싶고, 때때로 눈을 들여다보고 싶다. 그냥 온종일 윤강희랑만 있으면 좋겠다. 미쳐도 제대로 미쳤다.

"근데 진짜 일 안 해도 돼요?"

"어."

"왜요?"

"나에 대해서 궁금해졌어?"

강희의 머리가 위아래로 몇 번 움직인다.

"알고 싶은 게 많아지고 그래서 많은 걸 알게 되면 함께하는 매 순간이 마냥 즐겁기만 하지는 않겠지만 사람은 그렇게 가까워지는 거니까."

가벼운 농담으로 듣기에는 너무도 맞는 말이다. 공유하는 게 많아진다는 건 깊어졌다는 거니까. 그 안에는 반드시 아픔과 상처도 존재할 테니까. 그리고 어쩐지 그 상처는 내가 아니라 강희가 더 많이 가져갈 것만 같다.

"이따 우리끼리 2차 할까?"

"하면?"

"나에 대해 더 많은 걸 알게 되겠지."

"무지 야하게 들리는 건 내 기분 탓이겠죠?"

"아마 아닐걸?"

큭큭, 강희가 웃음을 참지 못하고 고개를 돌렸다. 앞치마를 동여맨 허리가 오늘따라 더 가늘다. 술안주는 아무래도 고기로 해야 할 것 같다.

동네에서 제일 좋다는 소고깃집에서 강희와 그녀의 가족들을 대접했다. 저녁밥을 안 하게 해줘서 너무 고맙다며 이정윤 씨는 나를 더 살갑게 대했다.

"왜 결혼 안 했어요?"

고기를 집어 먹던 이정윤 씨가 느닷없는 질문으로 나를 당황스럽게 했다.

"보니까 일에 미쳐서 사는 워커홀릭도 아닌 것 같고 나름대로 꽤 노셨을 것 같아서요."

부부는 닮는다더니, 이정윤 씨도 말간 얼굴로 쿡 찌르는 말을 아무렇지 않게도 한다. 집게로 고기를 뒤집던 은 사장이 흥미로운 눈길로 나를 본다. 내 대답이 궁금한 모양이다. 하지만 정작 강희는 시큰둥한 표정으로 열심히 쌈을 싸고 있다.

"놀기는 했지만 꽤, 라고 할 만큼 놀지는 않았습니다."

사람마다 기준이라는 게 다른 법이니까. 내 기준에서 나는 꽤 놀지는 않았고 적당히 딱 좋게 놀았다.

"만나던 분 중에 결혼하고 싶었던 사람은 없었나 봐요?"

"에이, 남의 과거에 대해서는 묻는 게 아니지."

"그런가?"

"그럼, 실례야."

말은 그렇게 하면서도 은 사장은 여전히 내 입술만 뚫어져라 쳐다보고 있었다.

"만난다고 다 결혼하는 건 아니지만 그래도 만나는 동안은 적어도 오늘만이 아니라 내일까지는 생각해야 하는 거 아니에요?"

이정윤 씨가 짐짓 정색을 하고 물었다. 그녀의 다음 말을 기다리며 잘 익은 고기 한 점을 젓가락으로 집어 강희의 앞접시에 놔줬다.

"손도 잡고 키스도 하고 안기도 하고 그런다면서요."

강희는 입 안을 가득 채운 쌈을 부지런히 씹으며 내게서 이정윤에게로 시선을 던졌다.

"요즘 그런 거 다 하는 거고, 그런 거 했다고 책임지고 그러는 거 촌스럽다고 생각하는 거 아는데, 그래도 나는 윤강희의 유일한 보호자라서 쿨해질 수가 없어요."

강희를 보는 이정윤의 눈에서 걱정이 사무친다. 열 달 배 아파 나를 낳은 어머니에게서조차 한 번도 보지 못한 눈빛이다.

"만나는 동안 진심이었으면 좋겠어요."

"진심입니다."

"상처를 주고, 또 받고 하겠지만 그게 최소한이었으면 좋겠어요."

"그럴 겁니다."

상처 주는 일 따위 없을 거라는 거짓말은 못하겠다. 그건 아마 신이라도 지킬 수 없는 약속일 테니까.

"웃긴 거 아는데 처음이라서 그래요, 나도 강희도."

"어, 언니 웃겨."

"그러게 연애 좀 많이 하라고 했잖아."

"앞으로 많이 할 거야."

"뭐?"

사람 놀라게 해놓고 윤강희는 태연하게 고기쌈을 또 만들고 있었다.

"농담이지?"

"우리가 결혼을 할 건 아니잖아요."

웃으면서 말하지만 왠지 장난으로 들리지 않는다.

"할 수도 있지."

"아니, 아닐걸?"

"무슨 뜻이야?"

입이 터져라 쌈을 넣고 강희는 눈이 보이지 않게 웃었다. 그 웃음에 또 심장이 내려앉는 기분이다.

"하나 싸줄까요?"

대답을 하기도 전에 강희는 상추를 손바닥에 올리고 쌈을 싸기 시작했다. 그리고 아까보다 더 푸짐한 쌈을 싸서 내 입에 쏘옥 넣어줬다.

"자, 당신도 아, 해."

이정윤도 쌈을 싸서 은 사장 입에 밀어 넣었다.

"다 같이 한잔합시다."

짠, 네 개의 소주잔이 부딪치며 맑은 소리를 냈다. 쓰레기를 버리러 갔다가 길고양이를 만났는데 너무 사랑스러웠다는 얘기와 마트에서 두부를 세일하기에 다섯 개나 사 왔다는 시시콜콜한 일상을 얘기하며 우리는 그렇게 또 하나의 벽을 허물었다. 하지만 어쩐지 마냥 즐겁기만 한 시간은 아니었다.

우리만의 2차를 위해 편의점에서 맥주와 간단히 먹을 수 있는 안주를 사서 강희와 손을 잡고 집으로 향했다. 놀이터에서 먹자는 내 말에 아이들이 노는 신성한 공간에서 감히 술을 마실 수는 없다며 강희가 내 집으로 갈 것을 제안했다.

"괜찮아?"

"나 많이 안 마셨어요."

양 볼이 발그레해졌지만 취한 것 같지는 않아 보였다. 그래도 기분은 좋은지 강희는 맞잡은 손을 살랑살랑 흔들며 걸었다.

"큰일이다."

"뭐가?"

"매일 이렇게 놀고 싶어서요."

"놀면 되지."

"그러다 매일 같이 있고 싶어지면?"

"같이 있으면 되지."

"그러다 매일 같이 자고 싶어지면?"

"자면 되지."

또 윤강희가 불안한 미소를 지었다. 그저 평소와 다름없이 웃었을 테지만 내가 느끼기에는 석연치가 않은 미소였다.

"나 왜 좋아해요?"

전에도 물었던 질문.

"예뻐서."

전에도 했던 같은 대답.

"괜찮은 사람이 되고 싶게 해서."

"내가요?"

"어. 너랑 있으면 괜찮은 사람이 되고 싶어져. 무조건 좋은 사람. 세상에서 제일 듬직하고 믿을 수 있는 그런 사람."

"빠르다."

"뭐가?"

"그거 나한테 푹 빠졌다는 소리로 들려서요."

"너는? 너는 내가 왜 좋아?"

고민하는 듯 강희는 잠시 눈을 굴리며 입술을 깨물었다.

"나랑 달라서."

"달라?"

"내가 지금까지 본 사람 중에 나랑 가장 달라요. 다른 세상에 사는 왕자님 같은 느낌."

"좋은 거야?"

"글쎄요."

한가로이 걷다 보니 어느새 집 앞이었다. 자연스럽게 대문을 열었고 윤강희는 안으로 들어오며 주위를 둘러봤다.

"왜?"

"들어가도 되나 싶어서요."

"새삼스럽게 무슨 말이야?"

아니라고 고개를 저으며 강희는 대문을 닫았다. 마땅히 정원에 깔 게 없어서 우리는 잔디 위에 그대로 털썩 앉았다.

"좋다."

이름 모를 풀벌레 우는 소리가 정겨운 밤이었다. 서울에 살면서 벌레 우는 소리를 들어본 건 처음이었다. 고막을 찢을 것 같은 음악 소리와 사람들의 웃음 소리, 그리고 도로를 지나가는 차들의 소음 말고 이렇게 고요한 순간을 오롯이 느껴본 적은 없는 듯하다.

"윤강희 덕에 나도 좋다."

짠, 맥주 캔을 부딪치며 우리는 마주 보고 웃었다. 오늘도 윤강희 덕에 많은 첫 경험을 하고 있다. 여자가 싸주는 쌈도 처음 먹어봤고 잔디 위에 철퍼덕 앉아 맥주를 마시는 것도 처음이고 이다지도 건전한 연애를 해보는 것도 처음이다. 어쩌면 처음이라서 그 생경함이 주는 색다름 때문에 윤강희 말대로 빠르게 빠져들고 있는 것도 같다.

"나는 술도 언니한테 배웠어요."

"별로 못 마시는 것 같던데?"

"언니가 나한테 술 가르쳐주면서 자기가 잘 못 마신다는 걸 알아버렸죠."

"청출어람이네."

목을 뒤로 젖히고 강희는 꿀꺽꿀꺽, 맥주를 시원하게 들이켰다.

"가족이 어떤 건지도 언니가 알려줬어요."

속에 품고 있는 얘기를 할 것처럼 강희는 진지했다.

"나한테는 언니가 유일한 가족이라서, 그래서 그러는 거예요."

고깃집에서 있었던 일이 내심 마음에 걸렸나 보다.

"괜찮아."

"나는 여기까지만 오픈할 거예요."

"뭘?"

"서태인 씨랑 내 관계에 대해서 딱 여기까지만 언니한테 오픈할 거라고요."

선뜻 이해가 되지 않는 말에 가만히 강희의 다음 말을 기다렸다.

"부담 갖지 말라는 뜻이에요."

"그런 거 없어."

"지금은 몰라도 앞으로는 있을 것 같아요."

"어째서?"

"그때 그분."

맥주 캔을 손에 쥐고만 있는 내게 강희는 알아서 다음 말을 이어나갔다.

"달라서 좋았는데 달라서 좋아하면 안 되는 사람일 수도 있겠구나, 하는 생각을 했어요."

"그런 말이 어디 있어?"

강희는 첫 번째 맥주 캔을 비우고 두 번째 캔을 봉지에서 꺼냈다.

"나는 함부로 어울리면 안 되는 아이였어요. 부모가 없는 게 내 잘못이 아닌데 사람들은 마치 그게 죄인 것처럼 굴더라고요. 그래서 나랑 노는 것도 싫어했고 내가 공부를 잘하는 것도 못마땅하게 여겼어요. 어쩌다 친구가 생겨도 오래는 못 가더라고요. 나는 그래서 어릴 때는 내가 무슨 전염병 같은 거에 걸린 줄 알았어요. 그래서 학교 갔다 오면 샤워부터 하고 자기 전에도 샤워하고 아침에 학교 가기 전에도 또 샤워했어요."

강희가 꺼내놓기 시작한 상처를 온전한 정신으로는 들어줄 수 없을 것 같았다. 들고만 있던 맥주를 나 역시도 벌컥 들이켰다.

"그래도 내 주위에는 여전히 친구가 없었고, 나는 그거에 상처를 받으면서도 나와는 다른 사람에 대한 동경 같은 걸 하게 되더라고요. 또 아파질 걸 알면서도 좋아하고 마음을 주고, 그러다 또 아파지고. 그렇게 계속 끊임없이 상처를 받으면 어느 때는 상처를 받았는지도 몰랐는데 그곳에 새살이 돋아 있더라고요. 근데 그거 알아요? 새살이 돋고 때로는 굳은살이 생겨도 상처는 번번이 아프다는 거."

"무슨 말이 하고 싶어서 이러는 거야?"

"나한테 하는 거예요, 나 들으라고."

흐릿하게 번지는 강희의 미소가 아프게 가슴을 파고든다.

"내가 서태인 씨를 많이 좋아하게 될 것 같아서."

"내가 상처 줄까 봐?"

강희는 아니라는 대답 대신 고개를 끄덕였다.

"아플 거 같으면 나 도망칠 거예요. 비겁하지만 아직은 내가 더 소중하니까."

"잡으면 돼."

"나 되게 빠른데?"

"그래도 잡으면 돼."

내가 더 많이 좋아하니까 자존심 같은 거 버려두고 그냥 잡으면 되는 거다. 놓치고 가슴 치면서 후회하느니 잡으면 되는 거다.

"서태인 씨도, 안 잡아도 괜찮으니까 힘들어질 것 같으면 그냥 놔도 돼요."

"자꾸 왜 그런 이상한 말을……."

강희의 시선이 담 너머에 닿았다. 그녀를 따라 고개를 돌리는데 초인종 소리가 났다. 짜증스러운 불안이 몰려왔다. 두 번째 초인종 소리가 울리자 강희는 맥주 캔을 봉지에 넣고 자리에서 일어났다.

"갈게요."

"기다려."

강희의 손목을 잡아 옆에 붙여두고 대문 쪽으로 다시 고개를 돌렸다.

"누구십니까?"

"유희연이에요."

더럽게 절묘한 타이밍, 더럽게 말귀 못 알아듣는 유희연이 기어이 행복한 우리의 순간을 망쳐버렸다.

"무슨 일입니까?"

"보고 싶어서요."

뻔뻔할 정도로 유희연의 목소리는 산뜻했다. 당당하고 웃음기마저 느껴졌다. 당장이라도 대문을 열고 나가서 욕이라도 한 바가지 해주고 싶은 심정이었지만 강희 앞에서 바닥을 보이고 싶지 않아 가까스로 참았다.

"술 취했습니까?"

"우리 아직 할 얘기 많지 않아요? 나 언제까지 여기 세워둘 거예요?"

강희가 손목을 틀어 내게서 벗어났다. 너무 세게 잡고 있어서 아팠는지 손목을 주무르며 입술을 삐죽거렸다.

"아무도 아니야."

"알았어요."

"기다려."

강희를 세워두고 대문 앞으로 걸어갔다. 문을 열자 유희연이 기다렸다는 듯 안으로 밀고 들어왔다. 하지만 유희연을 내 집에, 그것도 윤강희가 있는 곳에 들여놓을 수는 없었다. 손으로 유희연의 팔을 잡아 다시 밖으로 데리고 나간 후 대문을 닫았다.

"아파요."

유희연이 신경질적으로 내게 잡혀 있던 팔을 비틀어 빼냈다.

"그만 좀 합시다."

"서태인 씨야말로 그만 좀 해요. 어차피 우린 결혼할 사이예요. 괜히 시간 끌지 말아요, 서로 감정만 상하니까. 감정 상해서 좋을 것 없잖아요."

"어디 모자랍니까?"

"네?"

"알아듣게 말을 한 것 같은데 너무 못 알아듣는 것 같아서요. 매력도 없는 데다 머리까지 나쁘면……."

고개를 젓는데 나도 모르게 비웃음이 새어 나왔다.

"적당히 해요."

유희연은 핸드백에서 휴대폰을 꺼내더니 문자 하나를 내게 보여줬다. 호텔 이름과 날짜 그리고 시간이 적혀 있는 문자였다.

"정해졌어요, 우리 결혼."

"우리가 아니라 당신 혼자 하는 결혼이겠지."

"고집부려 봤자 당신은 내 옆에 설 수밖에 없을 거예요."

"이래서 이혼한 겁니까?"

제대로 약점을 건드렸나 보다. 내내 자신만만한 미소를 입술 끝에 매달고 있던 유희연이 성이 난 듯 눈썹을 삐죽 세웠다.

"무례하네요."

"무례의 뜻을 알고 말하는 겁니까?"

더는 봐줄 것도, 여자라고 대우를 해줄 것도 없다. 이미 감정이 상할 대로 상했고 유희연이라는 여자에 대해 악감정이 생기기 시작했다.

"이혼이 내 약점이라고 생각하지 마요. 처음부터 알고도 눈감은 건 그쪽이에요."

"어머니겠죠."

"그런데도 이 결혼을 성사시키고 싶어 한다는 건 이 결혼으로 인해 나보다는 당신이, 아니 당신 어머니가 더 많은 걸 얻기 때문이겠죠."

"그렇다면 어머니랑 해요, 그 결혼."

"우리 좀 더 건설적인 대화를 나누는 걸로 하죠."

"유희연 씨와 '우리'로 엮일 일 없고, 건설적인 대화는 더더욱 나눌 일 없습니다. 이 시간에 남의 집까지 찾아와서 이러는 건 무례를 넘어서 기본 상식이 없는 겁니다. 갖고 싶은 거 한 번도 놓친 적 없이 살아왔다는 거 대충은 알겠는데, 이번에 한번 놓쳐봐요."

"잘난 척이 대단하시네요."

"알고 보면 내가 재수도 대단히 없습니다."

유희연에게로 한 발 다가갔다. 바람을 가르고 진한 향수 냄새가 코끝을 찌르듯 들어왔다. 절로 인상이 찌푸려졌다.

"나는 내일 내 어머니에게 전화를 해서 아주 단호하고도 정떨어지게, 이번 일을 다시는 언급하지 못하도록, 만약 한 번 더 유희연 씨 이름이 어머니 입에서 거론되면 그다지 친하지 않은 모자 사이지만 앞으로는 전보다 더 극단적인 관계가 될 수 있다고 협박이라는 걸 할 생각입니다. 그리고."

한 걸음 더 다가가 유희연과의 거리를 좁혔다.

"대정 유통 본사로 직접 찾아갈 겁니다. 아무래도 유희연 씨하고 대화라는 걸 해봤자 끝이 안 날 것 같네요. 유희연 씨보다는 사회생활을 오래 하신 유희연 씨 아버님이 말도 잘 통하고 이해도 빠르실 것 같으니 찾아뵙고 이번 결혼에 대해 내가 어떤 생각을 하고 있으며 유희연 씨에 대해서 어떤 마음인지 허심탄회하게 말씀을 드릴 작정입니다."

"내가 왜 싫어요?"

전혀 겁먹지 않은, 오히려 더 번지르르 기름이 흐르는 것 같은 말짱한 얼굴로 유희연이 물었다.

"머리부터 발끝까지 내가 싫어하는 스타일입니다."

"말도 안 돼."

"거절당하는 게 처음도 아닐 것 같은데 괜히 오기 그만 부리죠."

"안 믿겠지만 나 거절한 남자 없어요. 대놓고 나 싫다고 하는 남자 서태인 씨가 처음이에요. 그래서 오기가 나고 자존심 상하고 성질나요."

자신감이 하늘을 찌르는 여자다. 아무리 눈을 씻고 찾아봐도 매력이 티끌만큼도 보이지 않는데 어떻게 이런 말을 제 입으로 떠벌릴 수 있는 걸까.

"그래서 가져야겠어요. 몇 번 뵙지는 않았지만 당신 어머니는 아마 당신이 하는 그 협박이 별로 먹힐 것 같지는 않네요."

틀린 말은 아니다.

"그리고 우리 아버지, 미안하지만 내 고집 못 꺾어요. 안 가봤을 텐데 내일 대정 가서 당신 눈으로 직접 봐요. 나와의 결혼이 당신에게 얼마나 많은 것을 줄지."

그동안 여자를 우습게 봤다고 이제야 하늘이 내게 벌을 주는 모양이다. 그런데 하필이면 왜 지금일까. 이제야 겨우 정신 차리고 진심이라는 걸 가져보려고 하는데, 이제야 비로소 제대로 살아보고 싶어졌는데.

"오늘은 그만 돌아갈게요."

비스듬히 기울인 고개를 바로 세우며 유희연은 내게 싱긋 웃어 보였다.

"아, 결혼 전까지는 가능하면 안 들키게 놀아요. 알겠지만 내가 욕심이 많아서 내 것을 남하고 나누는 거 전혀 좋아하지 않거든요."

제정신이 아닌 여자다. 걸려도 더럽게 걸렸다.

"저 안에 있는 촌스러운 여자, 두 번은 안 보게 해주고요."

제 말만 하고 유희연은 차에 올랐다. 기가 막혀서 차가 동네를 다 벗어날 때까지도 입을 다물 수가 없었다.

"재벌, 뭐 그런 거예요?"

언제 나왔는지 강희가 팔짱을 낀 채로 유희연의 차가 사라진 곳을 응시하고 있었다.

"미안."

"그래서 나랑 놀자고 그랬구나?"

"그런 거 아니야."

"그만 갈게요."

"강희야."

강희의 손을 잡았다.

"설명할게."

맑은 두 눈으로 강희는 나를 물끄러미 쳐다봤다. 그 해맑은 눈을 바라보며 주절주절 오늘까지의 일을 설명했다. 덕분에 내 어머니가, 그리고 내가 얼마나 형편없는 삶을 살아왔는지 다 까발려야 했다.

"드라마가 다 가짜는 아니구나."

그게 강희가 내 말을 다 듣고 난 후에 꺼낸 말이었다.

"뭔가 지루한 삶을 사는 것 같았는데 그게 아니었네요."

"이상한 생각 하는 거 아니지?"

"우린 사는 세상이 너무 달라요, 어울리지 않아요, 흐흑, 그만 만나요, 뭐 이런 말을 해야 하는 상황이에요?"

"어?"

"가족이라고 해도 다 각자 다른 방식으로 자기만의 세상에서 사는 거잖아요. 도저히 섞일 수 없고 받아들일 수 없는 세상이 있기는 하지만 서태인 씨랑 내가 어울릴 수 없는 세상인지는 더 두고 봐야겠죠."

담담하고 담백하다. 어쩌면 스물한 살이 아닐지도 모르겠다. 보통의 스무 살 초반은 철이 없는 어린애라고 생각했었는데 강희는 나보다 세상을 더 오랜 산 것처럼 어른으로 느껴질 때가 빈번하다.

"두고 볼 거 없어. 우리는 이미 서로의 세상에 발을 들였어, 그것도 아주 깊숙이."

발을 뺄 생각도, 강희가 발을 빼게 할 생각도 없다. 오로지 윤강희와 있을 때만 심장이 뛴다. 기분 좋은 속도로 기분 좋은 바람을 일으키며 쉬지 않고 뛴다. 그것만으로도 강희와 있어야 할 이유는 충분하다.

"근데 아까 그 여자 또 찾아올 것 같던데?"

"그런 일 없게 할게."

"피곤하겠다."

강희는 까치발을 들어 내 머리를 손으로 쓸어내렸다. 다정하게 바라봐주는 눈길이 너무나 따뜻해서 하마터면 와락 안을 뻔했다. 발끝을 내리고 강희는 내 손에 깍지를 껴서 잡았다.

"술맛 떨어졌는데, 우리 걸을래요?"

"그러자."

선선해진 밤바람에, 보드라운 강희의 손에 울렁거리던 속이 잠잠해졌다. 서른이 돼서야 위로를 받는 것 같은 요즘이다. 다들 아는 얘기라서 일부러 집안 얘기를 꺼낸 적이 없었다. 혹여 모르는 사람이 있으면 더욱 굳세게 입을 다물었다. 뒤에서야 수군거리겠지만 적어도 내가 듣는 앞에서는 누구도 함부로 내 집안에 대해 떠드는 사람은 없었다. 아마도 처음인 것 같다, 내 어머니와 내 집안에 대해 묻지 않았음에도 먼저 나서서 들려준 사람은. 그리고 흔들리지 않는 눈빛으로 어쭙잖은 위로를 건네지 않은 사람도.

"고아인 게 낫겠다는 생각 참 많이 했었어."

"고아가 아니니까 그런 생각도 할 수 있는 거예요."

"그렇겠지."

"내 일이 아닐 때는 고아라는 게 그저 안쓰럽고 짠하기만 한 일이지만 나나 내 가족과 관계된 일일 때는 다들 날카롭고 예민해져요. 절대 가까이해서는 안 되는 전염병처럼, 아니 그것보다 더 무섭고 더러운 것처럼 생각해요."

"사람은 다 이기적이니까."

"돈을 달라고 한 적도 없고, 나쁜 짓을 한 적도 없고, 하루도 안 씻은 적이 없는데도 다들 그렇더라고요."

"누가 그랬는지 다 생각해내봐."

"하면?"

"내일부터 한 사람씩 만나서 혼내주고 너한테 무릎 꿇고 사과하라고 할게."

"엄청 많은데?"

"열 명 넘어?"

"당연하죠."

이제는 대수롭지 않은 일인 듯 강희는 히죽 웃었다. 가끔은 강희의 미소가 그렇게 심장을 아프게 찌를 수가 없다. 대체 얼마나 많은 사람에게 얼마나 많은 상처를 받으며 살아온 걸까. 그동안 얼마나 아프고 힘들고 두려웠을까. 나 역시 그런 사람 중 한 명은 아니었는지 돌이켜보게 된다.

"아까 그 여자와의 일, 잘 해결하길 바랄게요. 괜히 나한테까지 불똥 튀는 일 없게 해줘요."

"잘 해결하겠지만 불똥이 튈 수도 있어."

"나 막 찾아오고 머리채 잡고 그러나?"

"그럴 수도."

"나도 같이 잡아도 돼요?"

"그럼 얌전히 잡혀주려고 했어?"

"좋았어."

전투력을 불태우며 강희는 주먹을 불끈 말아 쥐었다. 이것 역시도 나를 위로하는 것임을 알고 있다. 그래서 고맙고 더 미안하다.

"우리 저거 할래요?"

강희의 손가락이 편의점 앞에 있는 오락기를 가리켰다.

"두더지 잡아봤어요?"

"아니."

"스트레스 풀기에는 저게 딱이에요."

내 손을 잡아끌며 강희는 빠른 걸음으로 오락기 앞을 향했다. 주머니를 뒤져 동전을 찾아내 동전 투입구에 넣고 그녀는 망치처럼 생긴 무언가를 집어 들었다. 입술을 앙다물고 또 한 번 싸울 태세를 갖췄다.

귀여운 음악 소리와 함께 둥그런 머리의 두더지들이 마구잡이로 올라오기 시작했다. 강희는 쉬지 않고 망치로 두더지 머리를 내리쳤다. 머리를 칠 때마다 점수가 올라가고 두더지들의 통곡 소리가 들려왔다. 보고만 있어도 재미있다.

"해봐요."

어느새 강희의 손에 있던 망치가 내 손에 쥐여졌다. 일단 가슴을 활짝 펴 심호흡하고 나 역시도 싸울 준비를 했다. 퍽퍽 소리가 나도록 두더지 머리를 내리쳤다. 거의 무아지경에 빠져서 내 눈에서는 그야말로 레이저가 나올 지경이었을 테다. 두더지 머리를 정통으로 내리칠 때마다 묘한 희열 같은 게 느껴졌다.

머릿속이 맑아지고 등 뒤로 짜릿한 전기가 흘렀다. 속이 뻥 뚫릴 것처럼 시원했다. 내 옆에서 손뼉을 치며 잘한다고 말하는 강희 때문에 더 신이 났다. 잠깐이었지만 강희와 함께 어린아이로 돌아갔다. 우리는 마음껏 소리치고 마음껏 웃으면서 그렇게 천진하게 놀았다.

"어때요?"

눈을 빛내며 강희가 물었다. 대답 대신에 그녀의 얼굴을 두 손으로 감싸 쥐고 강희의 입술에 입을 맞췄다.

"예뻐 죽겠어."

입술을 늘어뜨리고 웃는 강희의 머리를 마구 헝클었다. 불과 몇 십 분 전에 무슨 일이 있었는지 까맣게 잊었다.

아무 생각도, 아무 걱정도 없다.

8. 어른 남자 1

평소와 같은 시각, 회사로 출근했다. 엘리베이터를 타고 막 사무실이 있는 층에서 내리는데 친구로부터 전화가 왔다.

"아침부터 무슨 일이야?"

-결혼한다며?

걸음을 멈추고 숨을 들이마셨다.

"누가 그래?"

-대정 유희연이랑 다음 달에 한다고 소문났던데, 아니야?

"사실무근."

소문이 어디서 흘러나갔는지 짐작이 간다. 친구들을 움직여 소문을 냈다는 건 아무래도 유희연 짓일 거다.

-진짜 아니야? 어제 유희연이 모임에 나와서 직접 말했다는 것 같던데?

역시.

“헛소리야.”

-유희연이 너한테 침 바르는 건가? 아무리 그래도 결혼까지 운운하는 건 좀 심한 것 같은데?

“일해라.”

-아무튼 아닌 거 확실하지?

“어.”

-괜히 유희연이랑 엮이지 마라. 소문이 별로야. 이혼도 병적으로 남편한테 집착하고 의심해서 그랬다는 말이 있어.

“그래?”

-원래 뭐 하나에 꽂히면 죽자 살자 달려든대. 학교 다닐 때부터 유명했다더라고. 고등학교 때 정신과 치료까지 받았다고 하더라고. 집안이랑 외모에 혹해서 건드렸다가 피 본 사람 여럿이라니까 조심해.

“그래야겠네.”

서둘러 통화를 끝내고 사무실 문을 열었다. 주인도 없는 방에 불청객이 먼저 들어와 자리를 차지하고 있었다.

“생각보다 출근은 이르다?”

큰누나, 서현아. 하루를 시작도 하기 전에 참 여러모로 언짢다.

“늦을 줄 알면서도 기다리고 있었던 거면 제가 많이 보고 싶으셨나 봅니다.”

서현아의 비위를 맞춰줄 만큼 내 기분이 좋지 않다.

“기어이 진행을 하겠다고?”

“뭘 말입니까?”

내 자리에 앉아 나를 올려다보는 서현아의 눈에 비웃음이 가득하다. 늘 그랬다. 기르는 개보다 못한 취급을 했고 바닥에 뒹구는 썩은 나뭇잎보다 더 무시했다. 같은 아버지의 자식으로 한 번도 인정한 적이 없다.

제 어머니가 아닌 다른 여자에게서 태어난 배다른 형제를 하루아침에 받아들이는 게 힘들다는 걸 모르지 않았다. 그들이 피해자였고 나는 어머니와 마찬가지로 가해자였다. 욕을 하면 들어야 했고 발로 밟으면 쥐 죽은 듯 엎드려 맞아야 했다.

그게 당연하다고 생각했다. 그 생각은 지금도 크게 다르지 않다. 그런데 오늘은 유독 속이 쓰리다. 비위가 상하고 자존심이 뭉글거린다. 제멋대로인 사람들에게 질린다. 자신들의 생각만이 옳고 자신들의 결정만이 최고라고 믿는 뻔뻔한 그들이 역겹다. 적어도 오늘만큼은 곱게 받아주기가 버겁다.

"결혼."

대체 어디까지 소문을 퍼트린 걸까. 뒷감당을 어떻게 하려고 이런 짓을 서슴없이 벌이는지 유희연의 머릿속이 궁금할 지경이다.

"안 합니다."

"안 할 생각이었으면 말이 나오게 하지 말았어야지."

"입 가진 사람들이 알아서 지껄이는 것까지 제가 책임져야 하는 겁니까?"

정중하지 못한 내 태도가 거슬리는지 서현아의 눈매가 곱지 않게 일그러졌다.

"네가 그래서 우리 집 사람이 될 수 없는 거야."

동생으로 인정을 받기 위해 나름대로 많은 노력을 했다. 대문을 열고 안에 발을 들이는 순간부터 내 몸의 모든 신경 세포는 일제히 긴장하며 신경을 곤두세웠다. 어떻게든 실수를 하지 않기 위해서 숨을 쉬는 것조차 눈치를 봤고, 누나들에게 한 번의 칭찬이라도 듣기 위해서 깃털처럼 가벼운 몸놀림으로 소파 끝에 엉덩이만 겨우 걸치고 앉아 뭐라도 시켜주기를 바랐다.

하지만 누나들은 단 한 번도 마음을 열어주지 않았다. 그저 얼굴을 볼 때마다 눈을 흘기며 가만히 있어라, 나서지 마라, 어디서도 목소리를 내지 마라, 그림자처럼 조용히 있어라, 한결같은 주문만 해댔다. 그래서 소리도 내지 않고 그림자로 살았다. 회사로 들어오라는 아버지의 말도 몇 번이나 어겨가며 누나들의 마음을 얻으려고 했다.

그러나 이제는 지쳤다기보다는 흥미를 잃었다. 누나들의 마음을 얻어봤자 할 게 없었다. 서른 넘은 남매들끼리 머리를 맞대고 앉아 깔깔깔 웃으며 놀 것도 아니고, 그렇다고 술잔을 기울이며 그동안의 오해를 씻어버리자고 부둥켜안고 우는 건 상상만 해도 소름이 돋는다. 오래전부터 남이었고 앞으로도 남인 채로 살아갈 거라는 걸 아마 어린 시절 진즉 알았던 것도 같다.

"결혼할 게 아니면 일 더 크게 만들지 말고 조용히 수습해."

또 조용히…….

"그냥 해버릴까요?"

"뭐?"

"아버지도 마음에 든다고 하시고 그쪽도 꽤 나한테 마음이 있는 것 같고."

"그래서 하겠다고?"

"누나들은 치를 떨게 싫어하는 것 같고."

"뭐 하자는 거야?"

소파에 등을 기대고 편하게 앉았다. 내 사무실임에도 남의 안방을 차지하고 있는 것 같은 불편한 마음이 어느덧 가시는 듯하다. 기죽어서 고개 숙이고 살라고 누가 가르친 적도 없는데 그렇게 살았다. 그래야 하는 줄 알았다. 내 어머니가 지은 죄를 그렇게라도 갚고 싶어서라고 나 자신도 속이며 살아왔다. 하지만 그건 사실이 아니었다. 그저 어머니와 나는 다른 사람이라고 인정받고 싶었던 내 이기심이었다.

"자꾸 여기저기서 건드리니까 엇나가고 싶어져서요."

모범생은 아니었어도 속 썩이는 문제아도 아니었다. 누나들이 원하는 대로 조용히 남들 눈에 띄지 않게 살았다. 내가 누릴 수 있는 것들만 누리며 철저히 정해진 선 안에서 착실하게 즐겼다. 왜일까, 슬슬 그 선을 밟아버리고 싶어진다.

"헛소리 지껄이지 말고 제대로 수습해. 더는 말 나오게 하지 마."

할 말이 끝났는지 서현아는 자리에서 일어났다. 미련의 눈길조차 주지 않고 사무실에서 나가는 서현아를 보는데 쓴웃음이 터져 나왔다.

소문의 근원지는 역시나 유희연이었다. 아침에 전화를 받은 이후로 여러 통의 전화가 더 왔고 다들 한 가지 사실을 궁금해했다. 구구절절 설명할 것 없이 떠들 가치도 없는 일이라는 듯 픽 웃어주며 말도 안 되는 소문으로 일축했다. 분명 내게서 사실이 아님을 확인한 사람 중에는 유희연에게 따로 또 연락해서 한 번 더 확인을 하는 사람이 있을 거고 덕분에 소문은 잠잠해지는 게 아니라 서서히 퍼져나갈 게 빤하다. 하지만 지금 내가 신경 써야 할 일은 그깟 사람들 입에 오르내리는 일이 아니었다.

"저 밥 좀 주세요."

약속이 있어서 나가려던 어머니를 현관에서 붙잡아 다시 집안으로 들어왔다. 아주머니에게 점심을 부탁하는 나를 어머니는 못마땅한 눈으로 노려봤다.

"할 말 있어서 온 거면 얼른 해."

"같이 안 드실래요?"

식탁에 마주 앉아 같이 밥을 먹은 게 언제였는지 기억이 가물가물하다.

"약속 있어서 나가는 길이라고 했잖아."

어머니의 말투가 신경질적이다. 보통은 아침에 출근한 아들이 저녁에 퇴근해서 와도 그렇게 반갑고 좋다는데 우리 어머니는 며칠 만에 봐도 좋아하는 기색이라고는 눈을 씻고 찾아봐도 없다. 그렇게 거추장스럽고 살갑지 않은 아들인데 왜 그렇게 아들 인생에는 관심이 많은 걸까.

아, 착각했다. 아들의 인생이 아니라 당신의 먼 미래를 걱정하는 거였다.

"저 점심 먹고 대정 유통 갑니다."

"대정 유통?"

조금 전과는 천지 차이의 표정으로 어머니가 자리에 앉았다.

"그래, 그쪽에서 오라고 한 거니?"

"아니요."

"하긴 오라고 하기 전에 먼저 가서 인사하는 게 예의지."

지금 당장 유희연이 아니라 강희와 결혼을 하겠다고 나서면 어머니는 어떤 반응을 보일까. 당장이라도 날을 세우고 달려드시겠지.

"근데 옷이 그게 뭐야?"

"왜요?"

"좀 더 신경 써서 입었어야지."

"그런가?"

"백화점에 연락해서 준비해놓으라고 할 테니까 네 사이즈 알려줘. 아니다, 괜히 백화점 들르느라 시간 늦는 것보다는 약속 시간 맞춰서 가는 게 낫겠다. 그러게 그런 건 미리미리 말을 해줘야 내가 준비를 할 거 아니니?"

손수 아들의 넥타이 하나, 셔츠 하나 산 적이 없는 분이니 사이즈를 알 리가 없다. 하지만 아버지의 사이즈는 한 치의 오차도 없이 정확히 알고 계신다.

"시간 없으니까 가는 길에 백화점 들러서 넥타이라도 새로 사서 매."

"네."

고분고분 대답하는 내가 이상한지 어머니의 눈매가 슬쩍 가늘게 휘었다. 그러나 크게 신경 쓰지는 않는 눈치다.

"식사하세요."

조금은 민망한 표정으로 아주머니가 불렀다. 아무래도 갑자기 들이닥쳐서 차릴 게 마땅치 않아 그러는 듯하다.

"번거롭게 해서 죄송해요."

"아니, 무슨 그런 말을. 미리 연락했으면 고기라도 재웠을 텐데 찬이 별로 없어요."

아버지가 오시지 않으면 식탁 위에 제대로 된 반찬은 없는 편이었다. 가끔은 샐러드로 저녁을 대신하기도 해서 한창 밖에서 뛰어놀다가 집에 오면 풀밖에 없는 저녁에 기운이 빠지곤 했다.

"잘 먹겠습니다."

인사까지 하며 젓가락을 드는 나를 아주머니는 흐뭇한 얼굴로, 어머니는 무표정한 얼굴로 쳐다봤다.

"그럼 인사 잘 하고 오도록 해."

"나가시려고요?"

"뭐 더 할 말 있어?"

"네."

금방 끓인 배춧국이 꽤나 시원하고 구수하다. 크게 밥을 한 숟가락 떠서 국물에 적셔서 그대로 입에 넣었다.

"빨리 해."

"당분간 휴대폰 꺼두세요."

"뭐?"

"아버지 연락도 받지 마세요."

"얘가 지금 무슨 소리를 하는 거야?"

"모임도 가급적이면 나가지 마세요."

"서태인."

"결혼, 없었던 걸로 할 겁니다."

이제야 어머니의 얼굴에 가늠할 수 있는 표정이 드리워진다.

"처음부터 어머니가 벌이신 일 어머니가 해결하게 모른 척하려고 했는데 이번 일까지는 제가 나서려고요."

"뭘 없었던 걸로 해?"

"두 번은 안 합니다."

"너 지금 희연 양하고 결혼을 안 하겠다고 하는 거야? 그래?"

"네."

어느새 밥그릇이 반 정도 비었다.

"아주머니."

"네."

"저 국 좀 더 주세요."

"아, 네."

어머니의 눈치를 보며 아주머니가 내게서 빈 국그릇을 받아들었다. 하지만 채 아주머니 손으로 옮겨지기도 전에 어머니가 그것을 낚아채 주방 어딘가로 집어 던졌다.

쨍!

그릇이 깨지며 사방으로 그 파편이 튀었다. 놀란 아주머니는 황급히 바닥에 엎드려 깨진 조각들을 줍기 시작했다.

"아주머니, 죄송한데 잠깐 자리 좀 비켜주세요."

어머니와 단둘이 남은 주방, 적막하고 쓸쓸하다.

"좋아하는 여자 있어요."

"그래서?"

"더는 어머니 꼭두각시 안 합니다."

"내가 너를 위해서 지금까지 어떻게……."

"저를 위해서 살았다고 하지 마세요."

말을 듣지 않으면 어머니는 눈물을 쏟으며 그렇게 말하곤 했다. 다 나를 위해서였다고, 모든 게 다 나 때문이라고. 그러나 정작 나는 한순간도 나를 위해서라고 느끼지 못했다.

"대체 어떤 계집애를 만나기에 이러는 거야?"

"알려고도 하지 마시고 설사 알아낸다고 해도 어떤 것도 하지 마세요."

"너 지금 나 협박하는 거야?"

"네."

강희의 존재에 대해 말하지 않아도 내가 이 집에서 나가는 순간 어머니는 뒷조사를 시작할 거고 강희에 대해 알아낼 게 분명하다. 그래서 미리 말해두는 거다, 절대 건드리지 말라고.

"어떤 조건으로 이번 결혼을 진행한 건지 모르지만, 사실 알고 싶지도 않습니다. 그게 무엇이든 오늘부로 끝입니다. 다시는 그쪽 집안과 얽히는 일 없도록 제가 정리합니다."

"서태인!"

"여기서 일이 더 진행될 경우 아버지가 다시는 이 집에 발걸음조차 안 하시도록 할 겁니다."

"뭐? 너 미쳤어?"

"아직은요. 그런데 어머니가 여기서 더 하시면 미치겠죠. 그러니까 미치게 하지 마세요."

"내가 말 같지도 않은 네 말에 꼼짝 없이 주저앉을 거라고 생각해?"

"주저앉으셔야 할 겁니다."

"아니, 절대 그럴 일 없어."

두 손 가득 원하는 것들을 움켜쥐고 지금까지 버틴 분이다. 이 집에 들어온 것 중 쌀 한 톨도 허투루 나가게 만들지 않는 분이다. 원하고 바라는 건 반드시 손에 넣는, 때로는 무섭기도 한 분이 바로 나를 낳은 내 어머니다.

"만약 네가 나서서 이 결혼 깨면, 그때는 너도 끝이야."

"저 안 보시려고요?"

"죽어도 안 봐."

"……차라리 그래주세요."

심장이 욱신거리며 아파온다. 부모에게 다시는 보지 말자고 말하는 자식이라니, 패륜아가 따로 없다. 그런데 이제는 지쳤다. 그나마 남아 있는 안쓰러움과 애틋함마저 바닥나기 전에 내가 먼저 어머니를 주저앉히는 게 맞는 것 같다.

"너 정말……."

고운 어머니의 손이 둥글게 말린 채 바들바들 떨린다. 지금까진 그게 애처로워서 어머니 뜻대로 살았다. 사랑하는 사람을 오롯이 당신 것으로 만들지 못하고 그저 멀리서 바라보고 그리워하며 사는 어머니가 가여웠다. 아버지를 차지하지 못하는 데서 오는 상실감 같은 걸 다른 쪽에서 채우며 대리 만족하는 거라고 합리화했었다.

"이제 저도 좀 사람답게 살아야겠습니다."

"지금까지는 사람답게 못 살았다는 거야? 네가 그동안 누구 덕에 편하게 살았는데?"

"파혼이라고 할 것도 없지만 어쨌든 사람들 입에 오르내리는 불쾌함은 어차피 어머니가 벌인 일이니까 어머니가 감수하세요."

어머니는 어머니가 하고 싶은 말을 하고 나는 내가 할 말만 하면서 우리는 각자 막힌 벽을 상대로 떠들어댔다.

"기어이 이 결혼을 끝장내겠다?"

"잘 먹었습니다."

젓가락을 내려놓고 자리에서 일어났다.

"저 때문에 늦으셨을 텐데 그만 외출하세요."

"여기서 한 발짝도 움직이지 마."

"가보겠습니다."

"내 말 못 들었어?"

어머니의 발악이 시작됐다. 분노가 조절되지 않는, 붉게 충혈된 눈으로 어머니는 막무가내로 내 앞을 가로막았다.

"넌 무조건 희연 양이랑 결혼해. 그래서 대정 유통도 인우도 다 네 것으로 만들어야 해."

아무래도 이 결혼으로 어머니는 유희연에게 대정 유통의 미래를 내게 맡기겠다는 약속을 받은 모양이다. 참 어리석은 어머니와 무모한 유희연이다. 둘의 조합은 그야말로 환상이기는 하다.

"그나마 지금 아버지 옆자리에서나마 물러나고 싶지 않으시면 그만하세요."

"멍청하게 굴지 마!"

어머니는 아마도 내가 대정 유통의 사위가 돼서 지금보다 더 막대한 부와 권력을 손에 넣으면 누나들이 아니라 아버지도 아들을 함부로 하지 못할 거라는 계산을 한 것 같다. 그렇게 되면 모두가 어머니 앞에 납작 엎드려 머리를 조아리고 당신이 바라는 대로 모든 걸 손아귀에 쥐고 휘두를 수 있다고 판단했으리라. 혼자 있는 시간이 많아 드라마를 너무 많이 본 탓인 것도 같다. 세상을 너무 만만하게 보셨다.

"나 죽고 없으면 너 끈 떨어진 연이야. 아무도 너 안 챙겨."

"어머니는 아마 백 살까지는 사실 거예요."

피식, 나도 모르게 이 상황에서 웃음이 새어 나왔다.

"그냥 아버지 뒤에서 조용히 사세요."

"뒤에서? 나보고 그림자 노릇이나 하다가 죽으라고?"

"그림자, 그것도 잘못인 거 모르세요?"

언제쯤이면 어머니는 당신 스스로 잘못 살았다는 걸 인정할까.

"아무도 건드리지 마세요."

어머니의 숱 많은 눈썹이 날렵하게 치켜 올라갔다.

"너는 나 못 이겨."

"이번에는 다를 겁니다."

원수처럼 서로를 노려보고 있는 지금 이 순간이 이토록 아무렇지 않을 줄은 몰랐다. 피를 토하는 심정일 줄 알았다. 눈이 짓무를 정도로 힘을 주고 피가 나도록 입술을 깨물며 참아야 할 줄 알았다. 추억이 없고 정이 없는 모자라고 해도 어머니와 아들이니까, 아플 줄 알았다.

대정 유통을 찾아가는 일은 생각보다 순조로웠다. 그래도 유희연보다는 말이 통하는 어른이었다. 욕심 많은 내 어머니가 그렇지 않아도 걱정이었다며 슬쩍 돌려서 말을 하는 배려도 보이셨다. 하지만 문제는 유희연이었다.

"진짜 아빠를 찾아갔다면서요?"

만나자는 전화에 유희연은 가까스로 화를 참는 듯했다. 예상했던 대로 내가 다녀간 후 유 회장이 곧바로 딸에게 전화를 한 듯하다.

“나를 상당히 띄엄띄엄 보시는 것 같아서요.”

“그러게요, 제가 서태인 씨를 좀 쉽게 봤네요.”

부녀 사이에 어떤 대화가 오갔는지 알 수 없지만 적어도 내 의사가 고스란히 전달된 것 같다.

“소문은 이미 다 퍼졌고 사람들은 우리가 결혼을 하는 걸로 알고 있고…….”

뜸을 들이며 유희연은 머리칼을 어깨 너머로 넘겼다.

“여기서 끝내도 괜찮겠어요?”

“우리가 뭘 했습니까?”

느긋하게 다리를 꼬며 유희연을 정면으로 응시했다.

“아무것도 안 했는데 끝내고 말고 할 게 없지 않을까요?”

“말했잖아요, 소문이 났다고.”

“그깟 소문이야 시간 지나고 더 재미있는 게 터지면 금방 사라질 텐데 걱정할 일은 아니지 않습니까?”

“나야 순정 바쳐 진심으로 한 남자를 좋아했고, 그래서 결혼까지 하려고 했는데 남자한테 여자가 생기는 바람에 파혼을 당했다, 며칠 다이어트한다 생각해서 샐러드 좀 먹어주면 얼굴 살이 빠질 거고 그러면 굳이 떠벌리지 않아도 파혼 당한 불쌍한 여자가 될 테니까 짜증은 나지만 그렇게 손해 볼 일은 아니긴 하겠네요.”

단순한 여자이기는 하다. 이 정도의 시나리오를 써두고 소문을 냈을 거라는 건 이미 짐작하고 있었다. 빤하게 노니까 더 매력이 없다.

"근데 서태인 씨는 정말 괜찮겠어요?"

나에 대해서는 어떤 시나리오를 써놨는지 들어는 봐야겠다.

"안 그래도 첩의 자식이라고 뒤에서 말들이 많을 텐데 이번 일로 역시나 그 어머니에 그 아들이라는 소리 들을까 봐 걱정이 되네요."

"할 수 없죠, 뭐."

"하긴 그건 어쩔 수 없는 사실이니까."

입술을 삐죽거리며 유희연은 동정 어린 눈으로 나를 바라봤다.

"그런데요, 만약에 내가 여기서 좀 더 사람들을 자극하는 연기를 하면 어떻게 될까요? 이를테면 손목을 긋는다든가 약을 털어 넣는다든가."

하긴 이 정도의 예상하지 못한 시나리오가 있어줘야 상대할 맛이 나겠지. 유희연은 매력이 없었던 게 아니라 그냥 정상이 아닌 미친 여자다.

"천하의 죽일 놈이 되겠군요."

태연한 내 반응에 유희연의 눈동자가 흔들렸다.

"회사에도 타격이 있겠죠? 그러다 회장님 눈밖에 나서 집안에서 아예 쫓겨나는 거 아니에요?"

아무래도 내가 유희연의 자존심을 건드렸나 보다. 그렇지 않고서는 이렇게까지 극단적인 반응을 보일 이유가 없다. 있는 집 여자 대부분은 자존심이 최고의 재산이고 무기다. 그걸 잘못 건드리면 정말이지 죽을힘을 다해 덤벼든다. 멀리 찾을 필요 없이 우리 집에 있는 두 명의 누나들만 봐도 그렇다. 하지만 그렇다고 해서 사과를 하고 싶은 마음은 없다.

“까짓것 서른 넘어서 홀로서기 한번 해보죠, 뭐.”

“하!”

유희연이 코웃음을 치며 입술을 지그시 깨물었다.

“나 별로 잘난 놈 아닙니다. 괜히 나한테 시간 쏟지 말고 그쪽 좋아하는 남자 만나요.”

“그러니까 그때 그 여자 때문이라는 거죠?”

“그 여자가 아니어도 유희연 씨는 아닙니다.”

“잘난 놈 아니라더니 잘난 척이 대단하시네요.”

잠시 말을 끊더니 유희연은 핸드백에서 화장품을 꺼냈다. 거울을 들여다보며 붉은색의 립스틱을 입술에 바르는 유희연을 건조한 눈빛으로 쳐다봤다. 이 여자와 있으면 시간이 더디게 가는 느낌이다. 이래서 사람은 다 자기 짝이 있다고 하는 건지도 모르겠다.

“정략결혼이라는 거, 생각보다 많은 게 얽히는 거 아세요?”

화장을 다 고쳤는지 유희연은 립스틱을 덧바른 입술을 손가락 끝으로 매만졌다.

“보통의 집안이면 정략이라는 단어를 쓰지는 않겠죠?”

내 대답을 구하듯 자꾸만 말끝을 올려 묻는 유희연이었다.

“하긴 우리 집안이나 서태인 씨 집안이 대한민국에서 알아주는 재벌은 아니죠.”

혼자 묻고 혼자 대답하고, 유희연의 속내가 무엇인지 일단은 들어주기로 했다.

“그래도 우리가 사는 세상에서는 우리 두 집안이 꽤나 알아주기는 할 거예요. 수습하려면 서태인 씨 좀 힘들겠다.”

“얘기 끝난 걸로 알겠습니다.”

"미안해요."

탐탁지 않은 사과에 괜찮다는 말은 나오지 않았다. 명쾌하지 않은 표정으로 유희연이 먼저 자리에서 일어났다.

"오늘 여기저기 돌아다니느라 피곤했을 텐데 일찍 들어가서 쉬세요."

모호한 말을 하고 유희연은 커피숍을 나갔다. 아침에 친구 녀석에게 들은 이야기 때문인지 유희연이 오늘은 더 정상으로 보이지 않는다.

회사로 돌아갈 기분이 아니었다. 딱히 사무실을 지키고 있다고 중요한 일을 하는 것도 아니고 일찍 퇴근한다고 해도 누가 알아채지 않는다. 있으나 마나, 회사 내에서 내 존재가 그랬다. 이것 또한 누나들을 위해서였다. 그렇다고 엄청난 능력을 숨기고 일부러 일을 못하는 척, 관심이 없는 척 연기를 한 건 아니지만 그래도 일부러 회사 일을 배우려고 노력하지는 않았다. 어떻게든 누나들에게 위협이 되거나 걸림돌이 되는 동생이 아니라는 걸 보여주기 위함이었다. 누구도 알아주지 않고는 있지만 적어도 내 마음은 한결 가벼웠다.

"퇴근이 너무 이른 거 아니에요?"

기대했던 강희의 얼굴 대신 은 사장이 카운터 앞에서 나를 반겼다. 절로 입술 끝이 아래로 내려온다.

"사장님이야말로 오늘 퇴근이 너무 늦은 거 아닙니까?"

보통 이 시간이면 은 사장은 경자 다방에 없었다. 항상 강희가 사장처럼 손님을 맞고 뒷정리까지 다 했다.

"알바를 너무 부려먹는다는 민원이 들어와서요."
은 사장은 나를 탓하는 듯한 눈빛으로 팔짱을 꼈다.
"그래서 알바는 어디 갔습니까?"
"때 빼고 광내러."
분명 비슷한 또래임에도 은 사장은 못 알아듣는 말을 할 때가 있다.
"목욕 갔습니다, 둘이."
"둘이라면……."
물은 다음에야 둘 중에 한 명이 이정윤 씨라는 생각이 났다.
"기다리는 동안 술 한잔할래요?"
"여기서요?"
"에이, 커피를 파는 신성한 곳에서 음주는 안 될 말이죠. 치킨에 맥주 한잔, 어때요?"
당장 강희 얼굴을 못 보는 건 아쉽지만 기분이 좋지 않아서인가 은 사장의 제안이 솔깃하다.
"그럽시다."
"잠깐만 기다려요."
"설마 지금 당장 마시자는 건 아니죠?"
"그럼 언제 마셔요?"
대낮이고 아직 영업이 끝나려면 한참이나 남은 시간이었다. 아무리 자유로운 영혼이라고 해도 멋대로 문을 열고 닫는 건 손님에 대한 예의가 아니지 않을까.
"기다릴 테니까 해라도 떨어지면 마십시다."
"해 떨어지기 전에 두 여자들이 올 텐데요?"

"싫어할까요?"

"좋아하지는 않을 것 같은데요."

"그럼 간단히 뒤에서 캔 하나씩 합시다."

"그건 좀 시시한데……."

"가서 사 올 테니까 기다려요."

마시자고 한 건 은 사장인데 술을 사러 가는 건 내 몫이 됐다. 그런데 그게 하나도 억울하지가 않다.

"설마 딱 한 캔씩만 사 오는 건 아니죠?"

문을 열고 나가는 내 등 뒤에 대고 은 사장이 다급하게 소리쳤다. 술이 어지간히 고프긴 한가 보다.

느릿느릿, 편의점까지 걸어가서 맥주 몇 캔과 안줏거리를 사서 경자 다방으로 돌아가는데 백수가 된 것 같은 기분이 든다. 열심히 하지는 않았어도 꼬박꼬박 정해진 시간에 회사에 출근했다. 지금처럼 이른 시각에 퇴근을 해서 이렇게 할 일 없이 동네를 어슬렁거린 적은 없었다. 항상 주변에 사람들이 많았고 노느라 바빴다. 혼자일 때도 빈둥거린 적은 별로 없었다. 끊임없이 돈을 쓰고 쉬지 않고 놀았다. 마음을 다스려야 할 일이 생길 때마다 그들에게 배운 대로 내게 주어진 행운 같은 위치를 이용해 으스대며 즐겼다. 싫어하면서 닮는다고, 나 역시 그들과 같은 구제 불능의 돈 많은 집 아들일 뿐이었다.

그런데 달라졌다. 친구들과 만나는 일이 뜸해졌고 쓸데없이 돈을 쓰는 일이 줄어들었다. 쓴다고 해도 얼마 되지 않았다. 하루를 되짚어볼 정도로 머릿속에 여유라는 게 생겼고 어제를, 그리고 그저께를 돌이켜보며 내가 잘 살았는지 자꾸만 따져보게 된다. 라면 하나에 배가 부르고 맥주 한 캔에 속이 시원해진다. 삐거덕거리는 그네에 앉아 시시콜콜한 얘기를 나누는 게 재미있고 휴대폰이 뜨거워질 때까지 기억도 나지 않는 말들을 늘어놓는 게 행복하다.

시시하고도 소소한 요즘이 즐겁다. 내일에 대한 기대가 생겨나려고 하고 삶의 의욕 같은 게 꿈틀거리기 시작했다.

"안주는 내가 시켰어요."

은 사장이 아주 뿌듯한 얼굴로 어깨를 봉긋 세웠다.

"또 짬뽕입니까?"

툴툴거렸지만 짬뽕도 싫지는 않다.

"맥주에는 치킨이죠."

단순하지만 꼬인 데가 없는 은 사장이다. 어떤 어제를 살았는지는 모르지만 적어도 나보다는 나은 삶을 살았을 것 같은 사람이다.

"내 덕에 이 시간에 치킨을 안주로 먹는 겁니다."

"이 시간에 치킨 먹는 게 특별한 겁니까?"

은 사장과 뒷마당 테이블에 사 온 맥주와 안주를 보란 듯이 쫙 펼쳐놓고 우리는 마주 앉았다.

"대낮에 치킨 배달해주는 데 별로 없어요. 더구나 동네 장사는."

"하긴, 대낮에 치킨에 맥주 먹는 사람도 많지는 않겠죠."

"그런 의미에서 건배나 합시다."

은 사장이 먼저 캔을 들었다. 캔을 부딪치고 우리는 누가 먼저랄 것도 없이 고개를 뒤로 젖히고 시원한 맥주를 들이켰다. 쌓인 피로가 다 씻겨 내려갈 것만 같은 청량함에 눈이 다 커졌다.

"개인적인 것 좀 물어도 돼요?"

캬, 소리와 함께 캔을 내려놓으며 은 사장이 대뜸 물었다.

"집까지 왔다 갔고, 내 동생이나 다름없는 강희의 남자 친구고, 우리 이젠 좀 친해진 것 같은데?"
어울리지 않게 진지한 은 사장이다.
"뭐가 궁금한 겁니까?"
"뭐 하는 사람이에요?"
"친한 사람이 묻는 것치고는 심하게 거리감 느껴지는 질문 아닙니까?"
"그쪽이 워낙에 신비주의라서."
"회사 다닙니다."
아마도 은 사장이 알고 싶어 하는 건 이런 대답은 아닐 거다.
"사장은 아닌 것 같고, 사장 아들, 뭐 그런 건가?"
남자들은 보통 한판 크게 싸우거나 진하게 술을 마시면서 친해진다. 여자들처럼 이런저런 얘기를 하면서 속에 있는 말을 하는 게 남자들에게는 어려운 일이다. 묵묵히 술잔을 부딪치며 술을 마시다 보면 그냥 저절로 아, 나와 비슷한 사람이구나, 이 사람과 친해지겠구나, 하는 걸 알게 되기도 한다. 지금 은 사장은 나와 진짜로 친해지기 위해 먼저 손을 내민 거였다.
"네."
"진짜 사장 아들이에요? 그 뉴스에 나오고 그러는 재벌 2세?"
"재벌은 무슨."
민망함에 얼굴이 다 빨개지려고 한다.
"아무튼 금수저란 말이네."
"반쪽짜리기는 해도 아니라고는 못하겠네요."
"출생의 비밀, 그런 것도 있어요?"

은 사장이 제법 깊숙이 들어온다.

"어머니가 우리 아버지를 꼬여서 나를 낳았고 나만 아버지 호적에 올라 있으니까 바람직한 출생은 아니었죠."

이런 얘기를 내 입으로 하게 될 줄은 몰랐다. 내가 하지 않아도 주위 사람들 대부분이 알고 있는 거였고 모른다고 해도 얼마 지나지 않아 친절한 누군가로부터 금세 알게 되는 일이었다.

"이야, 역시 평범한 사람은 아니었어."

은 사장의 말이 비꼬는 걸로 들리지 않는 걸 보면 내가 이 사람을 싫어하지는 않는 게 분명한 것 같다.

"설마 조만간 서태인 씨 약혼녀라는 여자가 우리 강희 찾아와서 머리채 잡고 그러는 건 아니죠?"

웃으면서 말하지만 은 사장의 눈빛은 진지했다.

"약혼녀 없습니다."

"비공식적으로도?"

"강희한테 무슨 말 들었습니까?"

"들어야 할 말이 있는 건가요?"

피를 나눈 진짜 남매는 아니지만 강희와 은 사장은 상대방의 속을 꿰뚫는 듯한 눈빛이 닮았다. 당장 오늘만 생각하며 사는 사람들 같으면서도 말을 하다 보면 놀라울 정도로 앞을 내다보고 있는 두 사람이다.

"걱정하는 게 뭡니까?"

"상처받는 것."

은 사장이 내가 들고 있는 캔에 자신의 캔을 갖다 댔다. 그러고는 시원하게 목을 젖혀 남은 맥주를 비워냈다.

"처음 정윤이 만났을 때 서태인 씨랑 똑같았거든요, 내가."

웃음기가 사라진 은 사장 얼굴에 아련함이 떠올랐다.

"눈에 확 띄더라고요. 그냥 보는 순간 내 여자로 만들어야겠다, 뭐 그런 생각을 했으니까요. 그때는 뭐 두려울 것도 없고 나름 내가 놀던 동네에서는 잘나가던 놈이라서 쉬울 줄 알았어요. 근데 안 쉽더라고요."

간간이 웃으며 은 사장은 옛 추억을 내게 늘어놨다.

"잘 웃지도 않고 가까이 다가가지도 못하게 아주 차갑게 굴고. 자존심도 상하고 오기도 나서 그래, 너 언제까지 버티나 한번 보자, 그런 마음으로 열심히 도끼질을 해댔죠. 그런데 어느 순간 내가 이 여자한테 진짜 빠져 있더라고요. 한번 웃어주지도 않는 여자인데 하루라도 못 보면 미칠 것 같고 어쩌다 한번 눈 맞추고 웃어주면 심장이 아주 녹아내릴 것처럼 무너져 내리고."

마치 지금의 내 얘기를 하고 있는 것 같아 나도 모르게 은 사장 말에 귀를 기울이고 있었다.

"나중에 들었는데 처음엔 잘난 척하는 게 재수 없더니 매일 찾아와서 얼굴만 보고 가면서도 히죽 웃는 게 바보 같고 귀엽더래요. 얼굴이 안 보여도 내가 어떤 얼굴로 돌아가는지 알 것 같고 점점 내가 진심인 게 보였대요. 그래서 한번 놀아주자 하는 마음으로 받아줬다면서, 지금은 이정윤이 잘난 척합니다."

"잘난 척할 만하네요."

후훗, 우리는 새 맥주 캔을 따며 웃었다.

"그런데 정윤이는 진짜 나랑 놀기만 할 생각이었더라고요. 난 자연스럽게 결혼 생각을 하게 돼서 결혼하자고 말했더니 아주 배를 잡고 웃더라고요."

"왜요?"

"자기가 고아인 거 잊었느냐고, 아마 우리 부모님이 절대 허락하지 않을 거라고요. 나보고 참 순진하다고."

"고아는 결혼도 못 하는 겁니까? 대체 그 두 여자는 왜 그런 생각을 하는 겁니까?"

괜히 부아가 치민다. 뭐 하나 빠질 것 없는 여자들이다. 이정윤 씨에 대해서는 아는 게 없지만 적어도 내가 아는 강희는 주어진 삶에 최선을 다해 누구에게도 부끄러울 것 없는 삶을 살아가고 있다.

"많이 다쳤으니까."

은 사장의 얼굴에 다시금 웃음기가 없어졌다.

"단지 고아라는 이유로 많은 사람에게 무시당하고 거절당하면서 너무 많은 상처를 받았으니까."

아니다, 나는 강희에 대해 아는 것보다 모르는 게 더 많다. 은 사장이 말하는 상처에 대해 제대로 알고 있는 게 하나도 없다.

"기대를 품게 하고 마음을 열게 해놓고 등을 돌리는 사람들 때문에 정윤이랑 강희는 온몸이 상처투성이였거든요."

캔을 쥔 손에 절로 힘이 들어간다. 당장이라도 그 사람들을 찾아가서 목을 비틀어버리고 싶은 심정이다.

"그리고 나 역시도 둘을 다치게 했으니까."

"무슨 말입니까?"

후우, 은 사장의 한숨이 길게 늘어졌다. 가만히 그의 말을 기다렸지만 그가 털어놓을 진심을 기다리며 서서히 애가 탔다. 혹시라도 분을 참지 못하고 주먹을 날리는 일이 없도록 캔을 쥔 손에 더 세게 힘을 줬다.

"내 고집대로 결혼을 밀고 나갔고, 결국 내 어머니 김경자 여사님이 정윤이가 보는 앞에서 손목을 그으셨어요."

상상하지 못했던 사실 앞에서는 그저 멍해졌다. 방금 들은 게 무슨 말인지 몇 번을 머릿속으로 되뇌었다.

"누구 핏줄인지도 모르는 근본 없는 애를 며느리로 받아들일 수 없다면서 손목을 그으시더라고요."

덤덤히 말을 이었지만 은 사장의 눈동자는 아프게 흔들렸다.

"진짜 그렇게까지 싫어하실 줄은 몰랐어요. 부모에게 버려진 게 정윤이 잘못도 아닌데 아예 말이 통하지 않더라고요. 돈 보고 접근한 거다, 살인자 딸일지도 모른다, 나중에 우리 재산 다 들고 도망갈 거다, 차마 입에 담을 수 없는 말들을 쏟아내시더라고요. 그래도 내가 말을 안 들으니까 나중엔……."

이럴 때 나는 뭘 해야 하는 걸까. 위로를 해야 하는 건지 그냥 지금처럼 잠자코 있으면 되는 건지 정신이 하나도 없다.

"정윤이가 그때 엄청난 충격을 받았죠."

얘기를 전해 듣는 것만으로도 충격인데 당사자인 이정윤 씨는 어땠을까.

"여자 혼자 몸으로 아들 키우면서 악착같이 돈 벌어서 서울에 건물까지 사신 분이니까 우리 어머니도 한 성격 하시는 대단한 분이기는 했지만 그래도 내 어머니라 그런지 나한테는 그냥 평범한 어머니였거든요. 그래서 조금만 설득하면 금방 허락하실 줄 알았죠. 우리 어머니도 별수 없구나, 하는 걸 그때 알았죠."

"그래서 어떻게 했습니까?"

"도망갔습니다, 이정윤이."

그때 일이 떠오르는지 은 사장이 잠시 몸을 부르르 떨었다.

"아주 꼭꼭 숨어서 머리카락 한 올 못 찾게 하더라고요. 강희는 찾아가기만 하면 입을 닫아버리고 어머니는 수시로 전화해서 감시 아닌 감시를 하고."

"그야말로 지옥이었네요."

"지옥이었죠. 못 보니까 진짜 딱 죽겠더라고요. 사실 어머니한테는 죄송하지만 그때는 어머니보다 정윤이가 어떻게 될까 봐 그게 더 겁나더라고요."

한창 얘기가 무르익고 있는 그때, 은 사장이 호기롭게 주문했던 치킨이 도착했다. 우리는 닭다리를 하나씩 들고 두 번째 건배를 했다.

"1년 지나니까 나타나더라고요. 내 여자 진짜 독하지 않아요?"

"그러게, 1년이면 독하긴 하네요."

"근데 더 독한 건 그 여자가 1년 만에 나타나서는 나를 모른 척하는 겁니다."

은 사장이 우악스럽게 닭다리를 뜯었다. 아무래도 되살아난 그때의 화를 닭다리에 푸는 듯했다.

"아예 처음 본 사람처럼 대하는데 돌아버리는 줄 알았다는 거 아닙니까."

"그래서 또 도끼질했습니까?"

"당연하죠. 내가 보기보다 순정파거든요. 1년 동안 미친놈처럼 정윤이만 찾아다니는 날 보고 어머니는 이미 지쳐서 반쯤 포기를 한 상태였거든요. 어떻게든 정윤이 마음만 돌려놓으면 되는 거였는데 그게 처음보다 더 힘들더라고요. 그러다 갑자기 어머니는 교통사고 나고, 내가 정신을 못 차리니 모른 척하던 이정윤이 병원 와서 어머니 병 수발 들고……. 드라마보다 더 드라마 같죠?"

은 사장의 실없는 웃음에 한숨을 포옥 내쉬었다. 결혼을 하기까지 그가 얼마나 고단했을지 내 뒷목이 다 뻣뻣하게 굳어졌다.

"끝내 어머니가 못 일어나고 돌아가셨는데 눈 감는 순간 뭐라고 하셨는지 알아요?"

"고맙고 미안하다고?"

"아니, 그래도 고아는 안 된다고."

훗, 은 사장이 어이없다는 듯이 연이어 웃어젖혔다.

"안 된다고는 했지만 정윤이 보면서 눈물 흘리고 돌아가셔서 나는 그냥 그걸 사과고 허락이라고 내 멋대로 판단해서 정윤이랑 결혼했죠. 어머니한테 지울 수 없는 상처를 받은 탓인지 정윤이는 아직도 어머니 얘기는 안 하려고 해요. 근데 웃긴 건 이 미련한 여자가 해마다 어머니 제사랑 생신날은 절대 안 잊고 챙긴다는 겁니다. 그리고 여기 이름도 어머니 이름 따서 짓고."

아, 경자 다방의 경자가 그 뜻이었구나.

"정윤이 말로는 우리가 얼마나 잘 먹고 잘 사는지 어머니 보라고, 그래서 하늘나라에서 샘내시라고 그랬다는데 아마도 그게 전부는 아닐 겁니다. 내 여자가 얼마나 좋은 사람인지 다른 사람은 몰라도 나는 알거든요."

"내가 강희한테 똑같은 일을 겪게 할까 봐 걱정됩니까?"

"아니라고는 못하겠네요."

왜 이런 얘기를 꺼냈는지 알 것도 같다. 힘든 일을 겪으면서 이정윤과 은 사장, 그리고 강희는 진짜 가족이 됐다. 가족에게 날아드는 삐죽한 창끝을 대신 맞아줄 수 있을 정도로 서로를 아끼는, 그래서 아플지도 모르는 일은 미리 막아주고 싶은 그런 마음일 거다. 은 사장이 보기에 나는 강희에게 날아드는 창일 거고 이정윤 씨와 너무나 닮은 강희가 그 창을 어떻게 마주할지 빤히 보였을지도 모른다.

그렇기 때문에 은 사장의 말을 들으니 섬뜩해지는 것도 사실이었다. 어쩌면 더 깊어지기 전에 물러나라는 경고 같기도 하다. 하지만 처음으로 욕심이 생긴 사람이다. 이미 눈덩이처럼 커져버린 마음이라 돌이킬 수가 없다.

"이기적으로 들리겠지만 나는 지금이 좋아요. 우리 셋, 평온하고 더없이 좋거든요. 그런데 서태인 씨 보면 불안해요."

"뭐가 말입니까?"

"진심이 보여요. 단순히 남자와 여자가 하는 연애로는 안 보인다는 말이에요. 첫사랑에 빠진 어른 남자는 늦사랑에 빠진 유부남만큼이나 무섭거든요."

느린 연애를 한다고 생각했다. 소꿉장난하듯이 가볍다고 생각했다. 어른들의 사랑이 아니라 순수한 사랑을 한다고, 그래서 내가 빠지고 있다는 걸 자각하지 못했다. 아니, 이미 깊이 빠졌고 이미 무서워졌다. 그게 은 사장 눈에 보였다는 게 소름 끼치게 놀라우면서도 한편으로 든든하다.

"첫사랑 맞아요. 그리고 불륜은 아니지만 늦사랑도 맞습니다. 그래서 안 놓칠 생각입니다."

"그런 것 같군요."
"다음에는 치킨에 맥주 말고 소주 마시면서 내 얘기 합시다."
"나처럼 1년이나 허비하는 일은 없길 바랄게요."
"그런 일 절대 없습니다."
"윤강희를 너무 만만하게 보는 거 아니에요?"
"은 사장이야말로 나를 너무 만만하게 보는 거 아닙니까?"
"그거야 두고 보면 알겠죠."
씨익 웃으며 우리는 캔을 부딪쳤다. 그리고 그때 딸랑, 소리와 함께 두 여자가 경자 다방 문을 열고 들어왔다.
"어? 내 애인이다."
아기처럼 투명한 피부를 자랑하며 강희가 내게로 걸어왔다. 덜 마른 머리카락 덕에 유난히 촉촉하고 섹시해 보였다.
"언제 왔어요?"
강희가 내 옆에, 그리고 이정윤 씨가 은 사장 무릎 위에 올라앉았다. 역시 부부라 앉는 것도 격이 다르다.
"아까."
"아까 온 게 아닌 것 같은데?"
테이블 위에 늘어놓은 빈 맥주 캔과 다 식은 치킨을 보면서 강희가 눈을 흘겼다.
"많이 마셨어요?"
"조금. 집으로 들어갈 줄 알았는데 어떻게 알고 왔어?"
"올 거 같아서."
한쪽 눈을 윙크하듯 찡긋하는데 하마터면 그대로 입을 맞출 뻔했다. 귀여워도 너무 귀엽다. 이 도도한 여자가 애교를 부릴 때면 심장은 그냥 녹아서 물처럼 흘러내린다. 다리가 후들거릴 정도다.

"그리고 보고 싶어서."

"으악! 나 지금 환청이 들렸어!"

은 사장이 갑자기 호들갑을 떨며 두 손으로 제 귀를 틀어막았다. 그러거나 말거나 강희의 두 눈은 내게만 박혀 있었다.

"자기야, 얼른 집에 가자. 나 여기 계속 있다가는 눈과 귀가 썩을 것 같아."

"나 아직 맥주도 못 마셨는데?"

"내가 집에 가서 같이 마셔줄게."

"치킨은?"

"그것도 집에 가서 시켜줄게."

"에이, 여기서 같이 먹어야 더 맛있는데."

은 사장이 억지로 이정윤 씨의 손을 잡아끌었다. 정신없는 퇴장이기는 했어도 둘이 있을 수 있도록 배려해준 은 사장이 고맙다. 다음에도 술을 사야겠다.

"드디어 둘만 남았다."

"뭐 할까요?"

강희가 내게 바짝 몸을 붙이며 눈을 깜박였다.

"우선 진하게 키스부터 할까?"

"그럴까요?"

강희는 두 손으로 내 목을 끌어안고는 숨을 내쉴 수 없을 정도로 얼굴을 가까이 했다. 솜털이 다 보일 정도로 여린 강희의 얼굴을 보자 괜스레 죄의식 같은 게 생겨난다. 이 어리고 여린 여자를 감히 내가 안아도 되나, 상처라도 주면 어쩌나.

"도망가지 않는다고 약속해."
"응?"
내 입술 언저리에서 강희의 입술이 꼬물거렸다.
"무슨 일이 있어도 나 버리고 도망가지 않는다고 약속하라고."
"지금 나한테 매달리는 거예요?"
"어."
"약속 같은 거 함부로 하는 거 아닌데."
"그래도 해."
"내가 버리고 싶어지게 안 하면 되잖아요."
"내가 아니라 내 주변 상황이 그럴 수도 있는 거니까. 내가 최대한 막겠지만 어쩔 수 없는 상황도 있을 수 있는 거니까."
"예를 들면?"
"막장 드라마 속 가장 막장스러운 장면을 리얼로 풀어놓을 가능성이 아주 큰 내 어머니."
"으음."
"그리고……."
"서태인 씨한테 반한 그때 그 여자?"
"어."
"인기 많은 남자 피곤하네."
"인기 많은 잘난 남자를 차지하려면 감수해야지, 뭐."
강희의 콧잔등에 자잘한 주름이 잡혔다.
"생각해볼게요."
"생각하지 말고 그냥 알겠다고 해."
"내가 아니라 서태인 씨가 도망가고 싶어지면?"

"내가?"

"콩깍지 벗겨지고 나한테 질리면 서태인 씨가 도망가고 싶어질 수도 있잖아요."

"아, 그 생각은 못 했네."

"생각해보고 알려줘요, 그동안 나도 생각해볼게요."

상처가 많은 사람은 겁이 많은 법이다. 어쩌면 그런 면에서 나와 강희는 닮은 것도 같다. 그래서 더 윤강희에게 끌렸던 건지도 모르겠다. 이 여자를 만나고 내가 진짜 어른이, 어른 남자가 돼가는 것 같다.

인정받고 싶고, 지켜주고 싶다. 이 여자라면 그럴 수 있을 것 같다. 이 여자라면 적어도 나를 사람으로 봐줄 것 같다.

9. 어른 남자 2

은 사장에게 자전거를 빌려온 강희는 음주운전이라며 나를 굳이 뒤에 태우고 힘겹게 동네를 세 바퀴 돌았다. 한밤에 애인 허리를 끌어안고 자전거를 타는 맛은 꿀맛이었다. 취기가 살짝 오른 얼굴에 시원한 바람이 닿자 머릿속까지 맑아지는 기분이었다.

바람에 흩날리다 얼굴을 간질이는 강희의 머리카락도, 자꾸 킁킁거리게 하는 강희의 스킨 냄새도, 손가락 끝에서 느껴지는 듯한 강희의 심장 두근거림도 다 좋았다. 마냥 꿈을 꾸는 것처럼 달콤한 순간이었다.

나를 집 앞에 내려주고 힘차게 손을 흔들며 골목을 내려가는 강희를 보는 것까지가 그날의 행복이었다.

"술 드셨어요?"

샤워를 하고 기분 좋게 잠자리에 들려는데 초인종 소리가 났다. 강희인가 싫어 뛰어가듯 밖으로 나가 대문을 열었다가 곧장 후회했다. 몸을 가누지 못할 정도로 취한 어머니가 대문을 밀고 들어왔다.

"모셔다드릴게요."

내 손을 뿌리치고 어머니는 무작정 집 안으로 들어갔다. 하루만이라도 온전히 행복할 수는 없는 걸까.

"물 갖고 와."

어머니 명령에 냉장고에서 생수병을 꺼내 어머니에게 내밀었다.

"입을 대고 마시라고? 컵에 따라 와."

"그냥 드세요."

"네가 이러니까 천하다는 말을 듣는 거야."

"시비 걸려고 오셨어요?"

어머니의 술주정을 받아주는 것도 이제는 지친다. 술에 취하면 어머니는 아버지를 데리고 오라고 소리를 질렀다. 어쩌다 오길 하신 날 일이 있어서 집에 오는 걸 거르기라도 하면 어머니는 난리를 쳤다. 당장이라도 본가에 달려갈 것처럼 악을 썼고 집에 있는 술이란 술은 다 마시려고 했다.

그 뒤치다꺼리는 전부 내 몫이었다. 한숨도 자지 못하고 학교에 간 날도 여러 번이었다. 내 몸에서 술 냄새가 난다며 술을 마신 걸로 오해해서 교무실로 끌고 간 선생님도 있었다. 그래도 난 끝까지 어머니 얘기는 하지 않았다. 실수로 집에 있는 술병을 깨트려서 그런 거라고 변명을 했다. 아무도 믿어주지 않았지만 그래도 난 끝까지 같은 말만 반복했다.

아들이 학교에서 어떤 모욕을 당했는지, 얼마나 가슴이 짓이겨지는 고통 속에서 사는지 어머니는 알지 못했다. 알려고 하지도 않았다. 어머니 인생에는 오로지 아버지만 있었다.

"제대로 된 글라스에 다시 갖고 와."

"모셔다드릴 테니까 가세요."

"다시 가져오라고!"

어머니는 내 손에 있던 생수병을 뺏어 들더니 그걸 냅다 집어던졌다. 플라스틱이라 깨지지는 않았지만 소리는 요란했다. 처음 있는 일도 아니라 크게 놀랍지도 않다.

"그만 자극하세요."

"너야말로 그만해. 참는 데도 한계가 있어."

"뭘 참으셨는데요."

퀭해진 눈으로 어머니가 나를 올려다봤다.

"너."

어머니의 손가락 끝이 나를 가리켰다.

"아무짝에도 쓸모없는 너. 내가 너를 얼마나 많이 참고 봐준 줄 알아?"

어떻게 하면 자식에게 아무 쓸모없다는 말을 할 수 있는 걸까. 이게 다른 집에선 가능한 일일까.

"시키는 대로만 하면 되잖아. 다 너를 위해서 하는 건데 그것도 못 해?"

"제가 아니라 어머니를 위해서겠죠."

"하!"

어머니는 코웃음을 치며 비웃었다.

"그래, 다 나를 위해서라고 하자. 그게 뭐가 잘못된 건데? 내가 잘되면 너한테도 좋은 거 아니야? 내가 가진 것 전부, 어차피 너한테 가는 거잖아."

"어머니가 가진 거 필요 없습니다."

"이 집에서 사는 것도, 좋은 차를 타는 것도 다 내 덕이야. 어디서 건방을 떨어!"

"아니요, 어머니 덕분이 아니라 이건 제 몫입니다. 본가에서 비위 맞추며 짐승처럼 네 발로 긴 제 덕이고, 아버지가 지금까지도 어머니를 찾아올 수 있게 한 제 덕이라고요."

어머니의 얼굴이 일그러졌다. 눈에 핏발이 서고 그렁그렁 눈물이 차올랐다. 이제는 눈물을 흘리며 가여운 어머니의 얼굴을 할 때다.

"태인아. 이번 한 번만, 제발 한 번만 내 말 들어. 다 널 위해서야. 너한테 힘을 실어주려고 그러는 거라고. 네 아버지도 늙으셨어. 조금만 있으면 뒷방 늙은이로 경영에서도 물러나야 한다고. 그러면 너 그 회사에서 못 버텨. 아니, 네 누나들이 너 거기 있게 안 둬. 그러니까 그 전에 힘을 가져야 한다고."

"힘을 가지면요? 가지면 그다음엔 뭐가 달라지는데요?"

"그걸 몰라서 물어? 아무도 우리한테 함부로 못 하는 거지."

지금도 우리한테 대놓고 함부로 하는 사람은 없다. 본가 사람들은 만나지 않으면 굳이 쫓아와서 못살게 굴지도 않는다. 서로 없는 사람처럼 살면 그만인 거다. 그런데 대체 어머니가 말하는 함부로는 누구를 말하는 것일까.

"제발 그만 좀 하세요. 이 정도 살면 됐잖아요."

"이 정도? 서씨 집안 유일한 아들인 네가 겨우 이 정도? 그깟 계집애들 열이 있으면 뭐해, 대 이를 사람은 너 하난데."

"그깟 서씨 집안이 뭐가 그렇게 대단하다고요."

헛웃음이 절로 나온다.

"돈밖에 없는 집이에요. 내세울 거 하나도 없다고요."

"돈이면 됐지 다른 게 뭐가 필요해? 세상에 돈만큼 중요한 건 없어. 네가 지금 부족한 게 없어서 철없는 소리를 하는 거지. 딴생각하지 말고 희연이랑 결혼해."

"회사 그만두겠습니다."

"뭐?"

"아버지하고도 연 끊겠습니다."

"지금 무슨 말을 하는 거야?"

"돌게 하지 마세요. 미쳐서 날뛰게 만들지 마시라고요."

인내심의 한계에 도달했다. 나도 내가 어디까지 미칠지 알 수가 없다. 처음이자 마지막일 테니까 아마도 대충 넘어가진 않을 것 같다. 어차피 미치는 거, 개가 돼서 물 수도 있겠다.

"네가 진짜 단단히 돌았구나?"

"아직 안 돌았어요. 그러니까 여기서 더 돌게 하지 마시라고요. 저도 제가 어디까지 막 나갈지 모르니까."

어머니는 한참을 노려보더니 둥글게 말아 쥔 주먹으로 소파를 짚고 일어섰다. 그리고 그대로 집에서 나갔다.

어젯밤 어머니가 찾아온 후로 나를 찾는 사람이 유난히 많다. 아침에는 출근하자마자 매형 노정민 실장이 내 생각을 떠보려는 듯 사무실에 들르더니, 점심시간 즈음엔 강희와 통화를 하는데 바쁘신 누님이 또 나를 직접 찾아오셨다.

"무슨 일이세요?"

"통화 중인 것 같은데 마저 해."

웬일로 배려를 다 한다.

-바쁘면 이따가 통화해요.

"어, 그래야 할 것 같다."

-알았어요. 어? 손님 왔다. 어서 오세요.

낭랑한 강희의 목소리에 삐죽 웃음이 새어 나왔지만 억지로 참아가며 휴대폰을 내려놓으려는데.

-나 알죠?

끊긴 줄 알았던 휴대폰 너머에서 여자 목소리가 들려왔다.

-누구시죠?

이어서 강희의 목소리도 들린다.

-언제까지 놀 생각이에요?

여자의 목소리가 심하게 거슬린다. 건방지고 비열하게 들린다.

-누구인지부터 말씀을 하세요.

반면 강희는 침착하고 차분하다.

-머리가 나쁜 건 대충 알겠는데 눈치도 형편없네. 당신이 지금 놀고 있는 남자랑 결혼할 사람.

유희연이다.

-잘못 찾아온 것 같은데요.

-윤강희, 맞잖아.

-맞는데 내가 요즘 놀고 있는 남자는 없어서요.

당장이라도 달려가려고 재킷을 집어 들었는데 강희의 말에 멈칫했다. 그러고는 아예 자리에 앉아 휴대폰을 더 귀에 바짝 갖다 댔다.

-서태인 몰라?

-알아요.

-너 지금 나랑 장난하니?

아주 짧은 순간 정적이 이어졌다.

-혹시 아직 듣고 있어요?

강희는 전화가 끊기지 않았는지 확인했다.

"어."

-나 하고 싶은 대로 해도 돼요?

"얼마든지."

-얼마든지, 라고 하네요.

-뭐?

-서태인 씨, 나랑 노는 사람 아니에요. 나랑 연애하는 사람이에요, 아주 진지하게.

-그래?

-그리고 내 남자가 당신이랑 결혼하는 일 따위 없어요.

-내, 내 남자?

-여기를 찾아올 게 아니라 병원을 가봐야 하는 거 아니에요?

가만히 듣고 있으려니 피식피식 웃음이 나려고 한다. 대체 스물한 살밖에 안 된 아가씨가 어떻게 하면 저런 깡이 있을 수 있는 걸까. 유희연의 막무가내에 강희는 당황스러워하지도 않는 듯했다.

-아니면 돈 봉투라도 내밀면서 헛소리를 하든가.

돈 봉투?

-바라는 게 그거야?

-아니요, 내가 지금 바라는 건 당신이 여기서 나가는 거, 다시는 어이없게 찾아오지 않는 거, 내 남자한테 침 흘리지 않는 거.

무조건 윤강희 승이다. 유희연이 어떤 얼굴을 하고 있는지 내 눈으로 보지 못하는 게 억울할 지경이다.

"통화가 좀 길어졌네요, 말씀하세요."

그만 들어도 될 것 같아서 전화를 끊고 아까부터 똥 씹은 얼굴로 나를 기다리고 있는 누나를 향해 돌아앉았다.

"너한테 있는 지분, 그거 내가 좀 써야겠다."

참 한결같은 사람이다.

"얼마나 된다고요."

"얼마 되지도 않는 거 갖고 있어봤자니까 나한테 넘기라고."

"작은누나도 아는 일입니까?"

나를 상대할 때는 세상 둘도 없는 자매지만 돈 앞에서는 남보다 못한 자매로 돌변한다. 두 사람, 그리고 매형들까지 네 사람을 흔들어놓는 건 그다지 어려운 일도 아니다. 몰라서가 아니라 모른 척했던 거였다.

"왜, 이간질이라도 시키려고?"

"그래야 한다면."

내가 결혼을 할 수도 있는 상황이 되니 애가 좀 탔나 보다. 노정민이 회사에서 점점 입지를 굳히고 있는데 내가 덜컥 대정의 사위라도 되면 아무래도 서현아의 입장에서는 불안하지 않을 수 없을 테니까.

"너 어차피 회사 일에 관심 없잖아."

"그랬죠."

"그랬죠? 이제는 생겼다는 뜻인가?"

"그럴 수도."

"건방 떨지 말고 확실하게 말해."

아무 짓도 할 생각이 없었다. 쿡쿡 찌르기는 해도 뭉개질 정도로 밟지는 않았으니까 단지 꿈틀거리기만 할 뿐 제대로 된 움직임은 보일 생각이 없었다. 그런데 이제 그만 참아야 할 것만 같다. 더 참으면 왠지 나뿐 아니라 다른 사람도 밟을 것만 같다.

"지금까지 충분히 참았습니다."

"참아? 네가 뭘?"

"그만하세요. 가만히 두면 누나를 불편하게 하는 일 안 합니다."

"같은 하늘 아래 살고 있다는 것만으로도 불편해."

다들 작정을 했나 보다. 어디 언제까지 버티는지 내기라도 한 것처럼 쉬지 않고 몰아붙인다. 이러면 정말 더는 참아낼 수가 없을 것 같다. 참기 싫어질 것 같다. 허허 웃으면서 계속 당하고만 있으면 우스운 놈이 될 것만 같다. 윤강희에게 적어도 시시한 남자로는 보이고 싶지가 않다.

"괜히 머리 굴리지 말고 지분이나 넘겨."

할 말을 끝낸 서현아는 하얀 힐을 뽐내듯 반듯하게 세우며 자리에서 일어났다.

"아니, 저도 이제 욕심을 좀 부려야겠습니다."

사무실을 나가려는 서현아 뒤에 대고 툭 말을 뱉었다. 비스듬하게 틀어진 서현아의 입술 사이로 비웃음이 흘러나왔다.

"하긴 그 피 어디 가겠니?"

"그러게요, 욕심으로 가득 찬 가족들 틈에서 혼자만 정상으로 사는 게 쉽지는 않더라고요."

"뭐?"

"누님이랑 적어도 반은 나눠 가졌잖아요, 그 피."

"그래서?"

"누님이 가진 것의 반만큼 저도 가지려고요."

"주제도 모르는 건방진 놈."

"사실 제가 건방지지는 않죠."

"너 같은 건 애초에 태어나지를 말았어야 해."

심장을 후벼 파는 말을 아무렇지 않게 내뱉는 잔인함, 서현아는 자신이 얼마나 싸구려인지 모른다. 돈 많은 부모에게서 태어나 스스로 노력한 것 없이 많은 것을 가졌다는 사실이 자랑이고 권력이라 믿고 있다. 자신보다 덜 가진 사람은 자신보다 못하다는 어리석음을 부끄러운 줄 모르고 떠벌린다. 그리고 그렇게나 가족이 되고 싶어 초롱초롱한 눈을 빛내며 주변을 맴돌던 어린 동생을 처절할 정도로 짓밟는 걸 서슴지 않았다. 때로는 즐기는 듯도 했다.

서현아가 그저 운명처럼 아버지와 큰어머니 자식으로 태어난 것처럼 나 역시도 아버지와 내 어머니 자식으로 내 뜻과는 상관없이 태어났을 뿐인데 그것이 마치 자신의 능력이고 내 선택이었던 것처럼 생각했다. 한때는 나도 그런 생각에 내 어머니를 원망했고 큰어머니에게 죄송했으며 누나들에게 미안해했다. 하지만 그 기한이 지나버렸다. 그래서 눈을 빛내며 꼬리를 흔들 수가 없다.

"아, 그 말은 하지 말지."

한숨을 쉬며 지끈거리는 머리를 손가락으로 짚어 꾹꾹 눌렀다. 순식간에 두통이 시작됐다. 눈알이 빠질 것 같은 통증에 짜증까지 뒤섞인다.

"지분, 안 넘깁니다."

욕심, 까짓것 한번 부려봐야겠다. 내가 너무 무르게 굴어서 이 사람, 저 사람이 다 얕잡아 보나 보다. 유희연 일만 봐도 나를 우습게 본 사람들이 앞으로 어떻게 나올지는 불 보듯 빤하다. 나만 건드리는 건 참을만한데 강희까지는 못 참을 것 같다.

정신 나간 유희연이 강희를 찾아갈 줄은 몰랐다. 설마 그렇게까지 막 나가는 여자일 거라고는 생각지 못했다. 아마도 다음엔 어머니 차례일 것 같다. 그리고 그다음은 누나들 차례일지도 모르겠다. 서로 원하는 것도 목적도 다르겠지만 만만하게 보는 건 같으니까, 우습게 보는 건 똑같으니까 겁 없이 내 여자가 있는 곳을 찾아가고 적어도 내 공간이라고 할 수 있는 내 사무실을 제멋대로 들어와 자리를 차지하고 있는 거겠지.

누나가 돌아간 뒤, 뜻밖에도 아버지의 호출이 이어졌다. 언제나 나를 못마땅하게 여기는 아버지가 회사에서, 그것도 회장실로 직접 부른 건 손에 꼽히는 일이다. 대충 짐작이 가는 일이었지만 어쨌든 조금이나마 다른 걸 기대하며 순진하고도 미련한 생각으로 회장실을 찾았다.

익숙하지 않은 향이 도는 홍차를 앞에 두고 오랜만에 아버지와 가까이 앉았다.

"네 생각이 알고 싶어서 불렀다."

아버지는 한 번도 내게 뭔가를 궁금해한 적이 없었다. 공부는 잘하고 있는지, 하는 만큼 성적은 잘 나오는지, 친구들과 문제는 없는지, 심지어 생일에 갖고 싶은 건 없는지. 그저 일주일에 한 번 집에 들러서 얼굴을 보는 게 다였고 아버지를 나와 나누고 싶어 하지 않는 어머니 때문에 그때도 부자간의 오붓한 시간을 보낼 수는 없었다. 아버지도 딱히 아들과 놀아주고 싶어 하지는 않았기에 지금 이 상황이 어색하다.

"결혼 말이다. 네 엄마는 하겠다고 하고 대정 쪽에서는 모호한 태도를 보이는 것 같고."

"만나셨습니까?"

"어제."

그래서 궁금해지셨군.

"안 하겠다고 말씀드렸습니다."

"이유는?"

"결혼하고 싶은 여자 따로 있습니다."

"네 엄마가 이쪽을 못 놓는 거 보면 네가 결혼하고 싶다는 여자가 별 볼 일 없는 모양이구나."

별 볼 일 없다는 말에 발끈했지만 굳이 내색하지는 않았다. 아무리 길게 대화라는 걸 한다고 해도 절대 좁힐 수 없는 가치관을 갖고 있다는 걸 알고 있다.

"그쪽 정리하고 네 엄마 말대로 해라."

"아니요, 안 합니다."

"중국 쪽 사업 시작하기 전에 식을 치르는 게 낫겠구나."

가슴을 짓누르는 답답함에 잦아들었던 두통이 도지려고 한다.

"그쪽을 네가 맡는 걸로 해서 1년 정도 중국에 나가 있다가 들어오는 걸로 하자. 이미 기본은 다 깔아놓은 상태니까 네가 가서 뭐 크게 해야 될 일도 없을 거고 그 후에 제대로 경영에 참여하는 걸로 하면 모양새도 나쁘지 않고……."

"회장님."

찻잔을 들며 아버지는 내게 시선도 주지 않았다.

"제 결혼입니다. 제 뜻대로 제가 원하는 사람이랑 하고 싶습니다."

반항이라는 걸 해본 적이 없었다. 만족스럽지 않은 삶이었고 뭐 하나 내 목소리를 낼 수 있는 게 없음에도 어머니와 아버지에게 단 한 번도 불만을 얘기하지 않았다. 해봤자 들어주지 않을 거라는 걸 알고 있어서였다. 항상 어머니는 아버지에게, 아버지는 회사에 집중했다. 하지만 이제 싫다는 말은 해야겠다.

"사랑 놀음은 결혼해서 해."

홍차를 한 모금 마신 아버지는 찻잔을 내려놓으며 짐짓 느릿한 말투로 얘기했다. 잘못 들은 건가 싶어 미간까지 좁히며 아버지 말에 귀를 기울였다.

"결혼도 사업이다. 아무것도 줄 게 없는 사람과는 결혼이 아니라 그냥 연애를 하는 거야. 괜히 헛짓하지 말고 결혼 준비나 해."

"지금 저한테 아버지와 똑같은 인생을 살라고 하시는 겁니까?"

겨우 아버지 눈이 내게로 향한다.

"줄 거 많은 집 여자와 결혼하고 제가 좋아하는 여자는 아무도 모르는 곳에 죄인처럼 숨겨둔 채로 그렇게 두 집 살림하면서 살라는 말씀이시냐고요."

"치기 부리지 마."

"나이가 들면 조금이라도 아버지를 이해할 수 있을 줄 알았습니다. 적어도 같은 남자로서 아버지에게 연민 같은 거라도 느낄 줄 알았습니다."

진즉에 반항이라는 걸 했어야 했다. 아버지 그늘에서 벗어나 내 인생을 살았어야 했다. 머리를 찌르던 통증이 가슴으로 내려왔다. 속이 울렁거리고 비위가 상한다. 그윽하게 느껴지던 홍차의 향마저 역겹다.

"그만 나가보겠습니다."

계속 있다가는 사고를 칠 것 같다. 실망을 넘어 절망이다. 그동안 참아왔던 내 인내심이 한심할 지경이다. 대체 무엇을 위해 숨죽여 살았던 걸까.

"앉아."

"죄송합니다."

"일 시끄럽게 만들지 말고 말 들어."

"제 나이가 몇인지 아세요?"

"쓸데없는 감정 때문에 사업을 그르칠 생각이야?"

"쓸데없는 감정 때문에 제 인생을 망치고 싶지 않습니다."

그래도 이 세상에 태어나게 해준 것에 대한 감사함, 그래도 어머니를 끝까지 외면하지 않은 것에 대한 고마움, 그래도 물질적으로 부족한 것 없이 누리며 살 수 있게 해준 것에 대한 보답을 하기 위해서 입을 닫고 귀를 막고 살았다.

"겨우 호적에만 올라 있는 아들인데 이 대단한 회사에 별 쓸모가 있겠습니까? 지금까지 그랬던 것처럼 무관심으로 대해주세요."

"나이가 몇인데 그런 투정을 해!"

"그러니까 제 나이가 몇인지 아시느냐고요!"

감정이 격해져서 큰 소리가 나왔다. 화가 난 건 아버지도 마찬가지였다. 소리라도 지르니까 차라리 지금이 아버지와 아들 같다.

"회사고 뭐고 다 때려치워야 하나 했는데 그거야말로 치기였던 것 같습니다. 지금부터 제대로 일하겠습니다. 지금부터 제대로 욕심부려보겠습니다."

꾸벅 인사를 하고 회장실에서 나왔다. 미세한 움직임도 내보이지 않았던 아버지를 남겨두고 나오는 발걸음은 들어갈 때와 다르지 않았다.

결재를 받기 위해 갖고 들어오는 서류들을 그 자리에서 사인하지 않고 하나씩 꼼꼼하게 체크했다. 그 모습을 직원들은 어리둥절한 표정으로 살피는 듯했다.

회사 자금이 어떻게 흘러가는지, 현재 진행 중인 프로젝트는 뭐가 있으며 누구의 책임하에 얼마만큼의 진척이 있는 건지 차근차근 알아봤다. 하루아침에 파악할 수 없는 일이라는 걸 안다. 파악이 끝났을 무렵에는 프로젝트들이 이미 성과를 보이며 마침표를 찍게 될 수도 있을 거다. 지금까지 내 손을 거쳐 간 서류 중엔 내가 책임을 져야 하지만 누군가의 장난질로 진행되고 있는 것도 분명히 있을 거다. 전부를 파악하고 전부를 겁먹게 하고 싶어졌다.

"늦었네요?"

눈알이 빠질 것처럼 서류를 보다 10시가 넘어서 회사를 나왔다. 다행히 불이 꺼지지 않은 경자 다방을 들어서는데 은 사장이 살갑지 않은 눈으로 맞는다.
"알고 온 겁니까, 모르고 온 겁니까?"
"강희는요?"
"알고 온 모양이네. 그랬으면 좀 더 일찍 왔어야 한다고 생각하지 않아요?"
"화났습니까?"
"나는 화가 좀 났고 윤강희는 말짱하고."
느슨하게 넥타이를 풀며 뒷마당 쪽으로 목을 뺐다. 의자에 앉아 있는 강희가 다리를 손으로 주무르고 있었다.
"진짜 그런 이상한 여자랑 결혼하려고 했어요?"
"미쳤습니까?"
"그 여자 완전 정상 아니던데?"
은 사장은 고개까지 저으며 혀를 내둘렀다. 유희연이 은 사장 앞에서 제대로 진상을 부리고 갔나 보다.
"설마 행패까지 부리고 그런 겁니까?"
"부리려고 온 것 같은데 우리 강희 기에 눌려서 꼬리 내리고 도망갔어요."
"선방이라도 날렸습니까?"
"날리기 직전이었죠."
은 사장이 얼굴이 이제야 좀 밝아졌다. 내쫓으며 문전박대하는 건 아닐까 내심 걱정했는데 다행이다.
"얼른 가서 빌어요."
은 사장이 주는 시원한 얼음물 한 잔을 마시고 나서 강희가 있는 뒷마당으로 성큼성큼 걸어갔다. 발소리를 들은 강희가 고개를 돌렸다.
"늦었네요."
"미안."
"뭐가?"
"낮에 있었던 일."
"서태인 씨가 보낸 것도 아닌데 뭐가 미안해요?"
"화 안 났어?"
"화나야 하는 일이었어요?"
"그건 아닌데 너무 아무렇지 않으니까 좀 섭섭한데?"
"왜?"
의자를 끌어당겨 강희 가까이 앉았다.
"질투 같은 것도 안 났어?"
"전혀."
"이것 봐라?"
"짜증은 났어요."
"그래? 얼마나?"
"머리카락을 전부 뽑아버리고 싶을 정도?"
제법 화가 나긴 했나 보다.
"미안."
그래서 또 죄인 모드로 사과를 했다.
"두 번은 찾아오게 하지 마요. 그때는 진짜 짜증이 아니라 화가 날 것도 같으니까."
"그럴게."
달빛을 가르며 강희의 하얀 손이 내 이마에 내려앉았다. 갑작스러운 행동에 가만히 강희의 얼굴만 바라봤다.

"아프지 마요."

"아파 보여?"

"아니, 힘들어 보여."

"힘들어지려고 해서 너 보러 왔잖아."

배시시 웃는 강희가 내게는 비타민이다. 가만히 눈을 맞추고 손을 잡는 것만으로도 어느덧 위로가 되고 치유가 된다.

"주변에 다 그런 사람들만 있는 건 아니죠?"

"걱정돼?"

"조금."

"아니라고는 못 하겠다."

"그런 사람들 틈에 있는데도 서태인 씨는 정상으로 보이는 건 내 눈에 콩깍지가 씌어서 그런 건가?"

미간을 좁히며 눈을 가느다랗게 뜨는 강희가 귀여워서 그녀의 볼을 살며시 꼬집었다.

"고맙다, 정상으로 봐줘서."

"고마워요, 정상으로 자라줘서."

내가 한 것처럼 강희도 내 볼을 슬그머니 잡았다. 그래도 차마 아프게 하기는 미안했는지 거의 꼬집는 시늉만 하는 그녀다.

"고아인 게 부럽기도 하다."

강희가 나를 흘겨본다.

"철없지?"

"알면서 하는 말이에요?"

"그러게, 알면서도 말이 튀어나오네."

강희의 여린 어깨에 무거운 머리를 기댔다. 별 하나 뜨지 않은 어둑한 하늘을 올려다보면서 긴 한숨을 몰아쉬었다.

"평생 놀고먹기만 하던 재벌 2세가 어느 날 정신 차리고 회사 일에 매달리면 단숨에 능력 인정받고 막 잘나가고 그러던데."

"드라마도 봐요?"

"아니, 영화."

"어쨌든 그건 극적인 자극을 주기 위해서 만든 거니까 그런 거죠. 오늘 일 되게 열심히 했나 보네?"

"미친 듯이 했지. 태어나서 처음으로."

"갑자기 왜?"

"너 때문에."

어느새 강희의 손이 어른처럼 내 어깨를 다독이고 있다.

"어디 가서도 자랑할 수 있는 남자 되려고."

"지금도 뭐 그렇게 빠지는 남자는 아닌데?"

침묵이 내려앉은 순간마저도 고요하고 평화롭다. 이제 어색함 같은 건 우리 사이에서 완전히 사라졌다. 말을 하지 않아도, 마냥 보고만 있어도 좋다.

"근데 지금보다 더 잘난 남자 되면 얼굴 보기도 힘들어지는 거 아니에요?"

"그런 건 드라마에서나 있는 일이라며?"

"다시 생각해보니까 서태인 씨가 속해 있는 세상이 드라마에 나오는 그런 세상이랑 비슷한 것도 같아서요."

틀린 말은 아니다. 저마다 자신들이 드라마 속 주인공인 걸로 착각하고, 보통의 상식은 통하지 않는 사람들로 넘쳐나니 어쩌면 드라마에서 나오는 막장의 상황들보다 더한 일들이 생겨날 수도 있겠다. 그것들을 전부 상대하려면 힘이 필요하다.

"내일은 서태인 씨 어머니가 찾아오고 그러는 거 아니겠죠?"

"무엇을 상상하든 그 이상."

후우, 정수리로 강희의 뜨거운 숨이 내려앉았다. 혼자만의 삶도 버겁고 벅찰 이 어린 아가씨에게 내가 무슨 짓을 하고 있는 건가, 죄스럽다. 나까지 무게를 더할 필요는 없는 건데.

"연애 한번 하기 더럽게 힘드네."

"그러게 말이야."

"결혼이라도 하겠다고 하면 진짜 난리 나겠는데요?"

"할래?"

"아니, 안 할래."

"왜?"

"나는 연애만 할래요."

"나랑은 연애만 하고 결혼은 다른 놈이랑 하겠다는 거야?"

티격태격 말을 주고받으면서도 우리는 한없이 평온했다.

"나중 일은 모르죠."

"다른 놈이랑 결혼하는 건 포기해."

"그건 서태인 씨 하는 거 봐서요."

치열하게 싸우며 살지 않았는데 강희를 만난 후로는 내가 마치 전쟁과도 같은 매일을 보낸 사람처럼 느껴진다. 온몸이 피범벅이 될 정도로 극렬하게 싸우고 잠깐의 휴식을 취하기 위해 강희를 찾아오는 것만 같다. 그러면 난 몇 시간 눈을 감고 꿈을 꾼다. 하지만 현실은 그것과 반대다. 이제야 비로소 싸울 마음이 생겼고 전쟁을 치를 준비를 하고 있다. 나태하게 살았던 지난날을 강희 때문에 후회하고 부끄러워하면서 정신 차리고 살겠다는 다짐을 한다.

어떻게 될지는 모르겠다. 누구도 상대하려고 들지 않는 이 싸움에서 과연 내가 승리할 수 있을지. 아니면 여전히 밟아도 되는 놈으로 그들의 웃음거리가 될지. 그럼에도 굳이 싸우려고 하는 이유는 하나다. 어른이 되기 위함이다.

한 번 사는 인생, 쪽팔리지 않게 살아봐야겠다. 어른으로, 진짜 남자로.

새벽 5시에 일어나 말끔히 샤워를 하고 갖고 있는 슈트 중에서 제일 고급스럽고 점잖은 슈트를 골라 입었다. 가벼워 보이지 않는 컬러의 넥타이를 매면서 거울 속 나를 들여다봤다. 어울리지 않게 비장한 눈빛에 웃음이 터질 뻔한 걸 겨우 참아냈다. 그렇게 이른 아침부터 부지런을 떨어 도착한 곳은 본가였다.

"이 시간에 너랑 단둘이 식사하는 건 처음인 것 같구나."

조찬 모임이 있는 날, 아버지와는 아슬아슬하게 엇갈렸고, 본가에는 큰어머니 혼자였다. 어차피 큰어머니에게 할 말이 있어서 찾아온 거라 아버지의 부재는 중요하지 않았다.

"자주 찾아뵙지 못해서 죄송합니다."

구박을 한 적은 없었다. 누나들처럼 가슴에 비수를 꽂는 험한 말을 하신 적도 없었다. 그렇다고 따뜻한 눈빛으로 바라봐준 적도, 너른 가슴으로 품어주신 적도 없었다. 적당한 거리를 유지하며 큰어머니로서 해야 할 공식적인 역할만 해주셨다.

그럼에도 마음이 쓰여 내내 죄송해했던 건 내 어머니와 나의 존재로 인해 가장 큰 피해를 본 사람이 큰어머니일 것이기 때문이었다.

"그래, 결혼을 한다고?"

젓가락으로 반찬을 집으며 큰어머니가 넌지시 물었다. 모든 몸짓 하나하나가 우아하고 품위 넘치신다.

"아니요."

"내가 잘못 들었나 보구나."

"아마 맞게 들으셨을 겁니다."

통통하게 살이 오른 굴비를 젓가락으로 가시를 발라낸 후 하얀 쌀밥 위에 올려놨다. 그것을 입으로 가져가기 전에 물 한 모금을 마셔 입 안을 헹궜다.

"하지만 당사자인 저의 의사와는 상관없이 진행되고 있는 일입니다."

"그걸 막아달라고 찾아온 게냐."

"죄송하다는 말씀을 드리려고 왔습니다."

규칙적인 숨소리와 간혹 들리는 그릇에 젓가락 부딪치는 달그락 소리, 그리고 차분히 이어지는 대화에 긴장이 조금은 느슨해지려고 할 즈음, 처음으로 고개를 들어 큰어머니를 빤히 쳐다봤다. 큰어머니의 젓가락질이 느려지고 드디어 내 시선을 오롯이 받아내셨다.

"조금 시끄러워질 것 같습니다."

사실 따지고 보면 독해져야겠다고 마음을 먹을 만한 뭐 이렇다 할 계기가 있는 건 아니었다. 한량처럼 놀고먹는 게 슬슬 지겨워지려고 할 참이었고, 때마침 정신없이 몰두하게 만드는 여자를 만났고, 짜기라도 한 듯이 동시에 여럿이 성질을 건드렸을 뿐이다. 그래서 서른이 되도록 바닥에 납작 엎드려 있던 몸을 한번 꿈틀거려볼까 하는 거다.

"어째서."

"누나들이 싫어하는 일을 할 생각입니다."

"관심이 생긴 게냐."

"욕심이 생겼습니다."

그럴 줄 알았다는 걸까, 큰어머니는 크게 놀라지 않았다. 가만히 시선을 내려 마저 식사에 열중하셨다.

"죄송합니다."

제사였는지 설날이었는지 또렷하게 기억나지는 않지만 일 년에 몇 번 본가에 오는 날 중 하루였다. 어떻게 해서든 아버지 옆에 꼭 붙어서 자고 오라는 어머니의 엄포에 어렸던 나는 늦은 저녁을 먹고 소파에 기대 잠이 든 척 눈을 꼭 감고 있었다.

당장 내보내라는 누나들의 말에 아버지는 헛기침을 하며 방으로 들어갔고 작은누나는 잠든 나를 마구잡이로 흔들어 깨웠었다. 그래도 이를 악물고 버텼었다. 그만들 올라가서 자라는 큰어머니 말에 누나들은 온갖 짜증을 부렸지만 덕분에 더는 꼬집히지 않고 본가에서 잠을 잘 수 있었다. 물론 아버지 옆이 아닌 손님방에서였지만 그래도 다음 날 어머니에게 혼나지 않겠다는 생각에 참 많이도 들떴었던 것 같다. 어렸을 적에는 어머니의 눈물과 화가 괴물보다 더 무섭고 두려웠으니까.

몇 시쯤이었을까, 자다가 목이 말라서 깼고 뒤꿈치를 들고 조용조용 주방으로 들어갔다가 선 채로 술을 드시는 큰어머니를 보고 흠칫 놀랐었다. 나직했지만 큰어머니는 분명 흐느끼며 울고 있었다. 술잔을 쥔 손은 어둠 속에서도 명확하게 보일 정도로 힘이 들어가 있었고 술잔을 들지 않은 손은 뺨을 타고 흐르는 눈물을 빠르게 닦아냈었다.

열 살도 되지 않은 어린아이였지만 큰어머니를 울게 한 사람이 누구인지 알 것 같았다. 손발이 떨릴 정도로 두려웠다. 나를 보면 큰어머니가 불같이 화를 낼까 봐, 뺨이라도 한 대 때릴까 봐, 이제 다시는 아버지를 보러 본가에 오지 말라고 할까 봐, 나와 내 어머니를 어딘가로 멀리 쫓아낼까 봐 너무 무서웠다.

그래도 본가에서 유일하게 나를 아프게 하지 않는 사람이었다, 큰어머니는. 살갑지는 않았어도 매정하게 밀어내지 않았다. 내가 잘하면 언젠가는 나를 좋아해주실 거라고 믿었다. 따뜻한 어머니를 둔 누나들이 부러웠다. 내 어머니이기를 바랐다. 그래서 아무것도 못 본 척, 고개를 돌리고 나올 때보다 더 살금살금 걸어 방으로 들어가 이불을 머리끝까지 덮고 날이 밝을 때까지 방에서 나가지 않았었다.

"태인아."

"네."

"사람은 저마다 자기에게 어울리는 자리라는 게 있단다."

다음에 나올 말이 머릿속에 떠오른다. 아닐 거라고 속으로 머리를 저으며 목에 힘을 줬다.

"지금의 자리도 너한테는 버거운 것 같은데, 아니었니?"

심장에 이상이라도 생긴 걸까. 요즘 툭하면 욱신거리고 아프다. 생살을 자르고 심장을 꺼내 녹이 슨 도끼로 내리쳐서 반으로 가르는 느낌, 아니 그런 통증이 퍼지기 시작한다.

"큰어머니."

식사를 마친 큰어머니가 젓가락을 내려놓고 냅킨으로 입가를 닦았다.

"내가 그동안 너와 네 어머니를 봐준 건 적어도 네가 내 아이들을 위협하는 존재가 되지는 않을 거라는 믿음 때문이었다."

갈라진 심장에서 뜨거운 핏물이 흘러내린다.

"세상 참 좋아졌지, 첩 자식 주제에 낯부끄러운 것도 모르고 욕심을 내겠다고 떠벌리고."

귓속에서 윙, 하는 벌레 날아다니는 소리가 들린다. 눈앞이 흐릿해지고 머릿속은 끊어지지 않는 거미줄로 가득 찼다.

"귀한 굴비 남기지 말고 다 먹고 가거라."

의자를 밀고 큰어머니는 식탁을 떠나셨다. 여전히 멍한 채로 허공만 응시하고 있었다. 내가 알던 큰어머니가 아니었다. 내 어머니이기를 바라고 또 바라던 큰어머니가 아니셨다.

"하아……."

참고 있던 숨이 토해지듯 쏟아져 나왔다. 둔탁한 망치로 뒤통수를 얻어맞은 기분이다. 대체 그동안 누구 앞에서 고개를 숙이고 무릎을 꿇었던 것일까. 무엇 때문에 큰어머니가 좋은 분이라고 믿었던 걸까. 대체…… 왜 큰어머니가 나를 싫어하지 않는다는 착각에 빠져서 살았던 걸까.

"후훗."

실소가 터져 나왔다. 죄책감은 그만 접어야겠다. 죄스러운 마음으로 어머니를 대신해 고개 숙이는 짓도 이제 그만둬야겠다. 받아주지 않는 사과, 더는 의미 없다. 사실 처음부터 가능하지 않은 일이었다. 대신한다는 것도, 받아들여줄 거라는 것도 지극히 나의 판단 착오였고 오만이었다.

그래도 나로서는 최선을 다했다. 숨소리 한 번 제대로 내지 않으며 그들이 원하는 대로 조용히 살았다. 그래도 그들은 인정하지 않았다. 아마 영원히 인정하지 않을 거다. 처음부터 태어나지 말았어야 했다는 말을 숨 쉬듯 태연하게 내뱉는 사람들이니까. 그냥 그런 사람들이니까. 이 사람들과는 절대 가족이 될 수 없으니까.

딸이나 사위들보다는 하나밖에 없는 아들인 내가 다음 경영권을 물려받지 않겠느냐는 게 이사들의 전반적인 생각이었다. 그걸 알고 있는 누나들과 매형들은 진즉부터 몸이 달아 움직이기 시작했다. 나를 도와줄 우호 지분이 하나도 없을 수도 있는 상황이다.

그렇다고 아주 늦은 건 아니었다. 아직 아버지는 회장으로서 건재하고 누나나 매형이 회사 내에서 이렇다 할 입지를 다진 것도 아니었다. 얼마든지 따라잡고 뒤엎을 수 있다. 그러니까 이제부터 나만 잘하면 되는 거다.

"중국 진출 상황 보고받겠습니다."

"네?"

겨우 못 이기는 척 회의에만 참석하던 내가 먼저 나서서 보고를 받겠다고 하니 놀라는 직원들이 한둘이 아니다. 하긴 나도 지금의 내 모습이 어색하고 낯설어 죽겠는데 오죽할까.

"현재 파견 나가 있는 직원들 신상 파악까지 할 수 있게 하나도 빼놓지 말고 보고하세요."

"네, 알겠습니다."

아무래도 중국 쪽 일은 내가 가져와야겠다. 서현아의 주도하에 레스토랑 프랜차이즈 사업을 시작하면서 경쟁 업체와의 차별화와 대기업으로 거듭나겠다는 의지를 담아 약간은 무리해서 중국 진출을 서둘렀던 걸로 알고 있다.

막대한 자금이 들어갔고, 서현아의 기대가 꽤 컸다. 하지만 반년 넘게 시간이 흐른 지금까지 실적은 미미했다. 그렇다고 자신 있게 시작한 중국 쪽 일을 먼저 나서서 접기에는 자존심이 상하고 또 그렇게 되면 회사 내에서 입지가 흔들릴 게 분명해서 서현아는 현재 누구에게 그 책임을 떠넘길 수 있을까 머리를 굴리는 중이었다.

만약 지금 내가 나서서 그 골칫거리를 떠맡겠다고 하면 서현아는 반색을 할 게 빤하다. 더구나 유희연과 결혼을 하는 일도, 그래서 대정의 경제적 지원을 받는 일도 없을 거라고 못을 박으며 그 외의 다른 의심을 하지 않을 거였다. 그저 멍청하게 다 무너져가는 사업에 알아서 발을 들이는구나, 비웃을 게 분명하다. 이번에도 드라마에서나 나오는 극적인 성공을 기대하는 건 아니다. 망한다고 해도 일단 꿈틀거리기 시작했다는 걸 사람들에게 보여주며 내 의지를 시험하게 하지 않아도 되니까 그렇게 손해나는 장사는 아니다.

-Rrrrrrrr.

휴대폰의 진동 소리가 소음으로 들리는 걸 보면 전화를 걸어온 사람이 강희는 아닐 것 같다.

-우리 만나야 하지 않아요?

이쯤 되면 내 촉에 소름이 돋는다.

"그런가요?"

-입이 무거운 여자인가 봐요?

"네, 그렇게 가볍고 경솔한 여자는 아니라서요."

-회사 근처예요.

일방적이고 이기적인 건 절대 변하지 않는다.

-오래 기다리게 하지 마요. 기다리는 거 딱 질색이니까.

보던 서류를 덮어놓고 재킷을 집어 들었다. 잠깐 노는 김에 강희랑 통화나 해야겠다.

"바빴어?"

-오늘은 손님이 좀 있네요. 서태인 씨도 바빴어요?

숨소리만 들어도 힐링이 된다.

"조금."

-우리 저녁에 고기 먹을래요?

"그러자."

-내가 살게요.

"소고기 먹자, 내가 살게."

-내가 살 거니까 그냥 삼겹살 먹어요.

어리광을 부리듯 콧소리를 내는 게 사랑스럽다. 옆에 있으면 좋겠다. 킁킁, 살 냄새를 맡으며 10분만 졸았으면 좋겠다.

-손님 왔다. 이따가 봐요.

전화를 끊고도 입가에 번진 미소를 한참이나 지우지 못했다. 하지만 커피숍에 앉아 있는 유희연을 발견하는 순간 거짓말처럼 미소가 날아갔다.

"늦지는 않았네요."

"해요, 할 말."

의자에 엉덩이를 붙이기도 전에 용건을 물었다. 유희연의 입술이 일그러졌지만 신경 쓰고 싶지도 않다.

"모임에 안 나가서 소문을 별로 실감하지 못하는 것 같아서요."

"재미있는 소문이라도 돌고 있습니까?"

손을 들어 커피를 주문했다. 회사 근처에 있는 커피숍 중에 셀프 주문이 아닌 직원이 와서 주문을 받는 유일한 곳이었다.

"어리다 못해 미성년자인 여자애한테 빠져서 파혼당할 위기에 처한 어떤 남자에 대한 소문."

"아주 몹쓸 놈이네."

"아예 매장을 시켜야 할 놈이죠."

주문한 커피가 테이블에 놓이고 유희연은 잠시 말을 끊어 갔다.

"회사에서도 사회에서도."

"그러게요."

커피 맛이 별로다. 끝맛이 깔끔하지 않고 지저분하다. 역시 커피는 윤강희가 내려주는 경자 다방 커피가 최고다.

"그걸 다 감수하면서까지 나를 놓으시겠다?"

"설마 그 몹쓸 놈이 납니까?"

손가락으로 나를 가리키며 새삼 놀랍다는 표정을 짓자 유희연의 입술이 파르르 떨린다. 남의 집 귀한 딸을 너무 무시했나 싶어서 약간은 미안해진다.

"나이 서른에 겨우 실장 하는 거, 서럽지 않아요?"

"전혀."

"마흔이 돼도 실장일 것 같은데, 그건?"

"그것도 전혀."

맛없는 커피를 멀찍이 밀어놓고 상체를 앞으로 기울였다.

"유희연 씨."

몇 번을 불러도 영 입에 붙지 않는 이름이다.

"아까운 시간 그만 허비하고 다른 남자 찾아요. 그쪽 조건에 맞는 말 잘 듣는 잘생긴 남자, 어딘가에 또 있을 겁니다."

첩의 자식이라는 벗어날 수 없는 출생의 비천함을 돈으로 사서 여러모로 이용 가치가 있는 충실한 남편과 사위가 필요했을 거다. 그 조건에 더없이 딱 들어맞았을 테고, 어쩌다 보니 외적으로 유희연의 입맛까지 충족시켰겠지. 한참이나 모자란 조건의 내가 잘났다고 튕기는 게 기막혔을 것이고, 그러다 서서히 오기가 생기고 자존심이 상했을 거다.

갖고 싶은 게 생겼는데 가질 수 없다는 게 유희연에게는 도무지 받아들일 수 없는 일이었을지도 모른다. 태어나는 순간부터 유희연이 사는 세상에서 유희연은 공주님이고 절대 권력이었을 테니까 말이다. 자신이 하고 있는 짓이 열 살 초등학생도 하지 않는 억지라는 걸 누군가는 따끔하게 알려줄 필요가 있다.

"참, 전남편이 유희연 씨한테 맺힌 한이 좀 많더라고요."

유희연의 눈썹이 날 선 듯 바싹 치솟았다.

"이래저래 알아보니까 건너, 건너 아는 사람이더라고요."

대한민국 사람들 중 건너, 건너 모르는 사람은 없는 법이니까.

"지금 나 협박해요?"

"네."

"서태인 씨."

"유희연 씨가 협박하는 걸 꽤 즐기는 것 같아서 나도 박자 좀 맞출까 해서요."

스윽, 앞으로 기울였던 상체를 제자리로 하고 느슨하게 풀어져 있던 넥타이를 다시 고쳐 맸다.

"미처 다 풀어놓지 못한 얘기들을 아주 자세히 들려주더라고요."

"만났다는 거예요?"

"건너, 건너 아는 사람이라니까요."

"나 건드려서 좋을 것 없을 텐데?"

"나도 누가 건드리는 거 그다지 좋아하지 않는 사람이라서."

눈썹이 아니라 유희연의 낯빛이 달라졌다. 사실 그냥 툭 건드려 본 것뿐인데 뭐가 있기는 있는 모양이다. 하긴 이렇게 제멋대로 설치고 다니는 사람치고 구리지 않은 사람은 없는 법이다.

"모르나 본데 이혼하면서 비밀 유지 각서 썼어요. 그 사람, 함부로 입 못 놀려요."

"소문이라는 건 뭐, 사실이 아닌 것도 나도는 거니까."

입술을 깨물며 유희연은 화를 드러냈다.

"또 볼 일 없기를 바랍니다. 그때는 내가 오늘처럼 신사답게 말로 떠들기만 하지는 않을 것 같거든요."

구겨진 재킷 끝을 손으로 정리하며 자리에서 일어났다.

"아! 그렇다고 연약한 여자한테 물리적 힘을 가하겠다, 뭐 그런 뜻은 아니니까 오해하지 말고요. 미성년자는 아니지만 어리고 예쁘고 착한 내 여자가 그런 남자는 아주 질색을 해서요. 제가 그 여자를 상당히 좋아하거든요."

부들부들 떨고 있는 유희연을 남겨두고 커피값을 계산한 후 커피숍에서 나왔다. 유난히 눈부신 하늘이 머리 위에 드리워져 있다. 당장이라도 강희에게 달려가서 어디 놀러 가자고 손을 잡아끌고 싶지만 이를 악물고 참았다.

차근히 풀어가야 할 일이 태산이다. 배워야 할 것도 많고 익혀야 할 것도 많다. 주말까지 반납하고 회사 일에 매달리지 않으려면 업무 시간만큼은 딴생각을 할 수가 없다. 일할 때는 일하고 놀 때는 노는 어른 남자가 되기로 했으니까, 지금은 경자 다방이 아니라 회사로 발길을 돌릴 때다.

아쉽지만 눈부신 하늘빛에 기분은 상쾌하다.

10. 끝나지 않은 전쟁

차들로 붐비는 서울의 도심을 지나 사거리에서 우회전을 하면 높은 건물들 뒤로 사람 냄새 물씬 나는 집들이 보이기 시작한다. 그렇게 점점 안으로 들어가다 보면 간간이 자전거를 타는 아이들도 보이고 식구들과 단란하게 외식을 해도 좋을 것 같은 크지 않은 식당들이 나타난다.

담벼락도 높지 않고 값비싼 차들도 줄지어 서 있지 않은, 그냥 보통의 사람들이 사는 보통의 동네. 어느덧 고향처럼 정겹고 편해졌다. 그리고 희미하게라도 경자 다방 간판의 불빛이 보이기 시작하면 가슴이 두근두근 뛴다. 입술 끝이 씰룩거리며 올라가고 눈꼬리는 아래로 휜다. 빠르게 내달릴 수 없는 차가 답답해서 아무 담벼락 아래 차를 세워두고 달려가고 싶어지기도 한다.

내 집보다 따뜻하고 내 어머니보다 애틋하다. 어느새 그렇게 돼버렸다.

"요즘 너무 열심히 사는 거 아니에요?"

경자 다방으로 들어서자마자 은 사장이 심술을 부린다.

"놀 사람이 나밖에 없는 겁니까?"

강희와 눈인사를 주고받고 은 사장과 몇 마디 더 나누며 그의 심술을 받아줬다.

"나이 드니까 친구보다 가족이 편해서요."

"가족?"

내 가슴을 내 손가락으로 가리키며 은 사장에게 되물었다.

"잠정적 가족."

은 사장이 강희를 힐끔 쳐다봤다. 강희는 못 들은 척 대꾸를 하지 않았다. 어깨가 으쓱거리고 은 사장이 잘생겨 보인다.

"그냥 지금부터 형님이라고 부르는 게 어때요?"

잘생겨 보인다는 건 취소다.

"퇴근 안 합니까?"

"왜요, 같이 한잔하자고?"

어지간히도 심심하긴 한가 보다. 아무리 그래도 눈이 짓무르게 보고 싶었던 내 애인을 옆에 두고 은 사장과 술을 마시는 건 전혀 내키지 않는다.

"사장님."

내내 입을 다물고 있던 강희가 은 사장을 조용히 불렀다.

"왜?"

"그만 들어가세요."

"지금 알바가 사장을 퇴근시키는 거야?"

"네."

"……알았어, 퇴근할게. 퇴근은 하는데, 퇴근 후에 누구랑 뭐 하고 놀지는 내가 정해."

"오늘 언니가 심하게 아끼는 찻잔과 접시 두 개나 깨트린 거 잊지 않으셨죠?"

"설마 그걸 언니한테 알리겠다는 건 아니지?"

말 대신 강희는 휴대폰을 꺼내 들었다. 은 사장은 얌전히 앞치마를 벗더니 카운터에서 물러났다.

"우리 정윤이 보고 싶다. 얼른 들어가서 우리 정윤이랑 놀아야지."

묻지 않은 말을 혼잣말처럼 중얼거리며 은 사장이 퇴근했다. 가게 문을 열고 나가는 은 사장의 뒷모습이 공연히 짠하다.

"언니가 안 놀아줘서 그래요."

"왜?"

"부부 사이의 일은 나도 잘 모르죠."

"그래도 오늘은 언니한테 좀 놀아주라고 해."

"마음 쓰여요?"

"조금."

정이 들었나 보다. 가끔은, 정말이지 아주 가끔은 은 사장 얼굴이 떠오를 때도 있다. 며칠 서로 시간이 안 맞아서 얼굴을 못 보면 궁금하기도 하다. 그 어떤 계산 없이 마음을 열어주고 먼저 다가와 준, 어떻게 보면 내게는 진짜 친구일지도 모르겠다.

스미듯이 이들에게 난 참 많이도 물들었다.

"저녁 먹었어요?"

"고기 사준다며."

씨익 웃으며 강희는 마감을 서둘렀다. 그녀를 도와 테이블을 닦고 의자를 정리했다. 매일 와서인지 이제 이곳이 어머니 집보다 익숙하다.

"집에 가서 편한 옷으로 갈아입고 와도 되는데."

한껏 차려입은 것 같은 내 옷차림이 신경 쓰였나 보다.

"멋있지 않아?"

"오늘 저녁은 멋있는 것보다는 편한 게 더 어울릴 텐데?"

"고기 먹는 데 드레스코드가 따로 있어?"

"드레스코드가 뭐예요?"

"그런 거 있어. 아무짝에도 쓸모없는 거."

"냄새 배도 괜찮나?"

고심하듯 위아래로 나를 훑어 내리더니 강희는 이내 돌아서서 냉장고를 열었다. 이것저것 한참을 꺼내놓으니 카운터 앞이 금세 검은 봉지로 그득해졌다.

"여기서 먹자고?"

코를 찡긋하며 웃을 때의 강희는 아이처럼 천진하다. 때 묻지 않은 순수함이 얼굴에서 묻어난다. 험한 일을 많이 겪으며 마음이 너덜너덜해졌다고 했지만 내가 보기에는 그 누구보다 깨끗한 사람이다. 그럼에도 흔들리거나 엇나가지 않고 제 할 일 하면서 반듯하게 살아가고 있는 강희가 자랑스럽다. 이런 여자가 내 애인이라는 게 뿌듯하다.

뒷마당에 돗자리를 깔고 그 위에 버너와 불판을 놓은 후 강희는 가부좌를 틀고 앉아 삼겹살을 굽기 시작했다. 싱싱한 쌈 채소와 매운 고추, 쌈장과 김치까지. 없는 게 없는 푸짐한 저녁이었다.

"어떻게 여기서 먹을 생각을 했어?"

"삼겹살은 원래 이런 데서 이렇게 먹는 거예요."

강희에게서 집게를 넘겨받으려고 했지만 고집스럽게도 내게 집게를 허락하지 않았다.

"처음이에요?"

"어."

"그렇게 근사한 마당이 있는 집에 사는데 이런 걸 한 번도 안 해 먹었다고?"

"보통은 그런 근사한 곳을 마당이라고 안 하고 정원이라고 하거든."

"그게 뭐가 다른데?"

"마당이라고 안 부르고 정원이라고 부르는 사람들은 그곳에서는 파티를 하거나 차를 마셔야 한다고 생각하니까."

"아."

짤막하게 고개를 끄덕였지만 그걸 이해하는 것처럼 보이지는 않는다.

"근사하지 않아도 돗자리를 깔 수 있는 마당을 가진 사람들은 바람 선선한 날이면 온 식구들 모여서 고기도 굽고 하늘 구경도 하고 그래요. 난 어릴 때 꿈이 마당 있는 집에서 사는 거였어요."

추억에 젖은 듯 강희의 검은 눈망울이 아련한 불빛에도 촉촉하다.

"언니랑 둘이서 마당 있는 집만 보면 한참 넋을 놓고 구경하고 그랬거든요. 꼭 저런 집 사서 매일 마당에서 밥 먹고 빨래도 널고 책도 읽고 하자고, 둘이서 꿈에 부풀어서는 막 그런 집에서 사는 상상하고 그랬어요."

"꿈을 이뤘네?"

"그런 셈이죠."

"은 사장 부부하고 자주 이렇게 먹었어?"

"여름에는."

"은 사장이 우리 둘이만 먹은 거 알면 섭섭해하겠다."

"언니는 형부랑 둘이 먹고 있을 텐데, 뭐."

"그래?"

"이 고기 언니가 사다 준 거예요."

"근데 은 사장은 왜 집에 안 들어가려고 했대?"

"부부 사이의 일이라니까."

"어쩐지 그 부부 사이의 일을 너는 알고 있는 것 같은데?"

"그럼 잠정적인 가족이 아닌 현재 가족인 사람들의 일인 걸로 할게요."

서운하긴 하지만 난 진짜 이들의 가족은 아닌 거니까. 아직은 내게 전부를 오픈할 수는 없는 걸 테니까. 알면 알수록, 가까워지면 가까워질수록 점점 더 이들의 일상에 깊숙이 들어가고 싶어진다. 셋이 공유하는 그 무엇을 나도 알고 싶고 셋이 아니라 넷이 됐으면 좋겠다.

"아, 해봐요."

정성스럽게 싼 쌈을 강희는 내 입에 먼저 넣어줬다. 얼굴이 예뻐서 눈이 갔고 얼굴이 예뻐서 끌렸지만 아마도 지금은 윤강희가 보여주는 마음에 반한 것 같다. 누구에게도 챙김을 받아보지 못했던, 정에 굶주렸던 내게 강희는 너무 겁 없이 마음을 내주었다. 그 뒷감당을 어떻게 하려고 나를 이렇게 사정없이 빠져들게 하는 걸까.

"너 큰일 났다."

입을 가득 채웠던 고기쌈을 목으로 넘기고 픽, 웃으며 흘리듯 말했다.

"뭐가요?"

강희 입 안에도 커다란 쌈이 가득하다.

"나 책임져야 할 거 같다."

"내가?"

"어."

"왜?"

"내가 완벽히 너한테 길들었거든. 그러니까 길들인 사람이 책임을 져야지."

바닥에 앉는 것도, 레스토랑이나 호텔 야외가 아니라 그냥 뒷마당에서 밥을 먹는 것도, 밤이면 친구들과 만나 술을 마시지 않고 착실하게 집으로 퇴근하고, 좋아하는 사람 보겠다고 문턱이 닳게 커피숍을 드나들고, 요즘 내 일상은 윤강희로 시작해서 윤강희로 끝이 난다고 해도 과언이 아닐 정도다.

길들여진 게 아니고는 설명할 수 없는 변화다. 여자가 처음도 아니고 연애가 처음도 아닌데 나조차도 도저히 이해할 수 없을 만큼 달라졌다. 그런데 이게 해도 해도 질리지 않는다는 게 또 아이러니다. 보통 이 정도 시간이 흐르면 금세 싫증 내면서 다른 무언가를 찾기 바쁜데 난 여전히 윤강희를 찾고 윤강희가 있는 이곳으로 달려온다. 내일도, 그리고 모레도 주욱 그럴 것 같다.

"책임지고 있잖아요."

언제 쌌는지 강희가 또 쌈을 싸서 내 입에 쏘옥 넣어줬다. 고기 냄새가 진동을 하는 이 밤이 너무 좋다. 그러고 보면 참 우습다. 소녀 감정 충만한 십 대도 아니고 툭하면 좋다는 말이 입 안에서 맴돈다. 이래도 좋고 저래도 좋고, 이렇게 좋아도 되나 싶게 좋으니 큰일이다. 술을 마시지 않았는데도 취하는 것처럼 몽롱해지니 이것도 큰일이다.

"다 먹고 살자고 하는 짓인데 잘 먹어야죠."

부지런히 쌈을 싸서 내 입에, 그리고 제 입에 넣느라 강희의 얼굴이 붉어졌다.

"타고난 거야, 크면서 그렇게 된 거야?"

겨우 강희에게서 집게를 뺏어 들었다. 고기를 구워본 적은 없지만 이깟 게 뭐 어려운 일일까 싶어 어깨를 바짝 세우고 불판 앞으로 더 다가앉았다. 고기 몇 점을 뒤집지도 않았는데 손가락이 뻐근하게 저리다. 우습게 봤는데 왠지 기술이 필요한 일인 것 같다. 그래도 잘 익은 고기를 골라 그릇 위에 올려놓으면 날름 집어 볼이 미어터지게 쌈을 싸서 먹는 강희를 보는 게 좋아서 집게를 손에서 놓지 않았다. 내가 아닌 다른 사람 입에 먹을 게 들어가는 게 이토록 뿌듯한 일이라는 걸 새삼 깨달았다.

"뭐가요?"

내 물음에 강희는 입 안에 든 걸 목으로 다 넘긴 후에야 반응했다.

"어른스러운 거."
"내가 어른스러워요?"
"나보다 더 철든 거 같아서 가끔, 뭐 아주 가끔 민망할 때도 있어."
사실 아주 가끔은 아니지만.
"타고난 걸 수도 있고 크면서 더 그래진 걸 수도 있고."
대수롭지 않다는 듯 강희는 어깨를 으쓱하기만 했다.
"나 대학 갈 거예요."
그러다 불쑥, 정말이지 느닷없이 툭 말했다.
"언제?"
"내년에."
"준비 중이었어?"
"준비는 늘 하고 있었죠."
"기특하네."
"돈 더 모아서 가려고 했는데 당장 가고 싶어졌어요."
"왜?"
"서태인 씨가 점점 더 좋아지는 중이라서."
"응?"
"대학도 안 나왔다고 하면 서태인 씨 가족들이 나 더 안 좋아할 것 같아서요."
젓가락으로 쌈장을 콕 찍으며 강희는 이번에도 별일 아닌 것처럼 흘리듯 말했다.
"내 가족한테 잘 보이고 싶어?"
"서태인 씨까지 무시당하게 하기 싫어요."

"대학 안 나왔다고 무시하는 사람들 아니야, 라고 말하고 싶지만 내 가족이라고 할 수 있는 사람들이 마냥 선하고 좋은 사람들은 아니라서 차마 그런 거짓말은 못 하겠다."

살아오는 동안 그 가족이라는 사람들에게 늘 죄인이었다. 미안하기만 했고 어떻게든 그들이 원하는 대로 살아야 한다고 생각했었다. 그런데 요즘은 그들 때문에 강희에게 미안하다.

"근데 네가 아무리 좋은 대학을 나왔다고 해도 그 사람들이 너를 다르게 보지는 않을 거야."

"음……. 생각보다 더 무서운 사람들인가 보네."

"과하게 욕심이 많고 이기적인 사람들이지."

나 또한 그 안에 속해 있었고, 지금도 크게 다르다고 장담할 수는 없을 것 같다.

"그래도 너 무시당하게 안 해."

"나는 그거에 이골 난 사람이라 괜찮아요. 근데 내 사람 무시하는 건 못 참을 것 같아요."

"내 사람? 거기 나도 포함인 건가?"

"당연히 포함이죠."

일부러 힘주어 말하며 강희는 내 마음을 다독였다.

"아, 배부르다."

여전히 납작하기만 한 배를 두드리며 강희는 두 다리를 길게 뻗었다. 하얀 목을 내놓고 하늘을 올려다보는 강희를 감상하듯 바라봤다.

"배부르니까 기분 좋다."

먹고 자는 것만큼 중요한 것도 또 가치 있는 것도 없다는 걸 예

전에는 알지 못했다. 강희와의 연애를 시작하지 않았다면 아마 지금도 모르고 살 일이지 않을까 싶다. 치열하게 사는 사람들 속에서 게으름을 피우며 겨우 몇 걸음 걸어가다 쉬기를 반복하면서 그렇게 낭비하듯 하루를 허비했을 게 분명하다.

"음악 들을래요?"

강희는 휴대폰을 만지작거리며 이 밤에 어울리는 음악을 찾았다. 윤강희와 닮은 느리면서도 청아한 느낌의 곡이 휴대폰에서 흘러나왔다.

까딱까딱 발가락을 움직이며 강희는 음악에 취한 듯 눈을 감았다. 몸짓 하나하나, 바람에 흩날리는 머리카락 한 올 한 올, 노오란 달빛에 물든 새하얀 피부까지 모든 게 그림처럼 아름답다.

가만히 손을 뻗어 강희의 손을 잡았다. 눈을 뜬 강희가 나를 빤히 바라본다. 사르르 녹을 듯한 눈웃음을 지으면서 강희는 나를 따라 일어났다.

잘록한 강희의 허리를 손으로 잡고 다른 손은 마디마디를 느끼도록 깍지를 껴서 잡은 후, 우리는 누가 먼저랄 것도 없이 음악에 몸을 맡겼다. 나를 올려다보면서 강희는 수줍고도 서툰 몸짓으로 움직였다. 그냥 이리저리 몸을 움직이는 게 다였지만 그것만으로도 우리는 충분히 낭만적이고 즐거웠다.

어느새 강희는 내 가슴에 얼굴을 묻었고 달빛은 더 짙어졌다. 흐느적거리듯 몸을 움직이는 동안 음악은 다른 걸로 바뀌었다. 음악 없이 이름 모를 풀벌레 우는 소리에도 찰나가 영원으로 기억될 정도로 인상적인 순간이다. 오늘처럼 노란 달이 뜬 밤이면 지금 이 순간이 떠올라 자연스럽게 입꼬리가 올라갈 것 같다. 아마 둘이서 꺼내볼 수 있는, 특별하지 않지만 우리에게는 무엇보다 특별한 순간으로 기억될 것 같다. 공유할 수 있는 하나의 추억이 생겼다는 것만으로도 내일을 살아갈 힘이 생겼다. 오늘보다 치열하고, 오늘보다 격렬하고, 오늘보다 정직하게 싸울 수 있을 것 같다.

중국 상황에 대한 전반적 브리핑 있는 날, 회사 임원진이 대회의실에 모였다. 서현아는 무사히 중국 진출에 성공했다는 보고를 하면서 앞으로는 내가 전면에 나서서 일을 맡아 하기로 했다며 임원들에게 보고했다.

막대한 투자를 했지만 그에 못지않은 돈을 중국의 기업으로부터 투자를 받음으로써 이번 중국 진출이 사실상 큰 성과를 기대하고 시작한 일이 아님을 임원 중 모르는 사람은 없었다. 그래서일까, 걱정과 우려의 시선을 보내면서도 내가 책임자로 나서는 것에 대해서는 누구도 반대를 하지는 않았다. 어차피 시간이나 끌며 이름만 올리겠구나, 하는 게 그들의 판단인 듯했다.

이제 내가 해야 할 일은 아무도 그 어떤 기대도 하지 않는 이번 일을 보란 듯이 성공해내는 거였다. 드라마에 나오는 극적인 성공까지는 아니더라도 해볼 만할 것 같다.

나름대로 가진 인맥을 총동원해서 시장조사라는 걸 했고, 가능성 역시 봤기 때문에 발을 들이기로 작정한 거였다. 지금 서현아가 세운 콘셉트와 다르게 진행하고자 하는 것도 내 계획 중 하나였다. 평소 워낙에 놀고먹는 이미지가 강해서인지 누구도 내게 관심을 갖지 않는 덕에 나름의 새 프로젝트를 진행하는 데 그 어떤 방해도 받지 않을 수 있었다.

"중국 일은 그렇다 치고, 요즘 서태인 실장에 대한 안 좋은 소문이 도는 것 같던데 회사 차원에서 알고는 있어야 하지 않을까요?"

어쩐지 회의가 너무 매끄럽게 끝난다 했다. 노정민의 말에 임원들이 웅성거리기 시작했다. 배울 만큼 배운 사람이 왜 그렇게 하는 짓은 영락없는 양아치인지 가족으로서 심히 부끄럽다. 사실도 아닌, 지저분한 소문까지 끌어들일 만큼 능력도, 또 자신도 없는 것 같다.

"노정민 실장이 말하는 소문이라는 게 대체 뭡니까?"

"글쎄요, 저도 모르는 저에 대한 소문이 있습니까?"

모두의 시선이 노정민에게로 향했다. 말을 해도 될지 모르겠다는 표정으로 노정민이 나를 쳐다봤다.

"개인적인 일일 수도 있지만 회사 내에서 중요한 직책을 맡고 있는 사람이고, 또 회장님 아들이라는 걸 아는 사람은 거의 다 아는 상황이라 서태인 실장의 이미지가 곧 회사 이미지와 이어질 수 있겠다는 생각이 들어서 회사 차원에서 대응해야 할 상황에 놓일 수도 있는 만큼……."

하여간 말 더럽게 길다.

"스캔들이라도 났습니까?"

내 물음에 노정민은 장황하게 늘어놓던 말을 자르고 본론을 꺼내 들었다.

"그렇다고 할 수 있죠."

"저도 궁금하네요."

대충 짐작은 갔지만 어떤 식의 말이 돌고 있는지 궁금하기는 하다.

"약혼녀를 두고 다른 여자를 만나고 있다, 뭐 그런 소문인데……."

노정민은 말을 툭 뱉어놓고 사람들의 반응을 살폈다. 크게 동요가 없는 듯하자 그는 서둘러 말을 이었다.

"그건 큰 문제가 아닐 거 같기는 한데 그것보다는 그 따로 만나고 있다는 여자가 미성년자라는 말이 돌더라고요."

하는 짓이 진짜 동네 건달 수준밖에는 되지 않는다. 한 회사의 실장으로, 더구나 장인이 오너로 있는 곳에서 중책을 맡아 일하는 사람으로서 어떻게 정확하지도 않은 소문을 떠벌릴 수 있는 걸까. 그깟 손톱만큼의 흠집으로 대체 어떤 이득을 볼 수 있는 걸까. 나도 저렇게 한심했나 괜히 되돌아보게 된다.

"사실입니까?"

대쪽 같은 성격의 김 이사가 정색하며 물었다.

"신성한 회의 시간에 말 같지도 않은 헛소문으로 심기를 불편하게 해드려서 죄송합니다."

"사실이 아니란 말입니까?"

"백 퍼센트 헛소문입니다."

노정민은 입술 끝을 씰룩거리며 짧게 비웃음을 흘렸다. 곧바로 자세를 고쳐 앉은 그는 볼펜 끝을 책상에 반복적으로 찍으며 톡톡 거슬리는 소리를 냈다.

"당연히 헛소문이어야죠."

관심받는 걸 좋아하는 건지 노정민은 사람들의 시선이 제게로 향하자 짐짓 진지한 표정으로 허리를 세웠다.

"그래도 임원분들이 궁금해하실 테니까 약혼에 대해서는 정리를 해주시는 게 좋지 않을까요?"
"서 실장, 약혼했습니까?"
"아니요, 안 했습니다."
대정을 등에 업을까 노심초사했던 사람들이면서 일이 틀어지자 그걸 또 자기들에게 유리한 쪽으로 이용하려고 했다. 확실히 나보다는 사업가적 측면에서 우세하다. 아무리 양아치 같다고 해도 다시금 나라는 존재를 이슈나 만드는, 회사 경영에는 아무짝에도 쓸모없는 존재로 확인시키는 데 성공했다.
"만나는 여자는 있습니다. 이 나이에 만나는 여자가 없다는 게 더 비정상적인 거 아니겠습니까?"
"그건 그렇죠."
허허허허, 임원 몇몇이 너털웃음을 지으며 금세 냉랭했던 분위기를 바꿔놨다. 나이 많은 임원들조차 발아래 부리는 사람으로 보는 서현아가 제일 먼저 일이 있다며 회의실을 나갔다. 그렇게 그들은 소문을 테이블 위로 끌어올려 잠깐이라도 떠벌린 것만으로도 일단 내게는 마이너스니 조금이나마 흠집을 내는 데 성공했고, 중국 쪽 사업에 자연스럽게 내가 책임자임을 알릴 수 있었다.
회의실을 나와 사무실로 향하는데 누군가 어깨를 툭툭 두드린다. 돌아보지 않았는데도 그 손길에 절로 눈살이 찌푸려진다.
"처남 요즘 이상해졌다고 직원들이 수군거리는 거 알아?"
친근한 척 노정민이 발을 맞춰 걷기 시작했다.
"그래요?"
"쓸데없이 퇴근이 늦는다며?"
'쓸데없이' 유독 강조하며 노정민은 고개를 가로저었다.

"괜히 할 일도 없으면서 퇴근 안 하고 그러면 아래 있는 직원들이 싫어해."

"그럼 일거리 잔뜩 주고 야근하라고 하면, 그래도 직원들이 싫어할까요?"

"당연하지."

"그래서 노 실장님은 직원들 사이에서 인기가 좋은 모양입니다."

"내가?"

"일도 안 시키고 퇴근도 알아서 일찍 하시잖아요."

노정민의 얼굴이 똥 씹은 것처럼 일그러졌다.

"저는 뭐 워낙에 미움받는 데 익숙해서 직원들이 수군거리는 거는 별로 신경이 쓰이지가 않아서요."

"그래?"

"참, 작은누나가 전화를 했던데 제가 바빠서 못 받았거든요. 무슨 일로 전화했는지 혹시 아세요?"

"글쎄, 누나가 동생한테 할 말이 있어서 했겠지."

동생이라…… 내가 들어도 진짜 어색하다.

"조만간 셋이 저녁이라도 같이 할까?"

"저랑 말입니까?"

"왜, 불편해?"

"제가 아니라 누나가 불편하겠죠."

"처형이라면 모를까 작은누나가 처남을 얼마나 생각하는데? 언제 시간 한번 맞춰보자고."

"네, 뭐."

도대체 얼마나 나를 생각해주는지, 만나서 물어보고 싶어진다. 적어도 셋이 같이하는 식사 자리가 지루하지는 않을 것 같다. 작은누나 입에서 나오는 말이 큰누나와 크게 다르지 않을 거라는 건 짐작하고 있지만 그럼에도 밖에서 따로 만나 식사를 하는 순간이 기대가 된다.

평온한 며칠이 흘러갔다. 회사에서도 크게 건드리는 사람이 없었고 밖에서도 멋대로 굴며 진을 빼는 사람이 없었다. 유희연도 포기를 했는지 잠잠했다. 대정 유통에서도 별다른 말이 없는지 아버지도 결혼에 대해서는 입을 열지 않았다. 그리고 어머니 역시 불안할 정도로 조용했다.

"같이 점심 먹자."

회사에 있을 시간에 느닷없이 '경자 다방'으로 찾아온 게 어리둥절했는지 강희는 커다란 눈으로 나를 응시하며 물었다.

"벌써 퇴근했어요?"

"아니, 근처에 볼일 있어서 왔다가 같이 밥 먹으려고."

외근이라는 걸 처음 한 날이었다. 본격적으로 일을 하자고 달려드니 해야 할 것들이 한두 개가 아니었다. 이상한 눈으로 보며 수군거리기 시작했다던 직원들도 서서히 내 업무 지시에 따라 잘 움직여줬다. 야근을 하기도 하지만 모처럼 상사가 상사답다며 화장실에서 뒷말하는 것까지 들었다. 칭찬 섞인 욕에 기분이 좋기는 또 처음이었다. 일에 대한 성취감과 보람, 뭐 그 비슷한 것들을 하나씩 느껴가는 중이다.

"사장님 안 나와서 못 비우는데."

"하여간 도움이 안 되는 사장이라니까."
"오늘은 좋은 일로 자리 비운 거니까 욕하지 마요."
"좋은 일?"
"확실해지면 알려줄게요."
뜻 모를 미소를 지으며 강희는 내내 기분 좋은 얼굴을 하고 있었다.
"손님도 별로 없는데 뭐라도 사다 먹자."
"김밥?"
"그런 거 말고."
"그럼……."
"내가 알아서 사 올게."
맛있는 걸로 사 오라며 강희는 멀리 가는 사람 배웅하듯 손을 번쩍 들어 흔들었다. 잠깐이나마 얼굴을 볼 수 있었으니 그것으로도 이미 기운이 넘친다. 아마 강희가 맛있게 먹는 걸 보면서 또 부모의 마음처럼 뿌듯해질 것 같다.
근처에 있는 베이커리에서 샌드위치를 사고 바로 맞은편에 있는 만두 가게에서 만두도 샀다. 그리고 오는 길에 덮밥집이 보이기에 그것도 포장을 했다. 보이는 것마다 전부 사가고 싶어서 몇 번이나 걸음을 멈췄다. 그렇게 양손 가득 사서 경자 다방을 향해 걸어가는데 이번엔 꽃집이 눈에 들어온다. 한 번도 내 손으로 꽃을 사본 적이 없어서 괜히 그 앞에 서 있는 것만으로도 낯이 뜨거워지는 기분이었다.
"너무 화려하지 않은 걸로 주세요."
"선물하실 건가요?"

“네.”

“여자 친구?”

“네, 엄청 예쁘고 착하고 잘난 여자 친구요.”

민망한 것도 잠시, 어느새 처음 보는 꽃집 주인에게 강희 자랑을 하고 있었다. 그러고 보면 나도 어지간히 뻔뻔하다.

“이거 어떠세요?”

장미 비슷하게 생겼는데 장미보다는 어딘지 모르게 수줍은 모양의 꽃을 주인이 권했다. 옅은 핑크색의 둥근 꽃이 앙증맞다.

“네, 그걸로 주세요.”

도시락보다 꽃을 더 반겼으면 좋겠다. 볼우물이 깊게 파이도록 환하게 웃으면 좋겠다. 내 목을 끌어안고 폴짝폴짝 뛰면 좋겠다.

“여자 친구분이 좋아하셨으면 좋겠네요.”

꽃 한 다발을 안겨주며 꽃집 주인이 환하게 웃는다. 낯선 여자의 미소보다 턱 아래에서 폴폴 향기를 내뿜고 있는 꽃다발이 더 어색하고 낯설다. 이런 짓, 태어나 처음이다.

“수고하세요.”

넙죽 인사를 하고 서둘러 꽃집에서 나왔다. 지나가는 사람들마다 나를 힐끔거리는 것 같아 불편하다. 꽃을 품에 안고 있어야 할지, 아니면 무심하게 툭 떨어뜨리고 걸어야 할지 난감하다. 그래도 강희가 기다리고 있는 경자 다방으로 향하는 발걸음이 깃털처럼 가볍다.

“진짜 별짓을 다 한다.”

혼잣말을 내뱉으며 꽃다발을 끌어안듯 가슴으로 안았다. 코끝을 스치는 은은한 꽃향기가 강희와 닮았다.

경자 다방 간판이 보이고 걸음은 더 빨라졌다. 어쩌면 꽃보다 먹을 걸 더 반길지도 모르지만, 아니다 그보다 나를 더 기다리고 있을지도 모르겠다. 그랬으면 좋겠다.

"네가 윤강희야?"

막 문을 열고 들어가려는데 안에서 귀에 익은 목소리가 들려온다. 설마설마하는 생각과 동시에 심장이 철렁 내려앉는다. 한숨을 길게 내쉬며 문을 열었다. 항상 안 좋은 예감은 빗겨나가지 않는다.

"네, 제가 윤강희 맞는데요."

등을 지고 서 있는 어머니 너머로 강희와 눈이 마주쳤다. 안으로 들어가려는 내게 강희는 눈짓으로 멈추란 신호를 보냈다. 그러면서 싱긋, 아주 짤막하게 입술을 움직여 웃었다. 안심하라는 듯, 괜찮다는 듯 강희는 나를 막아섰다.

"반반한 얼굴 믿고 내 아들 홀렸니? 멍청한 내 아들은 겨우 반반한 얼굴 하나에 홀라당 넘어갔고?"

다짜고짜 막말을 쏟아내는 어머니, 그리고 그 말을 말간 얼굴로 받아내고 있는 강희. 어디 쥐구멍이라도 있으면 숨고 싶을 정도로 쪽팔린다.

"서태인 씨 어머니 되세요?"

강희는 전혀 주눅 들지 않는 듯했다. 목소리에서 미세한 떨림조차 느껴지지 않는 태연함이 놀랍다.

"서태인 씨?"

코웃음을 치던 어머니는 이내 경자 다방을 휘이 둘러봤다. 당장이라도 어머니를 데리고 나오는 게 맞는데 묘하게도 지금의 상황을 좀 더 지켜보고 싶어졌다. 어머니의 바닥이 어디까지인지보다 강희가 어떻게 어머니에게 맞서는지 알고 싶다.

강희를 건드리지 못하도록 어머니를 막겠지만 그렇다고 온종일 강희 곁에서 지키고 있을 수는 없었다. 현실적인 불가능 앞에서 허세 부리듯 큰소리만 치는 건 우리에게 아무런 도움도 되지 않는다는 걸 안다.

그렇다면 강희도, 미안하고 미안하지만 어느 정도는 감수를 해야 하지 않을까. 윤강희와 연애만 하다 끝내고 싶지는 않으니까. 적어도 내일도, 내년에도, 그 후에도 우리이고 싶으니까. 그러니까 정말 미안하지만 강희가 지금보다 꿋꿋하고 강하게 버텨주길 바랐다.

"겨우 이딴 데서 커피나 타는 애한테 넘어가다니……."

일부러 상처가 되는 말만 골라서 하는 어머니다. 손찌검을 하지는 않았지만 어머니는 항상 이런 식이었다. 어떻게 하면 가슴에 비수를 꽂을 수 있을까 연구하는 사람처럼 말 한 마디, 한 마디가 심장을 아프게도 찔러댔다. 그 어린 아들에게도 어머니는 그랬다. 겁에 질려서 바들바들 떠는 아들을 더 공포로 몰아넣는 말을 참 아무렇지도 않게 했던 어머니였다.

"돈이니?"

"네?"

"그걸 바라고 버티는 거겠지만 나 그렇게 쉬운 사람 아니야. 너한테 줄 돈 따위 없으니까 말로 할 때 떨어져 나가."

이른바 사모님이라고 불리는 중년의 아주머니들에게는 어떻게 하면 속물로 보일까를 알려주는 교본 같은 게 있는 모양이다. 어쩌면 하는 말이 다 거기서 거기일까.

"죄송하지만 떨어져 나갈 생각 없는데요."

"뭐? 떨어져 나갈 생각이 없어?"

"네."

"하! 뭐 이런 맹랑한 게 다 있어?"

"죄송합니다."

고개까지 숙이며 강희는 나름의 예의를 갖췄다. 왠지 오늘의 싸움은 윤강희가 이길 것만 같다. 그래도 미안한 건 어쩔 수가 없다.

"버티면 태인이가 뭐라도 해줄 거라고 믿고 이러는 모양인데, 어림도 없어. 내가 안 된다고 하면 태인이는 너한테 아무것도 못해줘. 지금처럼 반반한 얼굴 내놓고 살고 싶으면 까불지 말고 조용히 정리해. 내가 여기까지 왔다는 건 너에 대해서는 다 안다는 뜻이야. 그게 뭘 의미하는지 알아?"

"대충 알 것 같아요."

"대충? 아니, 대충 알아서는 안 될걸? 내가 생각보다는 많이 무서운 사람이거든."

"저에 대해서 뭘 얼마나 알고 계시는지 모르겠지만 저도 어지간히 말을 안 듣는 똥고집이라서요."

"그러니까 조용히 못 끝내겠다?"

"네."

"부모 없이 자란 애들은 이래서 안 된다니까. 꼭 이렇게 어디서든 티가 나거든."

어머니는 한껏 비웃으며 강희를 조롱하기 시작했다. 강희가 고개를 젓지 않았다면 하마터면 가슴에 안고 있던 꽃다발을 바닥에 내동댕이칠 뻔했다.

"부모 없이 자란 건 맞지만 그렇다고 손가락질 받을 만한 일 한 적도 없습니다. 누구보다 열심히 살았고, 앞으로도 부끄러운 짓은 안 하면서 살려고 노력할 겁니다."

"그러니까 봐달라?"

"아니요."

강희의 눈빛이, 잠깐이지만 앙다문 입술이 제법 다부지다.

"그냥 지켜봐주세요. 서태인 씨 믿고 기다려주세요."

하, 어머니의 차가운 코웃음이 경자 다방 안에 울린다. 손님이 없는 게 얼마나 다행인지 모르겠다. 은 사장이 오늘도 자리를 비운 게 얼마나 고마운지 모르겠다.

"믿어? 누구, 태인이를? 제힘으로는 아무것도 못하는 나약한 그 놈을 믿으라고? 너 따위랑 만나는 그놈을 그냥 지켜보라고?"

단 한 번도 하지 않은 일이었다. 아는 사람 하나 없는 낯선 곳에 밀어 넣으면서도 어머니는 뒤를 돌아보지 않았다. 나를 믿어서가 아니었다. 그저 그렇게 해야만 하는 일이었기에 등을 떠민 것뿐이었다.

믿었다면, 적어도 걱정이라는 걸 했다면 어머니는 나를 그렇게 버려두지 않았을 거다. 어떤 대접을 받을지 빤히 알면서 그 어리고 여렸던 나를 그 집에 내던지듯 밀어 넣지는 않았을 거다. 모정이라는 게 있었다면 너덜너덜해져서 돌아온 나를 눈물 글썽이며 따뜻하게 안아줬을 거다. 팔목을 아프게 잡아끌며 아버지가 무슨 말을 했는지 제일 먼저 묻지는 않았을 거다.

됐다. 이 정도면 된 것 같다.

"잠깐만 나가 있어."

안으로 들어서며 들고 있던 것들을 입구에서 가장 가까운 테이블 위에 올려놨다. 어머니의 싸늘한 시선이 느껴졌지만 끓어오르는 분노에 전혀 시리지가 않다.

"네가 왜 이 시간에 여기 있어?"

나를 보고도 어머니는 전혀 당혹스러워하지 않았다. 늘 그랬듯이 한심해 죽겠다는 눈빛이다.

"미안해, 잠깐이면 돼."

"알았어요."

카운터에서 나오는 강희를 어머니는 매섭게 노려봤다.

"나가긴 어디를 나가!"

"어머니!"

"왜, 내가 이러는 게 창피해? 창피한 걸 아는 놈이 이딴 애를 만나? 부모 없고 배운 것 없어서 몸으로 남자나 꼬드기는 이런 애를 만나는 게 창피한 일이야. 알아?"

더는 못 들어주겠다. 더는 들으면 안 되겠다.

"미안해."

강희의 두 귀와 두 눈을 손으로 막고 싶은 심정이다. 그렇게라도 해서 아무 소리도 못 들으면 좋겠는데, 아무것도 보지 않았으면 좋겠는데 그건 어렵겠다.

"가세요."

"당장 떨어지겠다는 대답 못 들으면 여기서 한 발짝도 안 움직여."

"그럼 저희가 나가겠습니다."

강희의 손을 잡았다. 나를 보는 강희의 눈이 괜찮다고 말하는 것 같다. 맑고 검은 눈동자로 나를 보며 내가 잡은 손을 강희가 더 힘주어 잡았다.

"서태인!"

"여기 한 번 더 찾아오시면 그때는 어머니 안 봅니다."

어머니 말처럼 참 나약한 놈이었다. 어머니가 무서워서 반항이라는 걸 하지 못했다. 가여워서라고, 불쌍해서라고 했지만 그건 다 변명이었다. 나에게 어머니는 매일 밤 잠이 들면 찾아오는 악몽 같은 거였다. 어려서는 두려워서였고 커서는 명분이 필요해서였다. 어머니를 등져도 손가락질 받지 않을 그럴듯한 명분이 없어서 그토록 어머니 곁을 떠나지 못했던 거였다.

그런데 이제 명분이 생겼다. 나중에 나 같은 아들 낳으면 땅을 치고 후회하겠지만 지금 내 여자를 지켜야 하니까. 죽어도 어머니와 아버지 같은 부모는 되지 않을 거니까.

"안 봐? 이깟 여자애 하나 때문에 나를 안 봐?"

"나가자."

강희가 나를 따라 걸음을 뗐다. 그 뒤에서 어머니는 두 주먹을 부르르 떨었다.

"너 이대로 나가면 진짜 끝인 줄 알아!"

진즉에 끝이 났어야 할 관계였다. 나를 아들로 생각하지 않는다는 걸 깨달았을 때, 내가 아버지를 불러들이는 돈줄이라는 걸 알아 버렸을 때, 어머니에게 갖고 있던 연민이 깡그리 사라졌다는 걸 직감했을 때, 그때 끊어냈어야 했다.

강희의 손을 잡고 무작정 걸었다. 어디를 가는지도 모른 채 내게 끌려왔으면서 강희는 아무것도 묻지 않았다. 하늘 끝에 닿을 듯 솟아오른 나무들이 나타나고, 우리는 서서히 걷는 속도를 늦췄다. 휘몰아치는 것 같던 바람도 잦아들었다.

"맞다, 경자 다방."

일렁이던 마음이 가라앉으면서 제일 먼저 비워두고 온 경자 다방이 떠올랐다.

"아마 사장님 나왔을 거예요."

"너 없어져서 찾겠다."

"서태인 씨랑 놀다 들어온다고 문자 했어요."

"언제?"

"아까 서태인 씨가 나보다 한 걸음 빨리 걸을 때."

그제야 정신을 차리고 잡고 있던 강희의 손을 놨다. 얼마나 세게 잡았는지 강희의 손가락 마디가 하얗다.

"미안."

"오늘 사과 많이 하네?"

"그러게."

강희는 슬그머니 내 손을 가져다 깍지를 껴서 잡았다.

"나 좀 싸가지 없었죠?"

느릿느릿, 강희와 발을 맞춰 걷기 시작했다.

"아니."

"서태인 씨 가족들한테 앞으로 더 싸가지 없게 굴지도 몰라요."

"그래도 돼."

"무시당하는 거 싫어요. 나도, 서태인 씨도."

"어."

미안하다는 말을 더는 못하겠다. 너무 미안하면 미안하다는 단순한 말로 마음을 전하는 것조차 죄를 짓는 것 같다.

"나 혼자 하는 짝사랑이 아닌데 같이 싸워야죠. 그래야 내 것을 지킬 수 있는 거잖아요."

"내 것?"

"서태인 씨 내 껀데 몰랐어요?"

배시시 웃는 강희가 짠하면서도 예쁘다. 나를 지키겠다고 말해주는 강희가 너무 예뻐서 코끝이 시큰거린다. 누구도 날 위해 싸워주겠다고 한 사람은 없었다. 어머니조차 외면했던 나였다. 그런데 이 어린 아가씨가 나를 지키겠단다. 바라봐주는 것만으로도 가슴이 이렇게 시큰거리게 아픈데 나를 지키겠다고, 같이 싸워주겠다고 말한다. 내가 전생에 나라를 구했나 보다.

"서태인 씨랑 연애하는 거 너무 힘들긴 하지만 그래도 뭐 내가 서태인 씨 좋아하니까 그냥 감수할게요."

"도망 안 갈 자신 있어?"

"나 되게 의리 있는 여잔데?"

"그 의리 끝까지 지켜."

이 여자가 잡고 있는 손을 놓지 않도록, 놓고 싶어지지 않도록 잘해야겠다. 무시당하지 않도록 강해져야겠다. 밟아도 되는 지렁이로 여기지 않도록 독해져야겠다.

"배고프다."

"아, 맞다."

주변을 돌아보며 식당을 찾았다. 다행히 길 건너편에 식당 몇 곳이 눈에 띄었다.

"자장면 먹을래요?"

"어, 뭐라도 먹자."

"아까 맛있는 거 많이 사 왔어요?"

"맛있어 보이는 것만 골라서 사 왔지."

"사장님이 다 먹겠다. 아까워."

"또 사줄게."

"회사는?"

"다 먹고 살자고 하는 짓이라며."

갑자기 허기가 몰려온다.

"먹고 들어가도 괜찮아요?"

"어차피 늦었는데, 뭐. 늦은 만큼 이따가 야근하면 돼."

어머니를 상대해야 할 강희가 걱정이었는데 이제 그런 걱정은 하지 않아도 될 것 같다. 누가 찾아와도 어깨를 늘어뜨리며 눈물을 흘리지는 않을 것 같다. 그래도 상처받지 않았으면 좋겠다. 상처받지 않은 척이 아니라 진짜 그랬으면 좋겠다.

직원들이 전부 퇴근을 한 시간, 낮에 처리하지 못한 일들을 처리하느라 혼자 늦게까지 사무실을 지키는 중이었다. 밤 11시가 넘어서 휴대폰이 울렸다.

어머니 번호임을 확인하고 무심히 외면했다. 하지만 한 번 더 휴대폰이 울렸고, 결국 눈을 질끈 감고 전화를 받았다.

"네."

-태인아.

등골이 서늘해지는 어머니의 울음소리에 본능적으로 의자를 밀고 일어났다.

"무슨 일이세요?"

물으면서도 머릿속에 떠오른 것이 아니기를 바랐다.

-나 죽을 것 같아. 아니, 죽을 거야.

눈을 질끈 감았다가 떴다. 휴대폰 너머 어머니의 모습이 보이는 듯했다. 어머니는 또 자식인 내게 보여서는 안 될 모습을 하고 있을 게 뻔하다. 불리한 상황에 놓이거나 어떻게 해도 당신 뜻대로 일이 풀리지 않을 때면 어머니는 항상 같은 일을 벌였다.

"……지금 갈게요."

어머니 집으로 차를 몰고 가면서 든 생각은 하나였다. 이번만은 아니기를, 부디 어머니가 자식 가슴에 비수를 꽂는 일은 하지 않았기를 바라고 또 바랐다.

오는 내내 들었던 그 불길하고도 화가 치솟는 일만은 아니었으면 했다.

"오늘 일, 아버지한테는 말씀 안 드리겠습니다."

내 생각이 틀렸기를 바랐다. 그러나 오늘도 어머니는 나를 비웃듯 같은 일을 반복했다.

"네 아버지 알면 너 절대 가만 안 두셔."

"제가 아니겠죠."

"네가 아니면?"

"번번이 목숨 갖고 사람 협박하는 어머니한테 질리실 겁니다."

당신 뜻대로 일이 풀리지 않으면 어머니는 극단적인 방법을 꺼내 들었다. 거울을 깨뜨려 바닥에 떨어진 유리 조각이나 바짝 날이

선 과도로 손목을 그었다. 이번에도 지난번과 같은 곳을 그었다. 하지만 안방이 깨끗하게 정돈된 걸로 봐서 이번엔 뭔가를 깨뜨리지는 않았나 보다. 그리고 마찬가지로 굳이 병원에 가지 않아도 될 정도의 깊이였다. 이것도 내성이 생기는 건지 선명하게 붉은 핏자국을 봐도 더는 놀라지 않는다.

"질려? 네 아버지가 나한테?"

"어쩌면 이미 질리셨을지도 모르죠."

"말이 되는 소리를 해."

"다음에는 저 말고 아버지 부르세요. 저는 부르셔도 안 올 겁니다."

"어미가 죽는다는데 안 오겠다고?"

"네."

"너 진짜 머리가 어떻게 됐구나?"

"세 번째인가 네 번째인가 어머니가 손목 그으셨을 때, 솔직히 이대로 눈을 안 뜨셨으면 좋겠다고 생각했습니다."

"뭐?"

"어느 날부터 어머니가 눈을 감고 있을 때보다 깨어 있는 순간이 더 무서웠거든요."

셀 수도 없을 만큼 수없이 손목을 긋고 약을 털어 넣었던 어머니. 그럴 때마다 울부짖으며 119를 부르고 구급차를 타야 했던 나. 그리고 딱 한 번 병원으로 찾아왔던 아버지. 우리는 단 한 번도 가족인 적이 없었다. 각자의 필요에 따라 찾아오고 찾아가는 사이일 뿐이었다.

"하나밖에 없는 아들마저 잃고 싶지 않으시면 이제 그만하세요."

"너 없어도 난 네 아버지만 있으면 돼."

그래도 죽겠다고 난리를 치는 게 아버지에게는 부끄러운 일이라는 걸 아는지, 아니면 생명에는 지장이 없게 긋는 시늉만 했다는 걸 들키지 않기 위해서인지, 어쨌든 어머니는 손목을 그을 때마다 아버지가 아닌 나를 먼저 불렀다. 일 처리가 끝난 뒤 어머니는 핼쑥해진 얼굴로 아버지를 맞았고, 아버지는 한 시간 정도 어머니 곁을 지키다 돌아갔다.

모든 걸 마다하고 당신에게 달려왔다는 것만으로도 어머니는 금세 기분이 좋아졌다. 그게 사랑을 확인하는 방법이었다. 제일 먼저 연락을 받고 그 광경을 지켜봐야 했던, 그리고 그 모든 상황을 수습해야 했던 아들의 마음은 아랑곳하지 않는 잔인하고도 무정한 어머니를 참 오래도록 품었다.

"알아요."

귀에 딱지가 앉을 정도로 들었던 말이다. 술에 취하면 아버지를 데리고 오라고 여섯 살의 잠든 나를 미친 듯이 흔들어 깨우던 어머니였다. 아버지가 오시는 날이면 그 어린아이에게 수표를 쥐여주며 밖에서 친구들과 놀라고 등을 떠밀었던 어머니였다. 한순간도 정상인 적이 없었고 하루도 평범하지 않았다.

그 속에서 이렇게 큰 내가 문득 기특하다. 이 정도면 그래도 괜찮은 어른으로 컸다. 적어도 아버지처럼은 살지 않을 테니까. 죽어도 아버지 같은 남편은, 아버지 같은 아버지는 되지 않을 거니까.

"술 많이 드시지 말고, 술 드신 날은 수면제 드시지 말고 그냥 주무세요."

완전한 홀로서기를 해야 할 때가 왔다. 잔인하고 이기적이지만 나도, 그리고 어머니도 그럴 때가 됐다.

"식사 제때 잘 챙겨 드시고 아버지 안 오시는 날은 친구들도 만나고 쇼핑도 하시고요."

"나를 안 보겠다고?"

"아마도요."

"그래, 네가 언제까지 버티는지 두고 보자."

엄마가 처음이었던, 어렸던 엄마라서 그랬던 건지도 모른다. 사랑에 모든 걸 내준 지고지순한 사람이라서 그랬을지도 모른다. 하나밖에 품을 수 없고, 하나밖에 볼 줄 모르는 미련한 사람이라서 그랬을 거다. 열 달을 배 아파서 목숨 걸고 낳은 자식이라서, 그래도 되는 건 줄 알아서, 그래서 그렇게 살았던 걸 수도 있다. 모르면 배우면 되는 건데 주변에 그걸 알려주는 사람이 없어서, 어머니 역시 보고 자란 게 없어서 어쩔 수가 없었던 것도 같다.

그렇게라도 이해를 해야겠다. 하지만 앞으로는 어려울 것 같다. 이 이상의 이해는 힘들 것 같다.

"여자 때문에 어미도 버리는 놈, 아마 네 아버지도 용서하지는 않으실 거다."

아버지와 연결된 다리인 내가 무너지면 제일 견디지 못할 사람은 어머니였다.

"그럴지도 모르죠."

"네 아버지 도움 없이 네가 살 수 있을 거라고 생각하는 거니?"

부족한 것 없이 풍족하게 살기는 했다. 태어나는 순간부터 좋은 옷에, 좋은 먹거리에, 좋은 집에서 살았으니까. 한 번도 돈 때문에 골치를 썩은 일도 없었고 물질적인 궁핍으로 힘겨웠던 적도 없었다. 그게 다 돈 많은 아버지를 둔 덕분이라는 걸 부인할 정도로 어리석지는 않다. 어머니 말처럼 물질적 지원이 끊기면 당장 먹고사는 일부터 힘들어질 수도 있다.

하지만 그렇다고 쪼르르 아버지에게 달려가 무릎을 꿇고 잘못했다고 하지는 않을 것이다. 세상에는 누구의 도움 없이 혼자 살아가는 사람이 많다는 걸 알았고 물질적인 지원이 끊긴다 해도 적어도 지금만큼은 아니더라도 사람답게는 살 수 있을 것 같다는 생각도 들었다.

"네가 살고 있는 집, 네 차, 네 지갑에 든 돈과 카드. 그거 다 네 아버지 아니면 누리지 못하는 것들이야. 그런데 그걸 다 포기하면서까지 그깟 애를 만나겠다고?"

"윤강희입니다."

"뭐?"

"그깟 애가 아니고 강희라고요, 윤강희."

피 묻은 수건을 들고 일어났다. 침대에 누워 있던 어머니가 몸을 일으켜 앉았다.

"진짜 돌았구나."

"어머니 아들이잖아요."

더는 화가 나지 않는다. 그저 반복되는 지금의 상황들에 웃음이 터지려고 한다. 매번 같은 일을 벌이는 어머니와 알면서도 또 놀라서 달려오는 나. 다음에도 또 먹힐 거라고 생각하는 어머니의 자신만만한 표정이 우습기만 하다.

"내 아들이면 빠져도 될 사람을 골라서 빠졌어야지."

"그것까지는 미처 어머니를 닮지 못했나 보네요."

"어릴 때도 안 하던 짓을 왜 나이 먹어서 하는 건데? 그만 속 썩이고 희연 양이나 잘 만나."

"아직도 그 여자한테 미련 못 버리셨어요?"

"이게 왜 미련이야? 희연 양만큼 너랑 잘 맞는 사람도 없어."

"조건이 맞는 거겠죠."

"그게 그거지. 괜한 짓 하면서 여기저기 말 나오게 하지 말고 시키는 대로만 해."

사탕이라도 주면서 구슬렀다면 좀 달라졌을지도 모르겠다.

"당분간이 될지 몇 년이 될지 모르지만 내일부터는 안 옵니다."

"남자가 잠깐 흔들린 거 이해 못할 정도로 꽉 막힌 여자 아니니까……."

"오늘이 마지막이 되게 하지 마세요."

"너 정말 끝까지 이럴 거야?"

"쉬세요."

"서태인!"

문을 닫고 방에서 나왔다. 쾅! 하고 문에 무언가 부딪치는 소리가 들린다. 아주머니에게 인사를 하면서 죄송하다는 말도 덧붙였다. 오롯이 책임을 남에게 떠맡기는 것 같아 마음이 무겁다.

집 앞에 차를 세워두고 강희가 사는 빌라로 터덜터덜 걸어갔다. 불이 꺼진 빌라 건물을 올려다보면서 휴대폰을 만지작거렸다. 얼굴을 보고 싶지만 시간이 너무 늦었다. 고단했을 하루, 잠이라도 푹 자게 해주고 싶다. 어깨 축 늘어뜨린 모습은 보여주고 싶지가 않다.

-Rrrrrrrr.

다시 집으로 방향을 돌려 걷는데 휴대폰이 울렸다.

-왜 그냥 가요?

"봤어?"

걸음을 멈추고 고개를 돌렸다. 열린 창문 사이로 강희가 얼굴을 삐죽 내밀고 있었다.

-지금 퇴근한 거예요?

"어."

-피곤하겠다.

"안 잤어?"

-공부했는데?

하루를 참 알차게 쪼개 사는 강희다.

-대학생 애인 괜찮아요?

"서른 넘은 애인 괜찮겠어?"

뜸을 들이듯 강희가 선뜻 대답을 하지 않는다. 그 잠깐에 또 애가 탄다.

"아침마다 학교 태워다줄게."

대답을 기다리지 못하고 먼저 말을 해버렸다. 아무래도 늑대들이 우글거리는 곳에 덩그러니 혼자 보내는 건 마음이 놓이지 않을 것 같다. 먼 미래의 일일 줄 알고 별다른 걱정을 하지 않았는데, 문득 현실로 느껴진다.

"점심도 가능하면 같이 먹고 매일은 힘들겠지만 학교 끝나면 데리러 가고."

-불가능할 텐데?

"가능해."
-나 멀리 갈지도 모르는데?
"멀리? 어디? 설마 외국으로 갈 생각인 거야?"
-장학금 받으면서 대학 다니려면 서울은 못 갈 수도 있어요.
"어?"
-인 서울이 아닐 수도 있다고요.
"절대 안 돼."
상상도 하지 않은, 아니 상상도 하기 싫은 일이다. 하루만 못 봐도 눈에 진물이 날 것 같은데 같은 서울 하늘 아래에서 살지 못하는 건 말도 안 된다.
"나 갈 테니까 자지 말고 공부해."
-그래서 서울에 있는 대학 가라고?
"어, 무조건."
-나 그렇게 막 머리 좋은 애는 아닌데?
"내가 뒷바라지할 테니까 서울에 있는 대학만 가."
느슨하게 풀어졌던 마음이 바짝 조여든다. 죽어라고 돈 벌어야겠다. 어리고 예쁜 내 애인 지키려면 많이 벌어야겠다.
"내가 주는 돈 안 받겠다는 말 하지 마. 돈이 아니라 그보다 더한 걸 줘서라도 내 옆에 붙여둘 거니까 자존심 세울 생각 하지 말라고."
-내가 왜 좋아요?
불쑥, 강희가 심장을 건드린다.
"괜찮은 놈이 되고 싶어지게 하니까."
-서태인 씨 괜찮은 놈 맞는데?

이러니 안 좋아할 수가 없다. 일부러 물었던 걸 묻고 나를 한 번 더 다독인다.

"더 괜찮은 놈이 되고 싶다."

인생을 맡겨도 되는 사람이고 싶다. 든든한 울타리가 되고 싶고 너른 하늘이 되어주고 싶다. 혼자라는 설움은 더는 느끼지 않게 해주고 싶고 매일매일 웃게 해주고 싶다. 하고 싶은 것 실컷 하면서 후회 없는 오늘을 살아가게 해주고 싶다. 꼭 그런 사람이 되고 싶다, 윤강희에게.

-믿어요.

"강희야."

-네.

"사랑해."

다른 말이 있었으면 좋겠다. 누구나 다 하는 그런 평범한 말 말고, 더 짙고 더 진실하고, 더 감동적인 다른 말이 있으면 좋겠다.

어머니가, 혹은 유희연이나 누나들이 강희를 또 찾아갔는지는 알 수가 없다. 강희는 내게 아무런 말도 하지 않았다. 간혹 은 사장이 못마땅한 눈으로 나를 흘겨보기는 했지만 그게 다였다. 그렇게 시간은 흘렀고 회사에서 제법 자리를 잡아가고 있었다.

스몰 웨딩 붐이 일면서 강희는 딱딱한 결혼식장이 아닌 꽃이 있고 나무가 있는 야외에서 결혼 축하 노래를 부르는 일이 잦았고 나는 특별한 일이 없는 한 강희와 동행했다. 그리고 매일같이 그녀에게 은근슬쩍 프러포즈를 했다.

"겨울 어때?"

모처럼 둘 다 일이 없는 일요일 오후, 우리는 뒷마당에 돗자리를 깔고 고기를 구워 먹었다. 이정윤 씨가 임신을 한 후로 은 사장은 내게 놀아달라는 말을 하지 않았다. 하지만 전보다 더 경자 다방을 비우는 일이 많아졌고, 그 덕에 내 여자만 고달팠다. 그러니 때마다 고기라도 먹이라며 은 사장은 주말이면 뒷마당을 선심 쓰듯 내줬다.

"추운 거 별로 안 좋아요."

"그럼 가을에 할까?"

"근데 뭘?"

"결혼."

"지금 나한테 프러포즈한 거예요?"

"어."

"못 들은 걸로 할게요."

"왜, 마음에 안 들어?"

"뭘 했어야 마음에 들지."

"무릎 꿇고 다이아몬드 반지라도 내밀어야 했던 건가?"

"무릎 꿇고 꽃반지라도 내밀었어야지."

"알았어, 내일 다시 할게."

"그냥 연애나 해요."

"싫어."

"왜?"

"이제 안고 싶어졌거든."

"결혼을 해야만 안는 건가?"

"결혼을 해야만 아무 때나 막 안지."

"엉큼해."

"많이 먹어, 그래야 얼른 크지."

잘 익은 고기를 집어 강희의 입에 쏘옥 넣어줬다. 먹는 것만 봐도 배가 부르다. 많이 벌어서 더 맛있는 거 많이 사줘야겠다. 그래서 얼른 잡아먹어야지. 쌈장이 묻은 입술마저 심장 떨리게 아름답다.

"참, 나 다음 주에 제주도 가요."

"왜? 누구랑?"

"언니네랑."

"은 사장이랑? 왜?"

"태교 여행 간대요."

"그러니까 그 부부 태교 여행 가는데 네가 왜 따라가느냐고."

"언니가 가자고 했어요."

"너만?"

"나만."

"우와, 진짜 너무하네. 사람을 연애도 못 하게 부려먹고 주말에 너만 홀랑 데리고 제주도를 간다고?"

"같이 갈래요?"

"아니."

유치하지만 진짜 기분 나빴다. 하지만 강희는 토라진 나를 달래줄 생각은 하지 않고 쌈을 싸는 데만 열중했다. 이럴 때 보면 무심해도 너무 무심하다.

"다른 데 가자."

"어?"

"제주도 가지 말고 나랑 다른 데 가자고."

"어디?"

"일본 가자."

"거기가 그렇게 가자고 하면 막 가고 그럴 수 있는 데예요?"

"여권 있지?"

"없는데?"

"그럼 만들면 되지."

"고기나 먹어요, 서태인 씨."

주먹만 하게 싼 쌈을 강희가 내 입에 쑤셔 넣었다. 우물우물 입 안에 든 걸 씹으면서 연신 강희를 노려봤다.

"나 사진 찍어주러 가는 거예요."

"네가 작가도 아닌데 무슨 사진을 찍어?"

"나 꽤 잘 찍어요. 찍는 것도 좋아하고. 형부가 카메라 대여한다고 나보고 찍어달라고 부탁했어요."

계절이 바뀌는 동안 매일 얼굴을 보고 그러면서 윤강희에 대해서는 많은 걸 알고 있다고 자부했는데 아무래도 그게 아니었나 보다. 강희가 사진을 잘 찍는다는 것도, 찍는 걸 좋아한다는 것도 처음 알았다.

"나한테는 첫 조카인데 잘 찍어주고 싶어요."

"사진 찍는 거 배우고 싶어?"

강희는 가만히 고개를 끄덕였다.

"그러고 보니까 우리 같이 찍은 사진 한 장도 없다."

"그러게."

주머니를 뒤져 휴대폰을 꺼낸 강희가 내가 옆으로 오라며 손짓을 했다. 비록 좋은 카메라는 아니지만 기꺼이 강희와 얼굴을 맞댔다. 작은 휴대폰 카메라 속 강희와 내 얼굴이 행복하게 웃고 있다. 눈이 보이지 않게 웃으며 강희는 버튼을 눌렀다.

찰칵, 소리와 함께 우리 둘의 얼굴이 사진으로 남겨졌다.

"한 번 더 찍자."

이번에도 강희는 환하게 웃었고 난 그런 강희의 볼에 입을 맞췄다.

"우리 좀 닮은 것 같지 않아요?"

휴대폰을 뚫어져라 들여다보며 강희는 손가락으로 사진 속 내 얼굴을 가만히 매만졌다.

"우리 닮은 아기 낳으면 환상이겠다."

슬그머니 결혼에 대해 꺼냈다. 세뇌하듯 자꾸 이런 식으로 얘기를 하다 보면 어느새 결혼이라는 걸 하게 될 것 같다. 스물한 살의 어린 애인은 결혼에 대해 별 관심이 없겠지만 서른이 넘은 나는 매일매일 꿈꾼다. 강희와 같은 방을 쓰고, 아침에 일어나 주방에서 같이 요리를 하고 저녁이면 맥주를 마시며 영화를 보고. 둘이 함께 하는 하루를 보내며 서로를 닮은 아이를 낳아 키우고, 그렇게 둘이 같이 늙어가는 꿈.

어느덧 강희는 내게 꿈이 됐다. 여전히 누나들과 전쟁을 치르듯 힘겹게 회사에서 버티며 싸울 테고, 강희는 공부를 하고, 하고 싶은 일을 하며 나름의 치열한 하루를 보내고, 그러다 저녁이면 집으로 돌아와 노곤함을 나누며 같이 잠이 들고. 세상 가장 평범하지만 세상에서 제일 행복한 걸로 착각하며 같이 늙어가고 싶다. 그렇게 살면 얼마나 행복할까. 숨을 쉬는 순간순간이 얼마나 소중하고 귀

할까.

“고기 탄다!”

휴대폰을 내려놓고 강희는 집게를 들었다. 불판 위에서 익어가고 있는 고기들을 뒤집으며 그녀는 또 내 프러포즈를 못 들은 척했다.

“이거 먹고 우리 남산 갈래요?”

“남산 가고 싶어?”

“어.”

“그래, 가자.”

둥글게 휘는 강희의 눈매를 따라 나도 덩달아 웃었다. 싫다고 안 했으니까 강희는 오늘도 조금은 넘어온 셈이다. 이렇게 몇 달, 어쩌면 몇 년만 더 조르면 두 손 번쩍 들고 넘어올 것도 같다.

11. 휴식 같은 우리

중국 매장이 생각보다 더 큰 성공을 거두면서 서현아와 노정민은 눈에 보이게 초조해했다. 그도 그럴 것이 버리는 카드를 주워 먹은 내가 당연히 실패할 걸 예상했는데 실패는커녕 성공적 진출이라는 평을 들으며 중국 내 다른 지역에 2호점을 내자는 의견이 속속 나오니 속이 타지 않을 수가 없을 거다.

안 좋았던 중국과의 관계가 좋아지면서 국가적인 측면에서도 중국 진출에 힘을 실어줬고 다시금 분 한류 열풍과 더불어 무리해서 쓴 배우의 영화가 크게 히트를 쳤다. 그 바람에 우리 프랜차이즈까지 인기몰이를 하게 됐다. 그동안 중국에 진출한 다른 프랜차이즈 회사와 맛이나 음식 구성에서는 우리 것이 특별하다고 할 게 없는 건 사실이었다.

그럼에도 성공을 이룰 수 있었던 건 마케팅 전략이 좋았던 게 이유였다. 광고에 큰 투자를 했고 홍보에도 차별화를 뒀다. 현재 중국 젊은이들이 가장 좋아하고 원하는 것에 초점을 뒀고, 결국 그들을 움직이는 데 성공한 거였다. 거기에 또 운까지 따라줬으니 나로서는 하늘이 도운 셈이었다.

"건방 떨지 마."

회의실에서 나오는 내게 서현아가 건넨 축하의 말이었다.

"그렇게 보였습니까?"

"어차피 중국 쪽 길게 못 가."

"그렇겠죠."

"그렇겠죠?"

"저도 이제 조금 뭐가 보이기 시작했거든요."

학교에서 배웠지만 정작 회사에선 설렁설렁 넘겼던 것들을 모두 되짚기 시작했고 신문이며 뉴스며 이동하는 중간중간 빼놓지 않고 챙겼다. 일부러 모임에 참석해서 정보를 얻었고 회사의 가장 밑바닥이라고 할 수 있는 일부터 전부 다 꼼꼼하게 살폈다. 그동안 진행한 프로젝트를 빼놓지 않고 보면서 성공한 원인과 실패한 원인을 분석했다. 강희와 있을 때가 아니면 온전히 일에만 몰두한 것이다.

여전히 서현아나 노정민에 비하면 부족하지만 충분히 그들에게 위협적인 존재가 됐다는 것만으로도 제법 싸울 맛이 난다. 중립을 지키는 척 그 누구의 편도 들지 않고 방관하듯 자식들을 버려두는 아버지가 요즘은 차라리 고맙다.

"욕심 많은 게 똑 닮았다니까."

"부정할 수 없는 사실이라 할 말이 없긴 하네요."

"까불지 말고 네 분수 지키면서 살아."

"알다시피 제가 누구를 아주 많이 닮아서요."

서현아의 입술이 파르르 떨렸다. 보는 사람들이 많으니 더 큰 소리를 낼 수도 없고 표정을 드러낼 수도 없는 게 꽤나 그녀의 심사를 뒤틀리게 하나 보다. 그럴수록 이상하게도 전투력이 상승한다. 놀리는 재미 역시 쏠쏠하다.

"그래, 언제까지 까부는지 지켜볼게."

서현아가 먼저 엘리베이터에 올랐다. 스르르 문이 닫히는 엘리베이터 앞에서 히죽 웃었다.

"적당히 하는 게 좋지 않을까?"

이번에는 노정민 차례인가 보다.

"처형 성질 알면서 요즘 너무 건드리는 것 같단 말이지."

"설마 지금 제 걱정 해주시는 겁니까?"

"그럴 수도."

노정민의 꼼수가 훤히 보인다. 서현아에게서 내게로 배를 갈아탈 심산이었다. 그렇다고 나와 손을 잡겠다는 제스처는 절대 아니었다.

우선은 서현아를 버리는 게 그에게는 급선무일 테니 서현아를 회사에서 몰아낸 후 나까지 쳐내겠다는 계산일 게 분명하다. 하지만 노정민의 문제는 그 머릿속이 너무나 투명하게 다 보인다는 거였다. 절대 회사를 경영할 수 있는 그릇이 못 됐다.

"내일 저녁 잊지 않았지?"

"네."

아버지의 생신, 본가 식구들과 어쩔 수 없이 얼굴을 봐야 하는 날이었다. 그리고 어머니의 화가 터질 듯 들끓는 날이기도 했다. 당신 남편의 생일을 나서서 축하해줄 수 없음에 어머니는 며칠 전부터 심기가 불편했을 거다. 그래도 이성의 끈을 놓을 정도는 아닌지 나에게 전화를 하지는 않으셨다. 마지막이라고 못을 박은 그날 이후로 어머니는 내게 단 한 번의 연락도 하지 않았다. 내가 먼저 굽히고 들어올 거라고 철석같이 믿고 있는 듯했다.

"내일까지 싸우는 건 아니겠지? 내일은 편하게 밥 먹자고."

툭툭, 아주 친근하게 노정민이 내 어깨를 쳤다. 그 손길이 어이없어서 나도 모르게 비웃음이 새어 나왔다. 노정민이 흠칫 인상을 구겼다.

"그럼 내일 뵙겠습니다."

먼저 인사를 하고 엘리베이터에 올랐다. 엘리베이터까지 같이 타고 싶지 않아 선하게 웃으며 닫힘 버튼을 눌러 문을 닫았다.

"바빠?"

사무실로 가면서 강희에게 전화를 걸었다. 요즘 카페 일이 끝나면 늦도록 공부를 하는 강희 때문에 나까지 덩달아 잠자는 시간이 늦어졌다. 놀아주지 않아도 얼굴이라도 실컷 보려고 같이 경자 다방에 남아 공부하는 강희를 물끄러미 감상하는 게 내 퇴근 후의 일과다.

-별로.

"오늘 영화 볼까?"

-일부러 그러는 거죠?

"어."

-못됐어. 언제는 뒷바라지 다 해준다고 죽어라 공부해서 서울에

있는 대학 가라더니 방해나 하고.

"아, 그러네."

사람 마음이 이렇게 간사하다. 내년을 생각하면 올해 강희를 건드리지 않는 게 맞는데 당장 못 본다고 생각하면 내년 일쯤은 모른 척하고 싶어진다. 그저 매일매일 윤강희랑 놀고만 싶다.

"뭐 먹고 싶은 거 없어?"

-음……. 순대.

스테이크를 사주면 집에 가서 라면을 끓여 먹고, 유명 이탈리안 레스토랑에 데리고 가서 밥을 먹으면 꼭 비빔밥이 생각난다고 하는, 아직은 어린 스물한 살의 내 애인이다.

"다른 건?"

-순대 하면 떡볶이죠.

"알았어, 이따가 봐."

-열심히 일해요.

파이팅을 외쳐주고 강희가 먼저 전화를 끊었다. 비타민을 충전했으니 그녀 말대로 열심히 일해야겠다.

손을 꼭 맞잡고 우리는 레스토랑 문을 열고 들어갔다. 모임에 나온 유희연이 아직도 내 약혼녀 행세를 한다는 말을 들은 까닭이었고 아무도 원하지 않겠지만 그래도 가족들에게 강희의 존재를 떳떳하게 확인시키기 위함이었다.

"괜찮지?"

강희는 어깨를 으쓱하며 태연하게 웃었다. 때로는 윤강희의 대범함이 놀라울 정도다. 그 누구 앞에서도 고개를 숙이지 않는 뻔뻔

함도 사랑스럽다.

"딱 한 시간만 버텨."

"걱정 마요."

이름을 말하자 지배인은 우리를 룸으로 안내했다. 문이 열리고 강희의 손을 꼭 잡았다.

"늦어서 죄송합니다."

먼저 모인 가족들에게 정중히 사과부터 했다. 모두의 시선이 일제히 강희에게로 쏠렸다. 강희는 고개를 숙여 인사를 했다. 진하지 않은 주황색의 원피스 자락이 바스락 소리를 냈다.

"와서 앉거라."

큰어머니가 먼저 말문을 열었다. 모자란 의자를 지배인에게 부탁하고 먼저 의자를 빼서 강희를 앉게 했다. 지배인이 의자를 들고 들어왔다가 룸에서 나갈 때까지 누구도 먼저 입을 열지 않았다. 다분히 친한 척, 모두 차분한 척 연기를 했다. 하지만 그러면서 모두의 시선이 노골적으로 강희를 훑고 있었다.

마치 자신들이 시험관이라도 된 듯 으스대는 꼴이 가관이다. 강희를 뒤에 세워두고 누구라도 덤비면 가만두지 않겠다는 식으로 주먹을 들고 싸울 준비를 하고 있는 나 역시도 우습기는 하다. 한 번 비뚤어지기 시작하니 모든 게 시답지 않아 보인다.

"누군지 소개를 해야 할 것 같구나."

"소개는 무슨. 너 여기가 어디라고 저딴 애를 데리고 와?"

지배인이 나가자마자 둘째 누나인 서진아가 눈에 불을 켜고 달려들었다.

"밖에서 누가 들을지도 모르는데, 말 좀 교양 있게 하시죠."

"뭐?"

"안녕하세요, 윤강희라고 합니다."

강희가 자리에서 일어나 큰어머니와 아버지를 향해 한 번 더 고개를 숙였다. 그 바로 옆에서 강희의 손을 그러쥐었다.

"저랑 진지하게 만나고 있는 여자입니다."

"진지하게?"

"네."

강희를 앉히고 나도 자리를 잡았다.

"다 같이 모이는 날이 드물어서 미리 말씀도 못 드리고 오게 됐습니다."

"그러게, 미리 말을 해줬으면 좋았을 뻔했구나."

이미 발톱을 다 보인 큰어머니이지만 아버지 앞에서는 달랐다. 그 모습이 내 어머니와 다를 바 없어 보였다.

"제 결혼에 대해 걱정을 하시는 것 같아서요."

유희연이 아니라 그보다 조금 못한 집안의 여자로 며느릿감을 구하고 있다는 소문이 내 귀에까지 들어왔었다. 말로는 며느리는 낮춰서 데리고 오라는 옛말을 거론하며 점잖은 척했지만 실상은 마음대로 부릴 수 있는 집안의 사람을 원한다고 아예 대놓고 흘리는 듯했다. 솔직히 큰어머니 기준에 딱 들어맞는 조건이니 반대는 하지 않을 게 빤했다. 어쩌면 큰어머니가 나서서 결혼을 서두를 수도 있을 것 같다.

"하나뿐인 아들이니 당연히 걱정을 해야지."

"괜한 걱정 끼쳐서 죄송합니다."

주문한 음식이 들어오고, 대화는 그쯤에서 끊겼다. 싫은 내색을 티 나게 하는 서현아와 서진아를 무시하며 강희는 기특할 정도로 씩씩하게 식사를 했다. 아버지는 아예 투명 인간 대하듯 아무런 말도 하지 않았고 큰어머니는 속을 알 수 없는 무표정으로 식사에 열중했다.

"고아라던데……."

디저트를 기다리며 서진아가 침묵을 깨트렸다. 뒷조사를 하고 있다는 걸 진즉부터 알고 있던 터라 놀랍지는 않다. 그저 이런 자리에 데리고 와서 강희에게 미안할 뿐이다.

"낳자마자 버려진 건가, 아니면 좀 커서 버려진 건가?"

큰어머니의 눈이 강희에게 박혔다.

"기억이 없기도 하고 또 보육원 원장님 말로는 갓난아기일 때 보육원에 왔다고 했으니까 아마도 낳자마자일 것 같네요."

손등을 지그시 누르며 차분히 말을 잇는 강희 때문에 어금니를 깨물며 화를 참았다. 예상했던 일이지만 이렇게까지 노골적일 줄은 몰랐다. 아무튼 서진아도 최악 중의 최악이다. 이런 사람들과 같은 핏줄로 이어졌다는 게 오늘처럼 부끄러웠던 적도 없었다. 강희에게는 최고의 남자로, 세상 누구보다 자랑스러운 남자이고 싶은데 그건 이미 글러먹은 것 같다.

"아픈 상처를 건드렸군. 미안해요."

큰어머니가 서진아를 대신해서 사과했다. 그런데 큰어머니의 표정이 짐짓 흐뭇하게 보인다.

"아닙니다."

"고아라도 괜찮다는 거예요?"

"사람 앞에 두고 그렇게 말하는 거 아니다."

"엄마!"

노정민이 서진아를 막아서듯 손을 잡았다.

"아무리 자식 같지 않은 자식이지만 그래도 고아를 가족으로 받아들이는 건 아니지 않아요? 이건 뭐, 없어도 너무 없으니……."

내내 가만히 지켜보기만 하던 서현아가 한마디 거들고 나섰다.

"근본도 모르는 애를 가족으로 받아들이실 건 아니죠?"

"으흠."

아버지의 헛기침에 서현아도 그쯤에서 입을 다물었다. 식사도 끝났고 약속한 한 시간도 지났으니 이제 슬슬 일어나야겠다.

"죄송하지만 저희 먼저 일어나겠습니다."

"왜, 가려고?"

"네, 그러는 게 서로에게 좋을 것 같아서요."

"그래, 다음에 정식으로 보는 게 좋을 것 같구나."

빈말이라도 더 있으라고 말하지 않는 큰어머니다. 표정 관리, 감정 절제, 무엇도 예사롭지가 않은 분이다. 하긴 그러니까 그 긴 세월 내 어머니와 나를 참아가며 자리를 지킨 거겠지.

"맛있게들 드시고 가세요, 먼저 가보겠습니다."

누구의 배웅도 받지 못하고 우리는 레스토랑에서 나왔다. 미안하다는 말이 선뜻 나오지 않아 애먼 강희 손만 만지작거렸다.

"집에 가서 라면 먹고 싶다."

"배고파?"

"그거 먹고 배가 부르는 게 이상한 거 아니에요?"

"가자, 내가 끓여줄게."

조수석 문을 닫아주고 운전석으로 돌아오는데 기분이 참 씁쓸하다. 그래도 가족이라고 강희를 소개한 게 우습고 그래도 가족이라고 강희를 받아들이지 않으려고 하는 누나들도 재미있다.

"오늘 나 왜 인사시킨 거예요?"

본가 식구들과의 관계에 대해 설명을 하고 아버지 생신에 같이 가자는 말을 할 때까지도 강희는 왜냐고 묻지 않았었다.

"불편했지?"

"편하지는 않았죠."

"아마 몇 번 더 불편해야 할 거야."

강희는 한숨을 푸욱 내쉬더니 이내 팔짱을 꼈다.

"아, 이 남자 더럽게 비싼 남자였네."

"운명이다, 생각해."

"억울해."

"결혼하면 잘할게."

콧방귀를 뀌면서도 강희는 싫다는 말은 하지 않았다. 대충 절반은 넘어온 것 같다. 좀 더 밀어붙이면 조만간 좋다는 대답을 들을 수도 있겠다.

"다들 반대하는 것 같던데 결혼할 수 있겠어요?"

"상관없어."

강도의 차이는 있겠지만 누구와 결혼을 해도 반대를 할 사람들이었다. 하지만 큰어머니가 나서지 않는 한 이 결혼을 막겠다고 물고 늘어질 정도의 사람은 없었다.

"어쨌든 인사했으니까 다른 놈한테 갈 생각은 아예 하지도 마."

"겨우 인사 한 번 한 건데?"

"원래 식구들한테 인사하면 끝인 거야."

"말도 안 돼."

한 번도 본가 식구들에게 여자를 소개한 적은 없었다. 결혼할 여자로 강희를 소개한 건 함부로 건드리지 말라는 경고였다. 단순히 놀기 위해 만나는 여자가 아님을 알리는 동시에, 진지하게 만나고 있다고 했으니 다들 예의를 갖춰서 대하라는 무언의 협박과도 같은 거였다. 그게 먹힐지는 두고 봐야 알겠지만 내 여자로 사람들 앞에 내세운 만큼 앞으로는 물렁하게 당하지는 않을 거다.

"나 라면 말고 고추장찌개 먹고 싶어요."

"그것도 해줄게."

"이제 좀 할 줄 아나?"

"기대해."

"자신감 하나는 진짜 끝내준다니까."

"멋있지?"

"조금."

"그러니까 결혼하자고."

"나 잠깐 졸게요."

내 어깨에 머리를 기대고 강희는 스르르 눈을 감았다. 기다란 속눈썹이 드리워진 하얀 얼굴이 오늘따라 야위어 보인다. 그게 내 탓인 것만 같아서, 표현하지 않았지만 마음이 쓰리고 아프다.

내가 아니라면 굳이 겪지 않아도 될 일이었다. 스물한 살의 여자가 할 수 있는 연애는 아니었다. 맛있는 거 먹고 좋은 데 가고 친구들과 어울려 늦은 밤까지 노는 게 보통의 스물한 살 여자가 하는 연애였다. 그럼에도 군소리 한마디 없이 따라주고 때로는 누나처럼 위로를 해주는 강희가 새삼 고맙고 어여쁘다.

"앞에 보고 운전해요."

"자는 거 아니었어?"

"멋진 남자가 자꾸만 힐끔거리는데 떨려서 잘 수 있겠어요?"

틈틈이 설레게 해주고 한순간도 긴장을 늦출 수 없게 하는 매력 넘치는 이 여자가 내 애인이라는 게 자랑스럽다.

"안 볼 테니까 자."

"한강 가봤어요?"

"아니."

"서울 살면서 한강 안 가본 사람이 많다는 거 알아요?"

"가봤어?"

"나도 못 가봤어요."

"든든하게 밥 먹고 한강으로 산책하러 가자."

내가 그동안 알고 지낸 강희 또래의 여자들은 고추장찌개를 먹자는 말도, 한강에 가자는 말도 하지 않았다. 백화점에서 쇼핑하는 걸 즐기고 밤이면 화려한 불빛과 정신없이 시끄러운 음악이 있는 클럽에 가는 걸 좋아했다. 사색에 빠지는 게 뭔지 알지 못했고 평온함과 느림의 미학을 경험하지 못했다. 적어도 내가 아는 스물한 살은 마냥 노는 걸 좋아하는 철없는 나이였다.

"근데 서태인 씨 가족들은 아까 그거 먹고 집에 가서 아무것도 안 먹나?"

"아마도."

"그분들은 대체 무슨 재미로 살아요?"

"그러게, 나도 궁금하네."

진짜 피를 나눈 형제임에도 서로를 헐뜯고 짓밟으려 하고 어떻게든 하나라도 더 갖기 위해 안달을 하는, 강희가 사는 세상에서는 도통 이해할 수 없는 사람들이었다. 그들과 같은 부류의 사람들로 살아가고 있지 않다는 게, 윤강희와 같은 세상에서 살아가고 있다는 게 참 다행이다.

"아니야, 어쩌면 다들 집에 가서 밥통 끌어안고 있을 거야. 사람이라면 절대 그런 것만 먹고 살 수가 없어."

혼잣말을 하는 강희가 귀여워 피식피식 웃음이 흘러나온다.

"맛도 없었어?"

"감질나서 그렇지 맛은 있었어요."

"또 사줄게."

"됐어요, 난 그냥 삼겹살 지글지글 구워 먹고 시뻘건 김치찌개 숟가락으로 푹 떠서 먹는 게 좋아요."

이렇게 말할 때마다 강희는 애어른 같다. 투정도 부리고 억지도 쓰면서 이게 갖고 싶다, 저거 사달라, 조르는 것도 예쁠 텐데 좀처럼 그러지를 않는다. 돈 많은 애인 뒀다는 걸 아예 까먹었나 보다.

"아, 바람 좋다."

어느새 강희는 차창을 내려 불어오는 바람을 손끝으로 매만졌다. 시원하게 불어오는 바람에 강희는 히죽 웃으며 눈을 감았다. 바람보다 더 좋은 강희를 힐끔 돌아보며 나 역시도 입술 끝을 늘어뜨렸다.

집안끼리, 혹은 사업적으로 알고 지내는 비슷한 나이의 사람들끼리 몇 달에 한 번 하는 모임이 하필이면 금요일 저녁이었다. 강희와 저녁을 먹고 심야 영화 한 편을 본 후 손 꼭 잡고 동네 산책을 하면 딱 좋을 날이었지만 이런저런 정보를 얻고 차후에 사업적 도움이 필요할 경우를 대비해서 모임에 참석하기로 했다.

분명 모임에 나오는 사람 중 반갑지 않은 사람도 있으리라 생각했지만 그게 유희연일 줄은 미처 몰랐다.

"소문 같은 거에 신경 안 쓰는 스타일인가 봐요?"

유희연이 먼저 알은체를 하며 다가왔다.

"신경 쓸 일이 워낙에 많아서요."

"그 어린 애인은 잘 지내요?"

주변에 있는 사람들에게 들리게끔 유희연은 일부러 작지 않은 소리로 물었다.

"네."

"어리고 예쁜 여자와 돈 많은 남자. 뭐, 어울리기는 하네요."

작정하고 비아냥거리는 유희연 때문에 속이 다 울렁거린다. 하여간 볼 때마다 미간을 찡그리게 하는 여자다.

"설마 결혼까지 할 생각은 아니죠?"

"아직도 나한테 관심 있습니까?"

오랜만에 만난 대학 동기 녀석이 샴페인 한 잔을 내게 권했다. 그걸 받아 들며 유희연에게 물었다.

"아직도 그런 게 있을 거라고 생각해요?"

"내 생각이 아니라 소문이 그렇더라고요. 소문 좋아하시는 분이니까 들어서 아시겠죠?"

생글생글 웃던 유희연의 얼굴이 굳어졌다.

"괜히 임자 있는 남자한테 침 흘렸다가 망신당할 수도 있으니까 조심해요. 잘못하면 헤퍼 보일 수 있어요."

"지금 말 다했어요?"

와인 잔을 쥔 유희연의 손마디가 새하얗게 변했다. 왜 꼭 안 들어도 될 말을 들은 후에야 물러나는 걸까. 이 여자도 평범하지는 않다.

"다음엔 간단히 눈인사만 하는 걸로 합시다. 뭐 그것도 안 하고 모른 척 지나쳐주면 더 고마울 것 같고."

샴페인 잔을 들어 깔끔한 인사를 전하고 유희연에게서 등을 돌렸다. 옆에서 묵묵히 기다려준 동기 녀석이 옆구리를 쿡 찌르며 푭, 웃었다.

"우리한테는 언제 소개할 건데?"

"누굴?"

"그 어리고 예쁜 애인."

"나 혼자 보기도 아까워."

"이 자식 제대로 빠졌네."

몇몇 반가운 얼굴들이 테이블 하나를 차지하고 있었다. 그중 누구에게 어떤 정보를 얻을지 눈으로 훑으면서 얼굴 표정을 적절하게 바꿨다.

"오랜만이다."

"얼굴 보기 너무 힘든 거 아니야?"

평범한 친구들처럼 악수를 하고 안부를 챙겼지만 각자 머릿속에는 비슷한 생각들이 존재하고 있었다. 일과 관련해 엮인 사람들은 어쩔 수가 없었다. 말 한마디에 주가가 달라질 수 있었고 소소한 행동 하나에 파트너에서 금세 적으로 돌아설 수 있는 게 이 바닥이었다.

돈이 연관된 일에는 친구도 형제도 필요 없었다. 잔혹하지만 그게 현실이었다. 그렇다고 전부가 그런 마음으로 어울리는 건 아니었다. 이 중에는 진심인 사람도 있었다. 그걸 골라내는 것도 어떻게 보면 능력이었다. 아직 그 정도의 스킬은 부족했기에 오늘의 모임을 단순히 즐기기만 할 수는 없는 입장인 게 사실이다.

"요즘 잘나가던데?"

"너무 놀았더니 뭘 조금만 해도 잘하는 것처럼 보이긴 하더라고."

"겸손이야?"

"그렇다고 할 수 있지."

경쟁을 하는 관계지만 그렇다고 대놓고 발톱을 드러낼 사이는 아니었다. 그것보다는 서로 상부상조하는 게 이득이었다.

"헛소문인 거지?"

친구 녀석 하나가 유희연이 있는 쪽을 턱 끝으로 가리키며 넌지시 물었다.

"뭔지는 모르지만 아마도."

"어울려서 좋을 거 없어."

"참고할게."

"대정이 무리하게 투자해서 자금 압박이 심하다는 소문이 있어."

"그래?"

"괜히 엮이지 마."

"고맙다."

쉽게 무너질 대정 유통이 아니다. 그래도 소문이라는 게 괜히 돌지는 않는다. 우유부단한 경영도 문제지만 독불장군처럼 무조건 밀어붙이는 건 더 큰 문제였다. 사람들의 말에 적절히 귀를 기울이며 소신 있게 판단하는 게 경영자로서 갖춰야 할 덕목이지 않을까 싶다.

근데 내가 언제부터 경영자의 자질을 논하는 사람이 된 걸까.

요즘 참 우스운 일 많이 한다. 내가 봐도 내가 이렇게 어이없는데 큰어머니나 누나들 입장에서는 얼마나 기가 막힐까. 경영에는 아무런 관심도 없고 영향력도 발휘하지 않을 것 같던 큰어머니지만 일부러 발 벗고 나서서 찾아보니 결코 그게 아니었다. 회사 내에 제법 많은 사람을 큰어머니 사람으로 만들어놓고 있었다. 단지 오랜 시간 소문나지 않게 차분히 움직이고 있었을 뿐이었다. 큰어머니가 얼마나 무서운 분인지 매일 깨닫고, 그러면서 또 배우는 중이다.

"다음에 우리끼리 술 한잔하자."

배우고는 있지만 큰어머니처럼 긴 시간을 투자할 수는 없다. 논만큼 부지런히 움직여야 한다. 그래야 내 것을 지킬 수가 있다. 사랑만 있으면 된다고 큰소리치면서 다 버리고 떠나는 건 드라마에서나 나오는 어리석은 짓이다.

내 여자를 지키고, 내 사랑을 지키려면 강해져야 하는 거고 욕심을 부려야 하는 거라는 걸 알았다. 그다지 유순하게 살아오지는 않았지만 그렇다고 예전처럼 내가 죄인이라는 생각으로 고개 숙이며 살지는 않을 생각이다.

싸워야 할 상대가 큰어머니라면 좀 더 정중하게 싸우면 되는 거다. 누나들과 싸워야 하는 거라면 보통의 남매들이 그러는 것처럼 싸울 때는 남인 것처럼 피 터지게 싸우면 되는 거다. 내 여자 강희가 많은 걸 누리고 즐기게 해주고 싶다. 남들이 속물이라고 비웃어도 강희만 내 편이면 된다.

"좋지."

쓸 만한 정보도 몇 가지 얻고 버려야 할 카드도 고르면서 나름 나쁘지 않은 모임을 가졌다. 간간이 시선이 얽히는 유희연 때문에 기분이 썩 좋지는 않았지만 결과적으로 얻은 게 더 많은 시간이기는 했다.

거의 두 달 만에 어머니에게서 연락이 왔다. 마치 아무 일도 없었던 것처럼 어머니는 할 말이 있다며 집으로 오라고 했다.

"오셨어요?"

슬리퍼를 챙겨주며 아주머니가 먼저 나를 반겼다. 늘 그렇듯이 어머니는 거실 소파에 앉아 내가 와서 인사를 할 때까지 눈길도 주지 않았다.

"무슨 일이세요?"

"같이 밥이나 한 끼 하자고 불렀다."

이유도 없이, 단지 밥이나 먹자고 나를 부를 어머니가 아니다.

"약속 있어요."

"취소해."

누구와 무슨 일로 만나기로 했는지 묻지 않고 대뜸 취소하라고 하는 어머니. 단 몇 달동안 달라지셨으리라 기대한 건 아니지만 그럼에도 한결같은 모습에 씁쓸하기는 하다.

"하실 말씀 없으면 가보겠습니다."

딩동, 소파에서 일어나는데 초인종이 울렸다. 손에서 놓지 않던 잡지를 내려놓고 어머니는 소파 옆 테이블 서랍을 열어 손거울을 꺼내 들었다.

"아버지 오시기로 했습니까?"

"괜히 아버지 기분 상하게 하지 말고 잘해."

오랜만이라 깜박했다. 나도 참 미련하다.

"요즘 힘드신지 컨디션 별로 안 좋으셔."

"그래서요?"

"모처럼 오시는 거라고."

"그래서 어쩌라고요."

어머니의 눈이 겨우 내게 닿았다. 원망이 흘러넘친다.

"주무시고 가시게 해."

세상의 모든 어머니가 내 어머니 같은 줄 알았다. 자식보다는 남편이 먼저고 자식에게는 바닥을 보여도 부끄러워할 줄 모르는 건 줄 알았다. 그렇지 않다는 걸 알기까지 참 오래도 걸렸다.

"어떻게 해드릴까요?"

애틋함은 처음부터 없었다. 이젠 연민조차 느껴지지 않는다. 부모에게 그 어떤 감정도 느끼지 못하고 무감각해진다는 것만큼 서글픈 게 또 있을까.

"내가 그런 것까지 알려줘야 해?"

"네, 아무리 생각해도 모르겠으니까 알려주세요."

"한심한 놈."

어머니를 웃게 하려고 별짓을 다 해봤다. TV에 나오는 개그맨들 따라 우스꽝스러운 몸짓을 한 적도 있었다. 내 딴에는 창피함을 무릅쓰고 한 거였는데 어머니는 경멸하는 시선으로 혀를 찼었다. 죽고 싶을 만큼 수치스러웠다. 어머니가 울 때면 고사리손으로 달래기도 했었다. 하지만 어머니는 그 여린 손을 매정하게 뿌리치고 면전에서 방문을 닫아버렸다.

그때의 절망감은 아직도 잊을 수가 없다. 그 덕분인지 이제는 어머니의 사나운 말들에도 전혀 아프지가 않다.

"한심한 놈은 약속이 있어서 이만 가보겠습니다."

그러나 인사를 하는데 아버지가 들어왔다. 흐흠, 헛기침을 하며 이내 못마땅한 기색으로 어머니에게 재킷을 벗어 건넨다. 금세 우아한 사모님의 몸짓으로 어머니는 아버지를 따라 안방으로 들어갔다.

"일 있어서 먼저 갔다고 전해주세요."

난처해서 어쩔 줄 모르는 아주머니에게 인사를 하고 미련 없이 집에서 나왔다. 아마도 몇 달 후에 또 올지 모르겠다. 그때도 어머니는 전혀 변하지 않은 오늘과 같은 모습일 거고 오늘과 다르지 않은 감정일 것 같다. 차라리 변하지 않는 게 마음 편하겠다. 30년 넘게 오늘 같은 모습만 봤는데 다른 모습을 보이면 그게 더 무서울 것 같다.

카운터에 몸을 기댄 채로 강희는 책을 보고 있었다. 요즘 들어 더 열심히 공부 중이라서 공연히 말을 붙이기도 미안했다.

"생각보다 빨리 왔네요?"

"배고프다, 밥 먹자."

"밥 먹으러 간 거 아니었어요?"

"안 먹고 온다고 했잖아."
"그래도 먹고 올 줄 알았지."
"먼저 먹었어?"
"아니요."
강희가 책을 덮고 가방을 챙기는 사이 경자 다방 정리를 도왔다. 간판 불을 끄고 열린 창문을 꼼꼼하게 닫았다. 같이 일하고 같이 퇴근하는 부부처럼, 우리는 손을 잡고 경자 다방을 나왔다. 각자 보낸 하루를 마감하는 순간이었다.
"우리 조카, 딸이래요."
"그래?"
"아까 언니한테 전화 왔는데 의사 선생님이 그랬대요, 아기가 엄마를 닮은 것 같다고."
"은 사장 좋아 죽겠네."
"난리 났어요."
이정윤 씨가 임신한 걸 안 순간부터 은 사장은 딸이었으면 좋겠다고 노래를 불렀다. 아들은 낳아봤자 남 좋은 일 시키는 거고 좋아하는 여자 생기면 제 엄마 배신하고 바로 등 돌린다며 아무짝에도 쓸모가 없다고 했다. 마치 나 들으라고 하는 소리 같았지만 강희의 말로는 은 사장 자신도 포함됐을 거란다. 반박할 수 없는 그 말에 나도 머지않은 미래에 강희를 꼭 닮은 인형처럼 예쁜 딸을 가졌으면 좋겠다는 상상을 해봤다.
"내일 축하 파티 한다고 집으로 오래요."
"그래?"
"앞으로 축하 파티 무지하게 자주 할 것 같은 예감이 드네요."

두런두런 하루에 있었던 일들을 공유하며 걷는 이 시간이 제일 좋다. 경자 다방에서 집까지, 혹은 근처 야식을 먹을 수 있는 식당으로 가면서 우리는 매일 떨어져 있는 동안 있었던 소소한 일상을 숨김없이 얘기한다.

"우리는 뭐 굿이나 보고 떡이나 먹는 거지."

"응?"

"왜?"

"지금 무지 어른처럼 말한 거 알아요?"

"뭐가?"

"굿이나 보고 어쩌고 한 그 말, 되게 아저씨 같았어요."

간혹 나이 차이가 느껴질 때도 있고 그럴 때마다 강희가 나를 아저씨 같다고 놀렸지만 심술은 나도 화가 날 정도는 아니었다. 삐쳐서는 눈을 흘기는 것, 그게 우리가 하는 사랑싸움의 전부였다.

"내일은 은 사장네랑 보내고 일요일은 우리 둘이 보내자."

"나 공부해야 하는데?"

"주말은 쉬어야지."

"남들 논다고 같이 놀면 공부는 언제 해요?"

"그런가?"

"내일 알차게 놀아줄 테니까 일요일은 혼자 놀아요."

"그놈의 시험 얼른 끝났으면 좋겠다."

그리고 강희가 고집을 조금만 꺾어서 장학금을 받지 않고 내 도움을 받아서라도 무조건 서울에 있는 대학을 갔으면 좋겠다. 장거리 연애는 죽어도 하기 싫다. 아니, 죽어도 못하겠다.

"나 시험 끝나면 선물 줄게요."

"내가 주는 게 아니고 나한테 준다고?"
"기대해요."
"뭔데?"
사사삭, 주변을 황급히 돌아보더니 그 뻔뻔한 윤강희가 수줍게 속삭였다.
"나."
잘못 들었나 싶어서 한 번 더 물었다.
"뭐? 뭐를 준다고?"
"나를 준다고요."
걸음을 멈추고 믿기지 않는 표정으로 눈만 깜박였다.
씨익, 웃으며 강희는 제법 야릇한 눈빛을 보냈다.
"약속한 거다?"
강희의 머리가 위아래로 끄덕였다. 거짓 없는 눈으로 강희는 한 번 더 고개를 끄덕여줬다.
"얼마나 남았지?"
"날짜 세려고요?"
"당연하지."
입꼬리가 제멋대로 씰룩거려서 참을 수가 없다. 당장이라도 안을 수 있을 것만 같아서 몸이 다 근질거린다. 사실 더는 키스만으로 욕구를 채울 수가 없을 지경에 이르러 있었다. 그래도 이를 악물고 참은 건 전적으로 강희를 위해서였다. 그녀가 좀 더 집중할 수 있도록, 그녀가 먼저 괜찮다고 말해줄 때를 기다려준 거였다. 그렇게라도 해야 덜 미안할 것 같았다.
"나 시험 잘 보면 선물 하나 더 있어요."

"하나 더?"

"결혼."

"진짜?"

"긍정적으로 생각해볼게요."

"가자."

마음이 급해져서 식당과는 반대 방향으로 강희의 손을 잡아끌었다.

"어디를요?"

"공부하러."

맹모삼천지교, 그 마음을 조금은 알 것도 같다.

"아니다, 공부하려면 든든히 먹어야하니까 일단 먹자."

"못 말려, 정말."

보기 좋게 살이 오른 강희의 볼을 슬쩍 잡았다 놓고 그녀의 어깨를 감싸 안았다. 하나의 몸처럼 우리는 발을 맞춰서 걷기 시작했다.

"좋다."

"내가요?"

"어, 윤강희가."

"나도 좋다."

"내가?"

"서태인 씨가 너무 좋다."

마치 전생부터 이어져온 인연처럼 맞는 구석이 많은 우리였다. 그리고 다른 구석까지 점점 더 맞춰가는 중이다.

쌓였던 피로가 눈 녹듯이 사라졌다. 내일도 힘내서 싸울 수 있을 것 같다. 손을 잡은 순간, 그 전에 경자 다방 문을 열고 들어가

강희와 눈을 맞춘 순간 이미 충전은 완료됐다.

평화로움이 좋은 만큼 때로는 왠지 모를 불안감에 뒷목이 뻣뻣해지고는 한다. 보통은 괜한 걱정이었지만 한 번씩은 나쁜 예감이 들어맞을 때가 있다. 그리고 그 한 번씩 찾아오는 불안감은 매번 어머니가 몰고 온다.

"전화할게."

강희를 집으로 보내고 어머니가 기다리는 거실로 돌아오는데 한숨이 몇 번이나 흘러나왔는지 모르겠다. 강희와 어머니를 한 공간에 두는 게 무엇보다 싫다. 어머니가 내뱉는 한 마디 한 마디가 다 비수가 되어 강희의 가슴에 꽂힐 것 같고 아무렇지 않은 척하는 강희를 보는 게 부끄럽고 죄스러울 정도로 미안하다.

"아예 제 집처럼 드나드네. 하여간 없이 사는 것들은 그게 문제라니까."

들으라는 식으로 어머니를 크게 혼잣말을 주절주절 늘어놓았다. 일일이 대꾸하는 것도 이제는 힘이 부친다.

"하실 말씀 하고 가세요."

이러면 안 된다는 걸 안다. 어쨌든 세상에 나오게 해준 부모님이고 열 달이라는 긴 기간 동안 뼈와 살을 나눠준, 평생 그 은혜를 갚아도 모자란 분이라는 것도 모르지 않다. 그런데 그건 어디까지나 머릿속에서만 맴도는 상식 비슷한 것에 불과하다. 마음으로 어머니를 이해할 수가 없다. 번번이 밀어내고 싶게 만들고 외면하고 싶게 한다.

"언제까지 놀아줄 생각인 거야?"

"제가 아니라 강희가 저랑 놀아주는 거예요."

"아주 귀신에 홀렸네, 홀렸어."

두르고 있는 명품의 격을 떨어뜨리지 않기 위해서라도 조금만 품위 있게 말씀하시면 얼마나 좋을까. 속은 그렇지 않더라도 사람들을 의식해서 인자한 척하시면 얼마나 좋을까.

"잠깐 중국에 좀 가 있어."

뜬금없는 말에 미간부터 찡그렸다.

"무슨 말씀이세요?"

"거기 일도 중요하다며. 네가 그쪽 일을 아주 잘하고 있다고 하던데, 아니야?"

"누가 그래요?"

"내가 집만 지키고 있다고 회사 일에 대해서 하나도 모른다고 생각하는 거니?"

"제가 중국에 가 있으면 어머니는 뭘 받기로 했는데요?"

핵심을 제대로 건드렸나 보다, 어머니의 얼굴이 짐짓 무안한 듯 붉어진다.

"어차피 다 네가 물려받을 회사인데 지금부터 네 것이다 생각하고 열심히 해야지."

왜 어머니 말이 곧이곧대로 들리지 않는 걸까. 나도 참 어지간히 비뚤어졌다.

"두 달만 나가 있어."

기간까지 정해진 걸 보면 내가 모르는 어떤 거래가 있는 게 분명하다.

"그 다음은요?"

"다시 본사로 돌아와야지."

"달라지는 건?"

"달라지는 게 뭐가 있어, 다 그대로지."

나와 시선을 똑바로 맞추지 못하는 어머니가 오늘은 유독 순진하게 보인다.

"큰어머니 지시입니까?"

"내가 누가 지시한다고 넙죽 따르는 사람이야? 이게 다 널 위해서……."

"안 갑니다."

"거기서 살라는 것도 아니고 두 달만 나가 있다가 오라는 건데 왜 안 나간다고 해?"

"그러니까 어떤 거래가 있었던 건지 사실대로 말씀하시라고요."

새빨갛게 립스틱을 칠한 입술을 잘근 씹으며 어머니는 선뜻 말을 꺼내놓지 못했다.

"가세요, 그만."

무릎을 펴고 소파에서 일어나자 어머니가 다급하게 나를 돌아본다.

"네 아버지 보내주기로 했어."

긍정이 아닌 부정의 설마가 현실이 될 때 사람은 벼랑 끝으로 떨어지는 절망을 느끼곤 한다. 나를 벼랑 끝으로 내몰고 내 심장이 갈기갈기 찢길 정도의 고통을 느끼게 하는 사람은 항상 어머니였고 그 뒤에는 아버지가 존재했다. 아버지 때문에 일어난 그 많은 불행을 정작 당사자인 아버지는 한 번도 사과하거나 미안해하지 않았다. 당연한 것처럼 언제나 무관심으로 일관하며 당신이 하고 싶은 대로 떳떳하게 행하신다. 그런 면에서는 어머니와 천생연분이다. 아버지는 당신의 안위와 평안, 그리고 회사를 위해서, 어머니는 오로지 당신의 사랑이자 삶의 전부인 아버지를 위해서 나 하나쯤 가볍게 희생시킨다.

"이혼이라도 하신대요?"

"그 여자가 안방을 내줄 것 같니?"

그렇게 잘 알면서 어머니는 왜 오래도록 미련을 버리지 못하는 걸까.

"일주일에 한 번은 네 아버지 우리 집으로 보내준다고 했어. 더럽고 치사하지만 그래도 그게 어디야. 그러니까 네가……."

"두 달을 중국에 가 있으면 회사에 무슨 일이 벌어질지는 아세요?"

"내가 그걸 어떻게 알아? 그리고 두 달 만에 무슨 큰 일이 있겠어? 솔직히 지금 네가 없다고 회사가 어떻게 되는 것도 아니고 그냥 푹 쉰다고 생각하고 딱 두 달만 가서……."

"어머니."

중국 사업이 성공을 이루고 있는 시점에서 완전히 마무리를 하게 되면 그 공은 모조리 내게 돌아오고, 또 다음 프로젝트를 맡는 것에 대해서 임원진들이 반대를 하지 않을 것이고, 좀 더 우호적이고 긍정적인 입장에서 사람들 앞에 후계자로서 설 수 있게 되는 게 누나들과 매형들 그리고 큰어머니에게는 무조건 막아야 하는 일이 됐다.

중국 쪽 일은 어차피 끝이 보이는 일이기에 우선 나를 그쪽으로 보내놓고 두 달이라는 짧지 않은 시간 동안 후계자 선정과 회사 내 우호지분을 확보하고자 하는 게 아마도 그들의 계획일 듯싶다. 빤히 보이지만 나서서 막을 수는 없는 상황이다. 그리고 어머니까지 그들에게 넘어가 내게 달려왔으니 어지간히 우습게 돌아가기는 한다. 이럴 때마다 다 때려치우고 싶게 신물이 난다.

"후계자 자리, 다른 사람한테 넘어가도 괜찮으신 거예요?"

빤한 대답이 나오겠지만 그래도 묻고는 싶다.

"그게 왜 다른 사람한테 넘어가?"

"그걸 몰라서 물으세요? 중국 가라면서요."

"그깟 두 달 가 있는다고 달라지는 건 없다고. 네 아버지, 내가 얼마든지 구워삶을 수 있어. 그리고 네 아버지도 딸보다는 아들이야. 아들이 있는데 딸한테 그 큰 회사 물려줄 분 아니라고. 걱정하지 말고 다녀오기나 해."

단순하고 명료하다. 그 어떤 것도 놓고 싶지는 않으신가보다.

"내가 설마 아무것도 안 하고 있을 거라고 생각하니? 네 아버지 일주일에 한 번씩 집에 오시면 그때마다 귀에 못이 박히게 얘기하고 달래면 돼. 그쪽 집에서 아무리 용을 써도 네가 회사 물려받는 건 안 바뀐다고."

믿어져서가 아니다. 믿고 싶어져서도 아니다. 어머니와 아버지를, 그리고 큰집 식구들을 전부 놀려보고 싶은 심술이 꿈틀거리기 시작해서다. 마무리를 하기 위해서는 한번 다녀와야 하니까. 대신 두 달은 말이 안 된다. 그건 강희 때문에라도 할 수가 없는 일이다.

"언제 가면 된답니까?"

"가려고? 그래, 잘 생각했어. 역시 내 아들이라니까."

금세 화색이 도는 얼굴로 어머니는 내 손까지 덥석 잡으셨다. 낯설어서 그 찰나를 참지 못하고 어머니 손을 뿌리쳤다.

"그만 가세요."

붙잡아도 금방 갈 것처럼 어머니는 서둘러 일어났다. 그러고는 뒤도 돌아보지 않고, 물론 중국에 가겠다는 확답을 한 번 더 듣고 난 후 곧장 대문을 열고 나가셨다.

중국으로 출장을 온 지 일주일도 안 돼서 가슴앓이가 시작됐다. 눈에 밟힌다는 게 무슨 뜻인지 몸소 실감했다. 통화를 하면 더 절실하게 그리워졌다. 그렇다고 하루라도 목소리를 듣지 않으면 살 수가 없을 지경이었다.

그러니 두 달을 이곳에서 버티는 건 불가능했다. 어떻게든 하루 빨리 일을 끝내고 돌아가야 했다. 강희를 위해서, 그리고 자리를 비운 사이 벌어지고 있는 일들을 막기 위해서.

"이 주 안에 끝냅시다."

"네?"

같이 온 실무자들과 현장 직원들이 아연실색했다.

"수고한 만큼 월급으로 보상할 테니까 죽어라 해봅시다. 다들 여기 일 얼른 끝내고 싶지 않습니까?"

"그건 그렇지만……."

"쉬엄쉬엄 두 달 하느니 바짝 한 달 안에 끝내도록 합시다."

의욕 넘치는 나를 직원들이 얼마나 못미더워하는지 모르지 않는다. 처음부터 성과를 내기 위해 온 게 아니었다. 하지만 그들이 원하는 대로 해줄 마음으로 온 것도 아니었다. 어차피 온 거, 제대로 끝을 보여주고 싶었다.

"식사들 하고 오세요."

직원들을 내보내고 혼자 서류더미에 얼굴을 묻었다. 우선적으로 처리해야 할 것들을 서둘러 끝내고 회사 밖에서 끌고 들어와야 할 도움은 일하는 사이사이 해결을 해나가는 중이었다. 사실 하루가 24시간인 게 아쉬울 따름이다.

숨이 턱까지 차오르게 힘든 순간이 오면 강희에게 전화부터 거는 게 습관이 됐다.

"뭐 해?"

-서태인 생각.

"착하네."

목소리를 듣는 것만으로도 울컥한다. 보고 있어도 그리운 사람이었는데 떨어져 있으니 심장이 아리다.

"강희야."

-네.

"윤강희."

-왜요?

숨을 내쉬는 순간순간 다 저릿하게 그립다. 내가 아닌 다른 사람을 이렇게까지 좋아할 수 있는 걸까. 이 어렵고 힘든 사랑을 사람들은 어떻게 몇 번씩이나 하는 걸까. 난 한 번으로 족하다. 윤강희로 시작해서 윤강희로 끝나는 사랑을 하고 싶다. 그렇게 살다 죽으면 죽어서도 행복할 것 같다.

"보고 싶어."

-나만큼?

"갈까?"

-올 수 있어요?

"네가 오라고 하면 가지."

-참을래요.

"왜?"

-나 외조 잘하는 여자 되고 싶어졌거든요.

"뭐? 외조?"

윤강희 스타일의 애교인가 보다. 그게 너무 귀여워서 웃음이 터져버렸다.

-꾹 참고 열심히 공부하고 있을 테니까 일 잘하고 와요. 한눈도 안 팔고 지조 지키고 있을게요.

"어, 그래줘."

-밥 잘 챙겨먹고 잠 잘 자고. 조금이라도 못생겨져서 오면 혼날 줄 알아요.

"그럴게."

좋은 사람, 나한테는 한 명도 없을 줄 알았다. 행복한 삶이라는 것, 그것도 나하고는 상관없는 건 줄 알았다. 그런데 강희 때문에 매일이 행복하다.

"강희야."

-네.

"사랑해."

말과 동시에 뜨거운 덩어리가 가슴 속에서 울컥 치솟았다. 내 감정에 내가 벅차다.

"내가 너 진짜 미치게 사랑하는 것 같다."

배시시 웃고 있을 강희의 얼굴이 아른거렸다. 기운이 나고 머릿속이 맑아졌다. 내일까지 열심히 살 수 있는 힘을 얻었다. 그리워할 누군가가 있다는 게, 내가 돌아오길 기다리고 있는 누군가가 있다는 게 가슴 저리게 좋다.

이 사랑, 오래해야겠다.

윤강희랑 오래오래 같이 살아야겠다.

에필로그 1

사 먹는 김치가 더 맛있는데 언니는 굳이 또 배추를 사 와서는 아무도 반기지 않는 일을 벌이고 있다.

“그래서 뭐라고 했어?”

언니 옆에서 잔심부름을 하면서 축가 아르바이트 때 있었던 일을 보고했다.

“잘 마음 없다고 했지.”

“그 새끼가 자자고 했어?”

언니가 흥분해서는 고춧가루가 묻은 시뻘건 손을 공중에서 휘저었다.

“아니.”

“잘 마음 없다고 했다며?”

“자고 싶어 하는 눈치기에 그렇게 말했지.”

"왜, 너 보면서 침이라도 질질 흘리디?"

"아니?"

"그럼?"

"그냥 그런 눈치였어."

"넘겨짚기는. 아무튼 잘했어. 세상에 남자는 형부 빼고 다 짐승이야, 알지?"

"어."

분명 몇 년 전까지만 해도 형부 역시 짐승이었다. 하지만 결혼을 한 후로 형부는 짐승에서 인간으로 승격했고, 모든 남자는 형부를 기준으로 나뉘었다. 철저히 언니의 개인적인 기준이었지만 집안의 평화를 위해 조용히 따라주고 있었다.

"고기도 삶을까?"

"됐어."

"원래 겉절이에는 수육이지. 가서 고기 좀 사 와."

"어."

마지못해 허리를 펴고 일어났다. 오늘 밤에도 물 꽤나 마시겠다. 극단적 성향이 강한 언니는 음식도 짜거나 달거나, 거의 두 가지 맛으로 승부하는 편이었다. 아무래도 오늘은 짠맛일 것 같다. 고기를 사 오는 길에 생수도 두 병 정도 사 와야겠다.

경자 다방에 들러서 사장님이자 형부인 은태일 씨에게 저녁 메뉴는 언니가 직접 담근 겉절이와 수육이라는 걸 알리고 곧장 시장에 있는 정육점으로 갔다. 아무리 개떡같이 요리를 해도 맛있을 수밖에 없는 최상의 돼지고기를 산 후에 마트에 들러서 생수도 샀다. 고기가 든 검은 봉지를 가슴에 품고 설렁설렁 걸어오는데 어디선가 본 듯한 얼굴의 남자와 눈이 마주쳤다.

"어?"

그 자고 싶어 하는 눈치의 남자다. 그런데 그 남자는 나를 못 보고 지나쳤는지 금방 눈을 돌렸다. 아무래도 나만 알아본 것 같다.

"뭐야, 우리 동네 사는 사람이었어?"

동네에서 한 번도 본 적 없고 오픈한 지 그다지 오래되지는 않았지만 경자 다방에도 온 적이 없는 사람이다. 그렇다면 최근에 이사를 왔거나 볼일이 있어서 왔나 보다. 그런데 볼일이 있어서 온 사람치고는 옷차림이 꽤나 편해 보였고, 편의점에서 뭔가를 사서 가는 건지 남자의 손에도 봉지가 들려 있었다.

결혼식장에서는 신랑보다 더 눈에 띌 정도로 멋있었다. 축가를 시작하기 전부터 눈이 가는 사람이었다. 만약 결혼식장에서 같이 놀자는 말 같은 걸 하지 않았다면 조금 전, 먼저 아는 척을 했을 수도 있을 것 같다. 처음으로 남자를 보고 멋있다고 생각했던 사람이다.

"저기 사나?"

밤에 산책을 할 때 종종 살펴보게 될 정도로 고급스런 집으로 그 남자가 들어갔다. 초인종을 누르고 들어간 게 아니고 자연스럽게 대문을 열고 들어간 걸로 보면 아무래도 이 동네, 그것도 저 집에 사는 사람인 게 맞는 것 같다.

"부자였네."

그날의 신랑, 신부도 꽤나 잘사는 집 자제들이라고 했었다. 그러니 어울리는 사람들도 대부분 있는 집 사람들이었겠지. 괜히 김이 빠진다.

"뭐 해?"

귀에 익은 목소리에 힘 빠진 고개를 돌렸다. 벌써 '경자 다방' 문을 닫은 건지 형부가 떡하니 서 있었다.

"고기 사서 가는 중이요."

"이쪽으로?"

그러고 보니 집을 지나쳤다.

"아는 집이야?"

"아니요."

"근데 뭘 그렇게 넋을 놓고 보고 있어?"

"그냥요."

"진짜 언니가 겉절이 했어?"

차마 대답을 할 수가 없어 고개만 끄덕였다. 형부가 절망적인 표정으로 고개를 떨어뜨렸다. 아무리 죽도록 사랑을 해도 음식까지 이겨내기는 힘든가 보다.

"물도 샀어요, 아주 넉넉하게."

"잘했어."

"근데 처음에 안 말리고 뭐 했어?"

"이미 시작해서 말릴 수가 없었어요."

땅이 꺼져라 한숨을 내쉬고 형부는 터덜터덜 집을 향해 걸었다. 도축장에 끌려가는 소처럼 안쓰러워 보인다.

"얼른 가자."

전우애를 다지며 힘차게 발을 내디뎠다. 정성만큼은 누구에게도 뒤지지 않는 언니였다. 그러니 우리도 의리로 맛있게 먹어줘야 했다. 하루의 마무리를 언니의 음식으로 한다는 게 억울하기는 하지만 시작보다는 낫다는 긍정적인 마인드로 마음을 달랬다.

별로 손님이 없는 경자 다방에 단골이 생겼다. 서태인, 어쩌다 보니 남자의 이름까지 알게 됐다. 서태인 씨는 한 번 오더니 이제는 매일같이 드나든다. 그리고 변죽 좋게 번번이 말을 건다. 귀찮기도 하고 괜히 흔들릴 것 같아서 고아라고 말했는데도 물러서질 않는다. 대부분 사람들은 고아라고 하면 무슨 큰 전염병에 걸린 사람이라도 만난 것처럼 화들짝 놀라서 뒷걸음질 치는데, 이 남자는 그러지 않는다.

"나 너한테 관심 있어."

그걸 눈치채지 못할 만큼 아둔하지 않다.

"알아요."

서태인 씨는 살짝 빗물에 젖은 머리칼을 손으로 마구 헝클었다. 조금은 창백해진 얼굴이 묘하게도 섹시하다.

"그래?"

"나는 그쪽한테 관심 없어요."

거짓말이다.

"알아."

대화가 끊겨버렸다. 그런데 수많은 말을 주고받은 것처럼 감정들이 뒤섞였다. 침묵한 채로 우산을 들고 서 있기만 하는 이 남자를 밀어내기가 싫어진다.

"예쁘다."

심장이 툭, 바닥으로 떨어지는 것 같았다.

"알아요."

무심한 척 말했지만 파르르 손끝이 떨렸다. 돌아서지 않으면 진짜 흔들릴 것만 같다. 형부 빼고는 다 짐승이라고 했는데, 이 남자에게 넘어가고 말 것 같다.

"나랑 놀자."

그때와 다를 것 없는 말이었다. 분명 그때와 같은 말인데 가슴이 떨린다. 놀고 싶어진다. 고작 몇 번 놀고 말지도 모르는데, 그 몇 번에 언니처럼 상처를 받을지도 모르는데 그냥 질끈 눈을 감고 싶다. 자신만만한 척 굴지만 어쩐지 슬픈 눈을 하고 있는 이 남자에게서 동질감 같은 게 느껴진다. 분명히 부자이고 잘난 남자일 텐데 이상하게도 기가 죽지는 않는다. 상대를 깔보는 듯한 어쭙잖은 우쭐함이 엿보이지 않아서인지도 모르겠다.

"놀기 싫어요."

질끈 눈을 감는 것과 동시에 마음을 짓눌렀다. 돌아서려는데 서태인 씨가 억지로 내 손에 우산을 들려준다. 비 같은 거 한 번도 안 맞고 귀하게만 자랐을 것 같은 남자가 내게 우산을 넘겨주고 빗속으로 들어갔다.

비가 갑자기 내릴 때면 우산을 들고 학교로 찾아오는 가족이 없다는 게 늘 서글펐다. 물론 비 오는 날 모든 친구들의 가족들이 우산을 갖고 학교로 오지는 않지만 그럼에도 서글펐던 건 조금의 기대도 자신은 할 수가 없기 때문이었다. 가족이 있지만 사정으로 우산을 챙겨올 수 없는 것과 아예 그런 걸 챙겨올 가족이 없다는 건 비교조차 할 수 없는 서글픔이었다. 내가 고아구나, 나한테는 아무도 없구나, 세상에 오롯이 나 혼자구나, 그런 걸 비가 올 때마다 새삼 깨달았다.

그런데 생판 누군지도 모르는 남자가 내게 우산을 양보했다. 매일같이 찾아와서 놀자고, 세뇌하듯 말을 걸고 관심을 보이던 남자가 나 대신 차가운 비를 맞으며 걸어갔다.

그래서 흔들려도 될 것 같다. 아마도 이미 그 전부터, 우산을 양보하기 전부터 흔들리고 있었는지도 모르겠다. 첫눈에 반했다는 걸 인정하기 싫어서 우습지만 흔들릴 만한 무언가를 기다리고 있었던 것도 같다. 그렇다고 온전히 마음이 열린 건 아니다. 켜켜이 쌓아 올린 벽이 흔들렸다고 와르르 무너지지는 않는 법이니까.

며칠 경자 다방을 내게 맡기고 언니랑 노느라 바빴던 사장님이 하루의 휴가를 줬다. 늘어지게 잠을 자고 일어나 늦은 아침을 해서 먹고 동네를 한 바퀴 돌았다. 그러다 저녁이면 혼자 일할 형부가 걱정돼서 또 커피숍으로 출근을 하겠지만 낮에는 충분히 즐겨야겠다 싶어서 오랜만에 집에서 멀리 떨어진 곳에 있는 대형 서점에 들렀다.

비싼 책은 서점 바닥에 엉덩이를 깔고 앉아 초 집중을 해서 읽고, 사고 싶었던 몇 권은 고르고 골라 두 권으로 추려서 큰 마음먹고 샀다. 맛있는 걸 먹을 때만큼이나 책은 살 때마다 참 기분이 좋다.

"한 권만 더 살 걸 그랬나?"

두고 온 책이 눈앞에서 아른거리는 것 같다. 그렇다고 다시 가서 사자니 지갑 사정이 걱정이다. 애써 고개를 저으며 아른거리는 책을 머릿속에서 지웠다. 고개를 빳빳하게 들고 걸음을 내딛는데 낯익은 사람이 눈에 들어왔다.
서태인 씨다.
경자 다방이 아닌 곳에서 만나니까 신기하고 반갑다.
"여기서 뭐 해요?"
고민하지 않고 서태인 씨에게 다가가 아는 척을 했다.
"그러는 너는?"
서태인 씨가 얼굴을 들었다. 뭔지 모르게 수척해진 듯하다.
"백수예요?"
잘 차려입고는 있지만 한참 일해야 할 시간에 빈둥거리고 있는 것 같아 어쩐지 백수처럼 보인다.
"아니."
"근데 왜 이 시간에 놀고 있어요?"
"이 시간에 놀아도 될 정도로 능력 있는 사람이니까."
아무튼 뻔뻔하다.
"여기는 무슨 일이야?"
물어놓고 대답도 하기 전에 서태인 씨가 고개를 끄덕였다. 그의 시선에 내 손을 향해 내려갔다.
"책도 읽어?"
"책도 봐요."
우연히 만나서일까, 괜히 반갑다. 거기다 햇살이 유난히 고운 날이라 경계심이 느슨하게 풀어졌다.
"감기 걸렸어요?"
테이블에 놓인 약봉지가 눈에 들어왔다.
"어, 누구 덕에."

"그게 나는 아닐 거라고 믿어요."

"어째서?"

"자초했잖아요, 그쪽이."

나도 어지간히 뻔뻔하다.

"네가 걸릴 수도 있었던 감기, 내가 대신 걸린 거니까 고마워는 해야지."

"나는 아직 어리고 건강해서 그깟 비 좀 맞았다고 감기 걸리고 그러지는 않아요."

사실 틀린 말은 아니다. 비 오는 걸 좋아하지는 않지만 아무도 없는 밤에 혼자 비를 맞는 건 좋아한다. 그날 나만의 시간을 방해한 건 서태인 씨다.

"지금 나 늙었다고 비꼬는 거야?"

"그렇게 들렸어요?"

"어."

어른 남자, 서태인 씨가 내 눈에는 그렇게 보인다. 놀자고 장난처럼 말하지만 어린애들이 하는 그런 장난으로는 느껴지지 않는다. 이 남자가 놀자고 하는 건 어른으로 놀자고 하는 것 같다.

"너는 나를 몇 살로 알고 있는 건데?"

"서른."

"어떻게 알았어?"

맞혔나 보다. 서태인 씨가 꽤나 놀란 눈으로 나를 봤다.

"그렇게 보여요."

아직 내게는 멀게만 느껴지는 서른이라는 나이. 남자로 보이고 어른으로 보이는 것도 언제나 서른이었다.

"서른으로 보인다고? 내가?"

"네."

"어디가?"

대답 대신에 서태인 씨를 위아래로 훑어 내렸다. 그게 또 못마땅한지 서태인 씨의 눈이 가늘어졌다.

"너 내 뒷조사했지?"

"저 바빠요."

"근데 내 나이를 한 번에 맞췄다고?"

어리게 봐주지 않은 게 섭섭한 건지 화가 난 것처럼 서태인 씨의 눈이 매섭다.

"저녁 사."

"왜요?"

"어쨌든 너 때문에 감기 걸린 거니까."

"저녁 먹고 뭐 할 건데요?"

궁금하다.

"뭐?"

"나랑 뭐 하고 놀고 싶은 건지 궁금해졌어요."

나하고 뭐가 하고 싶은 건지 알고 싶다.

"궁금하면 저녁 사."

다분히 노골적인 대사인데 그게 전혀 거북하지가 않다. 센 척하는데 하나도 세 보이지가 않는다. 위로가 필요할 것 같고 친구가 필요할 것 같다. 그냥 서태인 씨를 보면 짠한 무언가가 느껴진다.

"오늘은 커피 마시지 마요."

나보다 많은 걸 가졌고 나보다 잘난 사람이라는 걸 아는데 마음이 쓰이는 건 왜일까. 왜 볼 때마다 외로운 눈을 하고 있는 걸까. 이것도 어쩌면 자신을 꼬이려는 수작일지 모르는데, 그런데 속아 주고 싶다.

놀이터에서 만나고, 진상 손님을 멋지게 내쫓아주고, 내가 사 온 동네 싸구려 김밥을 같이 먹어주고, 찌개를 끓여 숟가락을 부딪치며 같이 밥을 먹고, 그러면서 서태인이란 남자에게 마음을 열었고 어느새 우리는 연인이 됐다. 그러다 예상했던 대로, 진짜 진부하게도 서태인 씨의 약혼녀라고 주장하는 여자가 나타나 한바탕 소란을 피웠다. 그 일을 전해 들은 언니는 불같이 화를 내면서도 헤어지라는 말은 하지 않았다.

"짝사랑 아닌데 같이 싸워야지."

"싸워?"

"내가 지금도 형부한테 제일 미안한 게 뭔 줄 알아?"

언니의 진지한 모습이 낯설면서도 어색하다.

"뭔데?"

"그때 같이 싸워주지 않고 혼자 도망친 거."

형부의 어머니가 두 사람 사이를 반대했을 때, 언니는 1년이란 시간을 도망쳤다가 돌아왔었다. 그 시간이 얼마나 힘들었을지는 묻지 않아도 알 수 있었다. 그때, 빛나던 언니의 눈동자가 잿빛으로 변해 있었다. 웃고 있었지만 눈은 울고 있는 것처럼 슬펐다. 그 모습이 너무 가슴 아프고 화가 나서 화장실에 숨어서 몸을 부서져라 떨며 운 적도 있었다.

"분명 나도 네 형부 사랑했는데, 같이 싸울 생각은 안 하고 혼자 살겠다고 도망쳤던 게 지금도 후회스럽고 미안해. 그 사람 혼자 짝사랑한 걸로 만들었던 거잖아."

"그러네."

"그러니까 그 사람 좋으면, 나처럼 도망치지 말고 같이 싸워."

"도망칠 생각 없어."

한 번도 그런 생각은 해본 적이 없었다. 마음을 연다는 게 나로서는 쉬운 일이 아니었다. 무수히 많은 사람에게 상처를 받았고 새살이 돋고 흉이 지면서 내 마음은 더 단단해졌었다. 그 무엇에도 상처받지 않을 수 있다는 자신감이 없었다면, 내 마음에 대한 확신이 없었다면 결코 서태인 씨를 받아들이지 않았을 거다. 그러니까 언니처럼 서태인 씨를 두고 도망칠 생각 따위는 하지 않는다.

"장하다, 내 동생."

언니가 뿌듯한 표정을 지으며 내 머리를 쓰다듬었다.

"그래도 막 당하고 그러진 마. 그건 내가 못 참으니까."

"어."

나에게도 가족이 있다는 걸, 내가 혼자가 아니라는 걸 알고 있다. 그래서 세상 겁날 게 없다.

-Rrrrrrrr.

하루에도 몇 번씩 울리는 휴대폰이 이제는 제법 익숙해졌다. 그리고 서태인이란 이름이 뜨면 저절로 입술이 길게 올라간다.

"네."

-뭐 해?

"언니랑 놀아요. 안 바빠요?"

-바빠.

"근데 왜 전화했어요? 내 목소리 듣고 싶어서?"

어울리지 않는 내 애교에 적응이 안 되는지 언니는 온몸을 부르르 떨며 자리를 박차고 일어났다. 그러거나 말거나 난 하던 대로 꿀이 뚝뚝 떨어지는 목소리로 내 남자와 통화를 이어갔다.

-보고 싶어 죽겠다.

"나도."

나 자신이 많이 어둡고 지루한 사람인 줄 알았다. 세상에 딱히 재미있는 일이 없었다. 크게 웃을 일도 없었고 그렇다고 지나치게 눈물이 많지도 않았다. 코미디 영화를 봐도 시시했고 눈물, 콧물 쏙 빠지게 슬픈 영화를 봐도 감정이 극에 달하지 않았다. 그런데 서태인 씨를 만나고 달라졌다. 이 사람과 있으면 웃을 일이 많았다.

-먹고 싶은 거 없어?

맛있는 거 사주는 사람이 좋다는 내 말에 이 사람은 매일 맛있는 걸 사주려고 난리다. 그 마음이 또 순수하고 귀여워서 배시시 웃음이 새어 나온다.

"고기."

요즘 일 때문에 얼굴이 핼쑥한 서태인 씨를 위해 아무래도 고기를 먹어야 할 것 같다.

-그래, 고기 먹자.

"일찍 와요?"

-일찍 가도록 할게.

"기다릴게요."

-어.

나만큼이나 외로웠던 남자. 어쩌면 나보다 더 사람이 고팠을 남

자. 이 남자를 행복하게 해주고 싶다. 내게 우산을 씌워줬던 것처럼 이 사람에게 우산이 돼주고 싶다. 비도 막아주고 바람도 막아주고 오로지 따사로운 햇살만 받을 수 있도록 해주고 싶다. 이 남자 앞에서는 내가 마치 부자인 것 같은 착각이 든다. 내가 더 행복한 것 같고, 내가 더 많이 가진 것 같다. 나도 무언가를 나눠줄 수 있는 그런 사람이 되고 싶다.

몇 달 후, 서태인 씨의 큰어머니가 경자 다방을 찾아오셨다. 역시나 다른 분들처럼 예고 없는 방문에 당황스러웠지만 크게 내색하지는 않았다. 이것도 몇 번 겪으니까 익숙해지는 것 같다.

"잠깐 차에서 얘기 좀 할까요?"

"네."

형부에게 카운터를 맡기고 큰어머니를 따라 커피숍을 나왔다. 안이 들여다보이지 않을 정도로 검게 선팅이 된 고급 승용차가 커피숍 바로 앞에 주차돼 있었다.

"내가 찾아올 줄 알았어요?"

"아니요."

그럴 수도 있겠다는 짐작은 했지만 진짜 오실지는 몰랐다.

"그래도 놀라지는 않는 것 같군요."

"네."

세상에 놀랄 일이 얼마나 많은데 겨우 약속 없이 찾아오는 사람을 보고 심장이 멎게 놀랄까.

"태인이가 뭐라고 얘기했을지 궁금하군요."

"그냥 큰어머니 되신다고만 말했습니다."

지난번에도 느꼈지만 확실히 서태인 씨의 어머니와는 분위기가 사뭇 다르다. 훨씬 우아하고 차분하시지만 어딘지 모르게 더 위압적이다.

"내가 무서운 사람이라는 말은 안 하던가요?"

웃으면서 하는 말치고는 살벌하다.

"네."

돌아가며 가족이 찾아왔지만 서태인 씨는 한 번도 그 가족에 대해 안 좋은 말을 한 적이 없었다. 그리고 나도 묻지 않았다. 무섭고 이기적이고 욕심 많은 사람들 틈에서 참 많이도 외로웠겠구나, 그저 혼자 짐작을 할 뿐이었다.

그래서 서태인 씨의 가족들이 다녀간 날이면 그를 더 다정하게 안아줬다. 한 번 더 안아주고, 한 번 더 손을 잡아줬다. 그런 위로밖에 해줄 수 없는 게 미안했지만 그래도 내가 할 수 있는 진심은 다 하려고 애썼다.

"결혼까지 할 생각인지 알고 싶어서 왔어요."

어떤 대답을 원하는지 몰라 선뜻 대답이 나오지 않는다.

"나는 되도록 두 사람이 천천히 결혼했으면 좋겠어요."

일단은 우리의 만남을, 아니 결혼을 유일하게 허락한 분이다. 그런데 이걸 반겨야 할지는 모르겠다.

"이유를 물어도 될까요?"

"아니, 그건 안 묻는 게 좋을 거예요."

미소를 거둔 큰어머니는 얼음처럼 차갑다. 감정을 다 드러내는 서태인 씨의 어머니보다 큰어머니가 몇 배는 더 무서운 분이라는 내 짐작이 틀리지 않았다.

"그럼 저도 죄송한 말씀을 드려야 할 것 같습니다. 서태인 씨랑 결혼, 하고 싶습니다. 그런데 늦게 하라고 하셔서 그렇게 할 마음은 없습니다."

"들은 대로 맹랑한 아가씨네요."

버럭 화를 내는 사람보다 웃으며 조곤조곤 말하는 사람이 더 무섭다고, 언젠가 언니가 그랬었는데 그 말이 맞는 것 같다. 큰어머니란 분은 속을 드러내지 않는, 대화를 하는 것 같지만 당신이 하고자 하는 말만 하는 사람이다.

언젠가 서태인 씨가 차라리 고아인 게 낫겠다고 했던 말이 떠오른다. 그리고 그 말을 이해할 것도 같다. 큰어머니를 두고 한 말은 아니었던 것 같지만 앞으로는 그를 힘들게 하는 사람 중 이분도 포함이 될 것 같다.

"아가씨는 그냥 내가 시키는 대로 네, 알겠습니다, 하면 돼요."

"왜 그래야 하죠?"

"그래야 태인이가 안 다치니까."

큰어머니는 검은 핸드백에서 순백의 하얀 손수건을 꺼내 아무것도 묻지 않은 깨끗한 이마를 꾹꾹 눌러 닦았다.

"결혼하는 걸 막지는 않을 테니까 적어도 3년 동안은 지금처럼 연애만 하는 걸로 해요."

사람을 앞에 놓고 웃으며 협박하는 사람, 참 무서운 분이다.

"서태인 씨랑 얘기해보겠습니다."

그 사람에게 오늘 일에 대해 얘기할 마음은 없다. 분명 마음을 다칠 테니까.

"생각보다 똑똑하지는 않은 아가씨네."

큰어머니란 분의 반응이 궁금해서였다. 본심이 무엇인지 알 수 있을까 싶어 슬쩍 건드려본 거였다.

"회장님 생신 이후로 우리는 만난 적이 없는 거예요. 그리고 오늘 내가 한 말은 아가씨 혼자 들은 걸로 해요."

"죄송합니다."

"죄송합니다?"

"결혼은 하고 싶어지면 언제라도 할 겁니다. 그리고 서태인 씨 다치게 안 할 겁니다. 제 남자 건드리지 마세요."

훗, 얼어붙을 것 같은 시린 비웃음에도 전혀 겁이 나지 않는다. 무서운 사람이지만 겁먹을 정도는 아니다. 아직 진짜로 뭔가를 한 건 아니니까 공연히 두려움에 떨 필요는 없다.

"제가 아무리 까불어도 하고 싶으신 대로 하실 거 압니다. 그런데 제가 아무리 말을 잘 들어도 또 하고 싶으신 대로 하실 거라는 것도 압니다. 그게 서태인 씨를 위한 건 아니라는 것도요. 그래서 저도 그냥 제가 하고 싶은 대로 하겠습니다."

오랜 세월 사람들에게 거부당하고 치이다 보면 내성이라는 게 생긴다. 그래서 당장 고통스럽지 않은 일에는 겁을 먹지 않는다. 막상 죽을 것 같은 통증에 몸부림을 치다 보면 덜컥 겁이 나고 괜히 까불었구나, 후회를 하겠지만 어쨌든 지금은 아니다.

"그럼 안녕히 가세요."

나름대로 정중히 인사를 하고 차에서 내렸다. 잠시 후, 고요함을 남기고 차는 골목을 내달려 시야에서 사라졌다.

큰어머니가 다녀간 후로도 우리는 별다를 것 없는 일상을 보냈다. 서태인 씨는 회사 일로 바빴고 나는 공부를 하느라 정신이 없었다. 그래도 우리는 틈틈이 데이트를 하며 서로에게 휴식이 돼줬다.

"나 시험 끝나면 선물 줄게요."

"내가 주는 게 아니고 나한테 준다고?"

"기대해요."

"뭔데?"

사사삭, 주변을 황급히 돌아보고 그에게 속삭였다.

"나."

놀랐는지 서태인 씨가 확인하듯 한 번 더 물었다.

"뭐? 뭐를 준다고?"

"나를 준다고요."

그래야겠다고 작정을 해서 한 말은 아니었다. 그냥 오늘 불현듯 그러고 싶다는 생각이 들어서였다. 나를 위해서 얼마나 참고 있는지 알고 있어서, 그게 고맙고 고마워서 불쑥 말해버렸다.

"약속한 거다?"

사실은 나도 우리의 첫날밤을 손꼽아 기다렸다. 여자로 서태인 씨에게 안기고 싶어졌다. 단순히 좋아해서가 아니라 사랑하기 때문이었다. 마냥 어린 여자로 남기 싫어졌다. 어엿한 어른 여자가 되고 싶어졌다. 손을 잡고 가슴 따뜻하게 안아줄 때면 손끝이 저릿저릿해진다. 그 생경한 느낌에 얼굴이 화르르 붉어지고, 그러면 또 서태인 씨를 안고 싶어진다. 내가 느끼는 것들을 서태인 씨는 더 일찍부터 느꼈을 게 분명하다. 그러니 얼마나 이를 악물고 참아내는 걸까.

"얼마나 남았지?"
"날짜 세려고요?"
"당연하지."
정말 좋은지 서태인 씨의 입꼬리가 씰룩씰룩 춤을 춘다.
"나 시험 잘 보면 선물 하나 더 있어요."
"하나 더?"
"결혼."
이건 즉흥적인 생각은 아니다. 서태인 씨의 큰어머니가 다녀간 후로 생각이 많았던 게 사실이다. 보란 듯이 엇나가고 싶었다. 그다지 우호적이지 않은 큰어머니가 우리의 결혼을 미뤘으면 하는 데에는 그만한 이유가 있을 거다. 그건 반드시 큰어머니에게는 유리하고 서태인 씨에게는 불리한 이유일 게 분명했다.
그렇다면 반대로 큰어머니 뜻과는 다르게 결혼을 미룰 필요가 없을 것 같다는 생각이 들었다. 물론 큰어머니 때문에 결혼에 대해 생각한 건 아니었다. 그보다는 내 마음이, 그리고 서태인 씨 마음이 간절하다는 걸 알기 때문이었다. 같이 있고 싶고 진짜 가족으로 함께하고 싶은 건 우리 둘 다 같으니까. 그렇게 완벽한 하나가 돼서 서로를 지켜주고 싶은 마음도 똑같을 테니까.
"진짜?"
"긍정적으로 생각해볼게요."
"가자."
갑자기 서태인 씨가 식당과는 반대 방향으로 손을 잡아끌었다.
"어디를요?"
"공부하러. 아니다, 공부하려면 든든히 먹어야 하니까 일단 먹자."

"못 말려, 정말."

하나의 몸처럼 우리는 발을 맞춰서 걷기 시작했다.

"좋다."

"내가요?"

"어, 윤강희가."

"나도 좋다."

"내가?"

"서태인 씨가 너무 좋다."

이 사람과 함께라면 뭐든지 할 수 있을 것 같다. 이 남자라면 나를 절대 외롭지 않게 할 것 같다. 이 남자라면 내가 평생을 사랑해도 아깝지 않을 것 같다. 이 사람의 여자로 산다면 하루하루가 행복할 것 같다.

회사 일에 대해서 좀처럼 얘기하지 않는 서태인 씨가 요즘은 툭 던지듯 하나씩 꺼내놓기 시작한다. 아마도 내게 어떤 마음의 준비를 하라는 뜻인 것 같아서 그의 말을 허투루 듣지 않고 있었다. 그리고 식구들에게 인사를 시킨 후로 개인적인 얘기도 종종 해준다.

누나들이 서태인 씨에 대해 어떻게 생각하는지, 어머니가 얼마나 서태인 씨를 힘들게 했는지, 아버지는 또 아버지로서 얼마나 무신경했는지.

그의 말을 들을 때마다 가슴이 참 많이도 쓰리다. 어릴 때는 엄마, 아빠 있는 친구들이 최고로 행복한 건 줄 알았고 좀 더 커서는 돈 많은 집 친구들이 제일인 줄 알았다. 부모님도 있고 돈도 있는 서태인 씨를 보면서 그게 최고는 아니라는 걸 실감했다. 많이 가졌지만 아무것도 갖지 못한 나보다 더 불행했을 그가 나를 아프게 한다.

"아직도 붙어 다니는 거야?"

지금처럼 불시에 아들의 집에 들이닥쳐서는 아무 말이나 하는 어머니를 마주할 때면 서태인 씨는 세상에서 제일 불행한 것 같은 얼굴을 한다.

"안녕하셨어요?"

넙죽 허리를 굽혀 인사하는 나를 서태인 씨 어머니가 질색하며 흘겨본다.

"이제 아예 제집처럼 드나드네. 이래서 없는 것들은 상대해주면 안 되는 거라니까."

어른이고, 사랑하는 사람의 어머니니까 이런 생각도 하는 건 예의가 아니지만, 그래도 참 생각이라는 걸 하지 않고 말을 뱉으신다.

"술 드셨어요?"

"뭐?"

"술 드신 것도 아닌데 누가 반긴다고 여기를 오세요?"

서태인 씨도 많이 지쳤는지 감정의 기복 없이 말한다. 사소하게 놀라지 않고, 웬만해서는 노여움을 타지 않고, 누구에게도 기죽지 않는 우리는 참 천생연분이다. 나만큼이나 서태인 씨도 싸가지는 없는 것 같다.

"내 아들 집에 내가 오겠다는데 누구 허락을 받아야 하니? 설마 저딴 애 눈치라도 보라는 거야?"

"네, 보세요."

"뭐?"

"강희 눈치 보시라고요."

아무래도 자리를 피해야 할 것 같다. 슬그머니 걸음을 떼는데 서태인 씨가 팔목을 잡는다.

"금방 가실 거야, 있어."

"가긴 누가 가?"

"가세요."

가지 말라고 해서 서태인 씨 옆에 꼭 붙어 있었더니 서태인 씨 어머니의 눈이 더 살벌하게 번뜩인다. 그래도 뭐 무섭지는 않다.

"할 말 있어서 온 거니까 보내."

"하세요."

"보내라고."

"하시라고요."

서태인 씨는 보란 듯이 내 손목을 잡고 짜증 섞인 얼굴을 했다. 무섭지는 않지만 두 사람 사이를 가로막고 있는 게 불편하기는 하다.

"나 갈게요."

"왜?"

"별로 안 있고 싶어."

"그래?"

고개를 끄덕이자 서태인 씨가 손목을 놔준다.

"금방 갈게, 집에 가 있어."

"알았어요."

서태인 씨 어머니에게 다시금 인사를 하고 집에서 나왔다. 팔을 머리 위로 들어 기지개를 켰다. 나른하니 몸이 무겁다. 잠깐이라도 졸고 싶어졌다.

잠깐 졸기만 하려고 한 건데 깊이 잠들어버렸다. 그사이 서태인 씨한테서 세 통의 부재중 전화가 와 있었다. 정신없이 일어나서 통화 버튼부터 눌렀다.

"나 깜박 잤어요."

-그런 것 같더라.

"어디예요?"

-빌라 앞.

"기다렸어요?"

-어.

"언제 일어날 줄 알고?"

-나 보고 싶으면 일어나겠지 하고 기다렸어.

통화를 하면서 계단을 뛰어 내려갔다. 어제도 봤고, 아까도 봤고, 매일 보는데 또 보고 싶다. 밑에 있다고 하니까 심장이 막 두근거린다. 좋아 죽겠다. 점점 더 이 남자가 좋아진다.

"넘어지겠다, 뛰지 마."

한결같은 모습의 내 남자다. 장난스럽게 다가왔지만 어느덧 진지해졌고 한껏 어깨를 세우고 으스댔지만 누구보다 열심히 살아가고 있는 내 남자. 그가 얼마나 진심인지, 내게 얼마나 최선을 다하고 있는지 잘 안다. 친절하지도 않고, 애교가 많지도 않고, 가진 것도 쥐뿔 없는 나지만 내게 예쁘다고 말해주는 내 남자.

"어머니는 가셨어요?"

"어."

그러고 보니 아까보다 얼굴빛이 어둡다.

"하늘 예쁘다."

그 말에 서태인 씨는 가만히 내 손을 그러쥐고 걸음을 내디딘다. 그와는 무슨 일이 있었느냐고 서로 별로 묻지 않는 편이다. 굳이 말하고 싶지 않은 것에 대해 알려고 하면 나 역시 불편해지기 때문이다. 하지만 간혹 알아봐주길 바라는 간절함 같은 게 눈빛에서 묻어날 때가 있다. 그럴 때는 지금처럼 손을 잡고 숨을 고를 수 있는 시간을 주면 된다. 그것만으로도 단단히 잠겼던 마음은 스르르 풀린다. 길게 살지는 않았지만 내가 아끼고 좋아하는 사람에게 늘 그렇게 위로 섞인 배려를 해왔다.

"좀 멀리 출장을 가야 할 것 같아."

"어디로?"

"중국."

"멀리는 안 가네."

"매일 볼 수 없으니까 먼 거지."

하긴 그렇긴 하다.

"그리고 좀 길어."

묵직한 숨이 목구멍이 걸려 내려가지를 않는다. 대수롭지 않은 듯 듣고 있지만 아무렇지 않을 수만은 없다.

"얼마나요?"

"두 달."

"진짜 길다."

걸렸던 한숨이 툭 입 밖으로 빠져나왔다.

"같이 갈래?"

"아니요."

"카페 때문에?"

"나도 나름대로 바쁜 사람이에요. 그리고 애인 출장이나 따라갈 정도로 한심하지도 않고."

그건 서태인 씨가 애인이 아니라 남편이라고 해도 그럴 것 같다. 많은 것을 받고 있지만 여전히 서태인 씨에게 무언가를 받을 때마다 어색하고 마냥 편하지가 않다. 그런데 일하러 가는 그를 따라간다니, 그건 진짜 불편할 것 같다.

"따라가면 한심한 건가?"

"기특한 일은 아니죠."

수긍한 듯 서태인 씨는 더 이상 보채지 않고 고개를 끄덕였다. 갑작스럽게 출장 얘기를 꺼내는 거 보니 아무래도 아까 다녀가신 어머니와 관련된 일인가 보다.

"출장 다녀오면 지금보다 더 바빠질지도 몰라."

네, 라고 짧게 대답했다. 일에 관해서는 나설 수가 없는 게 사실이다.

"큰어머니가 많이 언짢으신가 봐."

"내가?"

"아니, 내가."

내가 모르는 안 좋은 일이 그사이에 또 있었던 것 같다. 서태인 씨는 언제쯤이면 편안해질 수 있을까. 그동안 내가 바랐던 보통의 사람들 삶은 이런 게 아니었다. 든든한 부모님의 보호 아래 하고 싶은 일을 마음껏 하면서 안락하게 사는 거였다. 대부분이 그렇게 산다고 믿었기에 때로는 내 삶이 퍽퍽하게 느껴지고 그들의 삶이 부럽기도 한 거였다. 서태인 씨도 그 보통이라는 범주 안에서 크게 떨어져 있기는 하지만 그래도 나보다는 조건이 좋은 사람인 줄 알았다. 그래서 처음엔 그를 멀리하려고 했던 것도 사실이었다.

"앉자."

이제는 우리의 지정석이 된 놀이터 벤치에 나란히 엉덩이를 붙이고 앉았다.

"혹시라도 큰어머니가 너 찾아오면……."

"오셨었어요."

"언제?"

놀란 듯 서태인 씨의 얼굴이 굳어졌다. 미간에 생긴 주름을 손가락으로 꾹 눌러 반듯하게 펴주고 괜찮다는 뜻으로 배시시 웃어줬다.

"언제 오셨었느냐고. 오셔서 뭐라고 하셨는데? 그걸 왜 지금까지 말 안 했어? 대체 무슨 생각으로 숨긴 거야?"

"숨 안 차요?"

"말해."

"며칠 됐고, 오셔서는 결혼은 해도 좋다고, 대신 천천히 2년이었나 3년이었나, 아무튼 늦게 하라고."

"뭐?"

"그게 다예요."

"그래서 뭐라고 했어?"

"싫다고 했어요. 결혼 하고 싶을 때 할 거라고 했어요. 말 안 들을 거라고."

겨우 서태인 씨의 얼굴에서 화가 빠져나갔다. 이 사람을 그토록

화나게 하는 사람이 가족들이라는 것을 나는 도무지 이해할 수가 없다. 그렇다고 내가 끼어들 수 있는 일이 아니라서 속으로만 서태인 씨를 대신해 화를 낼 뿐이다.

"잘했어."

"잘못한 거 아니고?"

"말 듣겠다고 했으면 나한테 혼났을 거야."

"그럼 잘한 거 맞네."

"다음에 또 찾아오시면 바로 연락해."

"알았어요."

언니는 우리의 연애가 어떻게 진행되고 있는지 참 많이도 궁금해했다. 은연중에 옆구리를 찌르며 진도를 어디까지 뺐느냐고 묻거나 그쪽 집에서 별말은 없었느냐고 대놓고 묻는 편이다. 언니 자신이 힘들게 결혼을 해서인지 나도 같은 일을 겪는 게 아닐까 전전긍긍하는 것도 같다.

한 번에 터지는 것보다는 내성을 쌓는 게 덜 힘들 것 같아서 물을 때마다 비교적 거짓 없이 털어놓고는 한다. 그럴 때마다 언니는 서태인 씨도 참 더럽게 힘든 인생 산다며 혀를 찬다. 그리고 어쩌면 내가 언니보다 더 고단하게 결혼에 골인할 것도 같다고 땅이 꺼져라 한숨을 내쉰다.

"근데 정말 나 때문에 언짢아지신 거 아니에요?"

"그럴 수도."

"서태인 씨한테 불똥 튀었어요?"

"조금은."

"치사하시네."

"너 안 건드리셨으니까 나로서는 치사하다고 할 수는 없지."

"나 건드렸으면?"

"꿈틀대는 걸로 안 끝나지."

"서태인 씨 꿈틀댔어요?"

"어."

밑창이 얇은 하얀색의 운동화를 신은 서태인 씨의 발이 왠지 작아 보인다.

"자꾸 밟아서 가만히 있을 수가 없겠더라고."

"누가 감히 내 남자를 밟았대?"

옆구리에 손을 대고 씩씩거리며 화난 척을 했다. 그 바람에 서태인 씨가 피식, 웃음을 터트렸다. 서태인 씨가 그랬던 것처럼 요즘은 나도 제법 그를 웃기려고 애쓴다. 처음이 어렵지, 몇 번 하니까 이제 낯이 뜨거워지지도 않는다. 연애를 하고 사랑을 한다는 건 세상으로부터, 혹은 사랑하는 사람에게 점점 더 뻔뻔해지는 일인 것도 같다.

"아, 좋다."

서태인 씨가 내 무릎을 베고 누웠다. 파란 하늘을 올려다보면서 서태인 씨는 지그시 눈을 감았다. 그의 얼굴 위로 햇살이 살포시 내려앉는다. 손을 들어 그림자를 만들어줬다.

"어머니가 굽히지 않는 걸 더는 못 참으시겠나 봐."

평온한 얼굴로 서태인 씨가 하나둘, 말을 꺼내놓기 시작했다.

"나 같아도 우리 어머니, 참고 봐주기 힘들긴 했을 거야. 그래도 지금까지 내색하지 않고 참으셨으니까 큰어머니도 할 만큼은 하셨어."

같은 여자로서 서태인 씨의 큰어머니가 존경스럽다는 생각이 든 적이 있었다. 그리고 마찬가지로 같은 여자로서 서태인 씨의 어머니가 안쓰럽기도 했었다. 하지만 결론은 그럼에도 나는 두 분을 이해할 수도, 이해하고 싶지도 않다는 거였다. 각자 선택한 삶을 살았던 거고, 앞으로도 그렇게 살 테니까 그 누구를 탓하거나 원망하지 말고 선택한 인생에 책임을 다하며 살면 되는 거다.

억울하기도 할 테고 분하기도 하겠지. 그래서 자꾸만 당신들의 억울함을 서태인 씨에게 쏟아내는 거겠지. 어째서 그걸 서태인 씨에게 푸는 건지, 왜 서태인 씨만이 당해야 하는 건지 어른들의 부당함에 슬그머니 화가 난다.

"거기다 내가 쥐 죽은 듯이 납작 엎드려 있어서 그나마 버티신 건데 나까지 꿈틀대니까 더는 참기 싫어지신 거고."

간간이 불어오는 바람에 서태인 씨의 머리칼이 반듯한 이마를 어지럽혔다. 손으로 그걸 보드랍게 쓸어주면서 서태인 씨의 말에 귀 기울였다.

"한 번은 꿈틀대고 싶었어."

"잘했어요."

"속물 같지 않아?"

"속물 아닌 사람도 있어요?"

"그런가?"

"원하는 바가 다를 뿐이지 욕심 없는 사람은 없어요. 욕심이나 속물이나 거기서 거기예요."

내 대답이 마음에 들었는지 서태인 씨가 손을 뻗어 내 목덜미를 스윽 잡아당겼다. 그러고는 쪽, 소리가 나게 입을 맞췄다.

"다른 사람 입장에서는 나도 속물로 보일 거예요. 돈 많고 잘생긴 서태인 씨 꼬셨으니까."

"당당하게 말해, 내가 죽어라 쫓아다닌 거라고."

"그러고 있어요."

살며시 눈을 뜬 서태인 씨가 흡족한 눈빛으로 나를 올려다봤다. 다시 눈을 감고 그는 긴 팔을 아래로 늘어뜨렸다.

"좋다."

"졸려요?"

"아니."

"배 안 고파요?"

"고파."

"자장면 먹을래요?"

"여기서?"

"아니, 다방에서."

"10분만 더 누워 있다가 가자."

"오늘은 탕수육도 사줄게요."

"사준다고?"

"멀리 출장 가는 애인을 위해서 특별히 사는 거예요. 든든히 먹고 조심히 다녀오라고."

"아, 가기 싫다."

"아, 보내기 싫다."

그림자를 만들어주던 내 손을 서태인 씨가 가져가 가슴 위에 올려놓았다. 규칙적으로 뛰는 그의 심장을 느끼면서 벤치에 기댔다.

이렇게 같이 있을 때면 세상은 평화롭기만 하다. 아픈 것도, 힘든 것도, 버거운 것도 없이 그저 행복하기만 한 것 같다. 그래서 서태인 씨와 결혼을 하고 싶어졌다. 하루의 절반이라도 나를 위해서, 그리고 서태인 씨를 위해서 온전한 안정 속에서 고른 숨을 쉬기 위한 결정이었다. 이제는 나만 생각하는 이기적인 삶이 아니라 서태인 씨까지 생각하는 우리의 삶이 됐으니까.

서태인 씨가 중국으로 출장을 떠나고 곧바로 그의 회사는 시끄러워졌다. 큰 회사가 아니라 뉴스나 신문에 자주 소식이 올라오지는 않았지만 형부로부터 이런저런 얘기들을 전해 듣고 있자니 내 딴에는 꽤나 그렇게 느껴졌다.

풀어놓으면 복잡한 얘기겠지만 결론은 아들인 서태인 씨를 제쳐두고 차기 후계자로 상무이자 첫째 딸린 서현아가 거론되고 있다는 거였다. 회사 내에 서현아를 지지하는 이사진들의 움직임이 본격화되면서 지금껏 조용히 내조에만 힘쓰던 서태인 씨의 큰어머니 김차희 여사가 슬슬 딸에게 힘을 실어주기 시작했다는 소식도 함께였다. 이렇다 할 능력을 보여주지 못한 아들은 현재 경영에서 물러나 중국으로 쫓겨났다는 소문까지도 함께 돌기 시작했다는 게 형부가 전해준 시끄러운 소식의 전부였다.

"걱정돼?"

"아니요."

"진짜 쫓겨날 수도 있다는데?"

"그럼 뭐 같이 떡볶이 장사 하죠."

"역시 윤강희는 세."

헤헤, 웃어주며 마른행주질을 계속 했다. 걱정되기보다는 안쓰러웠다. 그깟 회사 물려받는 일이 얼마나 대단한지 몰라도 등을 돌린 가족들을 서태인 씨가 어떤 마음으로 바라보고 있을지 생각하면 속이 쓰라리다.

"내가 특별히 앞에서 포장마차 할 수 있게 허락할 테니까 언제든지 해."

"설마 진심으로 하는 말은 아니죠?"

"진심 아니었어?"

"저 공부하는 여자예요."

"그래서?"

"포장마차보다는 더 큰 물에서 놀아야죠."

"어쭈?"

"여기 넘기실래요?"

"어디, 경자 다방?"

"네."

"이래 봬도 권리금 많이 줘야 해."

"손님 없는 거 사장님보다 제가 더 잘 아는 거 모르세요?"

"그런가?"

"이대로 장사하다가는 내 조카 굶길 수도 있다고요. 내일부터 놀 생각 하지 말고 제시간에 출근하고 제시간에 퇴근하세요."

"그게 지금 알바가 사장한테 할 소리야?"

"사장님이라서 안 잘리고 지금까지 일하게 해드리는 거라고요."

"아, 고마워."

시답지 않은 농담을 주고받는 사이, 오늘의 첫 손님이 들어왔다. 커피를 내리고 서빙을 하고, 오늘도 어제와 다를 바 없는 하루가 시작됐다.

유난히 손님이 많았던 날이었다. 사장님이 자리를 비우지 않은 탓인지 빈 테이블 없이 제법 매출이 좋았다. 어제보다 한 시간이나 늦은 마감을 하면서 우리는 절로 흥이 났다.

"네 조카 굶지는 않겠다."

"오늘처럼만 되면요."

"열심히 할게, 자르지 마."

"하는 거 봐서요."

"근데 서태인 씨는 진짜 두 달 채우고 오는 거야?"

"일하러 갔으니까 일이 끝나면 오겠죠."

"안 보고 싶어?"

"보고 싶어요, 미치게."

"뻔뻔하기는."

"그러게 왜 물어요."

마지막 하나 남은 찻잔을 마른행주로 닦아 제자리에 놓아두고 뭉친 어깨를 풀기 위해 크게 기지개를 켰다.

"보고 싶으면 가."

"어디를?"

"중국."

짐짓 형부의 표정이 진지하다.

"표 끊어줄게, 다녀와."

"됐어요."

"오늘 커피 판 걸로 그 정도는 사줄 수 있어."

"참을 거예요."
"미치게 보고 싶다며."
"그래도 참을 거예요. 시시한 여자 되기 싫어요."
"솔직히 미치게는 아니지?"
차마 아니라고 대답을 못 하겠다. 미치는 게 어떤 건지 모르는 것도 있고 아직은 참을 만하기도 하다. 매일 목소리를 듣고 있고 이제 한 달밖에 안 남았구나 생각하면 나름 괜찮기도 하다. 새벽까지 공부를 하다 보면 잠깐이지만 생각이 덜 나는 것도 사실이다.
"아무튼 독해."
"이성적인 거죠."
"그래, 잘났다."
"잘났죠, 누가 반한 여잔데."
"어?"
서태인 씨다.
"어떻게 된 거예요?"
동그랗게 커진 눈으로 쳐다만 보고 있는 나를 향해 서태인 씨가 두 팔을 벌렸다. 그제야 그에게 달려가 안겼다.
"누가 보면 일 년 만에 보는 줄 알겠다."
등 뒤로 형부의 비웃음이 들렸지만 우리는 아랑곳하지 않고 서로의 체온을 느끼느라 바빴다.
"잘 있었어?"
"잘 있었어요?"
"보고 싶어 죽는 줄 알았어."
"보고 싶었어요."

"죽을 정도는 아니고?"

"딱 그럴 뻔했는데 왔네요."

"둘이 영화를 찍어라. 더 구경하고 싶지만 눈이 시려서 못 보겠다. 불청객은 이만 사라질 테니까 신경 쓰지 말고 하던 거 계속해요."

형부가 카페를 나가고도 우리는 한참이나 떨어질 줄 몰랐다.

"얼굴 좀 보자."

가만히 내 얼굴을 두 손으로 감싸고 서태인 씨는 몇 번이나 입을 맞췄다.

"설마 나 보고 싶어서 일 팽개치고 온 건 아니죠?"

"맞는데?"

"잘했어요."

킥킥, 웃으며 서태인 씨의 어깨를 두드려줬다.

"이제 살겠다."

막상 얼굴을 보니까 볼 수 없을 때보다 미치게 그립다. 처음 느껴보는 낯선 감정에 어리둥절하다. 어떻게 보고 있는데 그리울 수 있는 걸까.

"말랐다."

"넌 더 예뻐졌다."

"난 늘 예뻐요."

아프지 않게 볼을 꼬집으며 서태인 씨가 웃었다. 많이 그립긴 했나 보다. 지금처럼 웃어주는 것도, 지금처럼 바라봐주는 것도, 지금처럼 킁킁 살 냄새를 맡는 것도 다 그리웠었다.

"다시 안 가도 돼요?"

"어."
"잘 된 거죠?"
"어, 다시는 안 가게 다 팔아버리고 왔어."
"그래도 돼요?"
"어."
뭔지 모르지만 서태인 씨의 얼굴이 밝다. 기운이 넘치는 것 같기도 하고 눈에 생기가 엿보이는 것 같기도 하다. 그러면 됐다. 그가 좋으면 나도 좋으니까.
"다음 달에 하자."
"뭘?"
"결혼."
"어?"
"기다린다고 했는데 안 되겠어. 결혼하고 시험 보고 대학도 가고 그러자."
"갑자기 왜 이래요?"
"한 달 떨어져 있어 보니까 안 되겠더라. 나 너 없으면 못 살아. 빈말이 아니고 진짜 그래. 지방도 안 되고 유학도 안 돼. 학원도 다니고 실력 좋은 여자 과외 선생님도 붙여줄 테니까 무조건 서울에 있는 대학으로 가. 그리고 내가 아침마다 운전해서 태워다줄 테니까 편하게 대학 다녀."
"거기 가서 그 계획 세우고 왔어요?"
"어."
"설마 내가 네, 그럴게요, 할 거란 기대를 하면서?"
"아니."

"밥 먹었어요?"

"여기 뒷마당에서 하겠다고 하면 은 사장이 싫어하려나?"

"어?"

"우리 결혼식."

"그 얘긴 끝난 건 아니었어요?"

"소박하게 하자. 호텔에서 하는 거 너 싫다고 할 거잖아. 그렇다고 식을 안 올릴 수는 없으니까 여기 뒷마당 근사하게 꾸며서 우리가 좋아하는 사람들만 초대해서 우리끼리 하자."

이 남자, 너무 진지해서 말을 자를 수가 없다. 싫다는 말을 할 수가 없다.

"어머니한테 말은 하겠지만 안 오실 거야, 섭섭하게 생각하지 마."

"서태인 씨."

"한 번만 내 말대로 해줘. 평생 네가 하자는 대로 할게. 네가 하지 말라는 건 안 하면서 살게."

"나는 하고 싶은 게 많아요. 서태인 씨 때문에 포기했다고 말하면서 살기 싫어요."

"하고 싶은 거 다 해. 대신 내 옆에서."

"결혼 안 해도 당신 옆에 있잖아요."

"아니, 세상이 다 알게 내 여자로 옆에 있어줘."

눈을 몇 번 깜박이는 사이, 거짓말처럼 반짝이는 무언가가 내 눈앞에 나타났다.

"결혼하자."

반지였다. 생전 처음 받아보는 반지. 거추장스러워서 한 번도 껴

보고 싶다는 생각을 하지 않았던 반지. 그걸 서태인 씨가 들고 있었다.

"나는……."

"하루만 시간 줘. 바람도 안 불고 춥지도 덥지도 않고 비도 내리지 않는 그런 좋은 날 딱 하루면 돼."

"신혼여행은?"

"갈래?"

"아니."

"가고 싶을 때 가고 싶은 곳으로 가자."

망설이는 동안 어느새 네 번째 손가락에 반짝이는 반지가 끼워져 있었다. 그것을 한참이나 멍하니 바라봤다.

"너만 내 편이면 돼."

"그럴게요."

"내 편이 절실하더라."

서태인 씨의 너른 품에 안겨 뜨거운 숨을 내쉬었다. 무덤덤하게 뛰었던 심장에 가속이 붙기 시작했다.

"잘할게. 세상 누구보다 좋은 남편이 될게. 무조건 네 편으로 살게."

"나도, 나도 그럴게요."

얼떨결에 결혼 약속을 해버렸다. 생각지도 못한 프러포즈에 정신이 없기는 하지만 그래도 지금의 순간을 나중에 떠올리며 후회를 하지는 않을 것 같다. 순간순간이 전부 기억나지는 않지만 함께 했던 모든 시간 속에서 서태인 씨는, 그리고 나는 같은 편이었다. 우리는 단 한 번도 상대를 비난하거나 등을 돌리거나 하지 않았었다. 늘 같은 선에서 같은 곳을 바라보려고 노력했고 그러면서 처음보다 더 사랑과 믿음을 굳건히 다질 수 있지 않았을까. 그리고 그건 아마도 영원히 변하지 않을 거다. 어리석은 믿음일 수도 있겠지만 어리석어서 우리가 행복하다면 그걸로 된 거다.

"좋다."

서태인 씨의 살 냄새를 맡으며 눈을 감았다. 뜨거움에 눈꺼풀이 파르르 떨린다. 오늘보다 조금 더 심장이 뜨겁고, 오늘보다 웃음이 조금 더 많아지고, 오늘보다 조금 더 행복해하면서 우리는 오늘과 같은 날을 살아갈 것 같다. 같이 있다는 것에 감사하며 사랑한다는 말을 속삭이면서 그렇게 살아갈 것 같다. 그거면 충분하다.

에필로그 2

혼자 공부를 할 때보다 더 힘들고 어려웠던 시간도 어느새 익숙해지고 늦깎이 대학생인 강희의 1학년도 이제는 끝이 보이고 있었다.

"오늘도 바로 가야 돼요?"

강의가 끝나고 주섬주섬 책과 노트를 챙기는 강희 옆에서 같은 과 동기들이 아쉬운 듯 말을 걸었다.

"아마도."

그토록 다니고 싶었던, 그리고 태인이 바라던 대로 서울에 있는 대학에 강희는 보란 듯이 합격을 했다. 그리고 합격한 후 곧바로 둘만의 결혼식을 올렸다. 물론 강희의 유일한 가족인 은 사장 부부도 함께였지만 태인의 가족들은 아무도 참석을 하지 않았다.

"그거 집착 아니에요?"

동기 녀석 중 지훈이 불만 가득한 표정으로 떠들기 시작했다.

"누나 나이가 몇인데 벌써 결혼을 하느냐고요. 그리고 결혼을 했어도 어느 정도는 즐기게 해줘야죠."

"맞아, 진짜 심하긴 해."

아무래도 오늘 날을 잡은 모양이다. 입학한 지 얼마 되지 않았을 때부터 동기를 비롯해 선배들까지 강희에게 무한한 관심을 보이곤 했었다. 하지만 거의 매일 학교로 찾아오는 태인 때문에 강희에게 애인이 있다는 소문이 퍼졌고 얼마 후 애인이 아니라 남편이라고 강희가 나서서 정정을 했다. 대놓고 관심을 표하던 선배들은 미련 없이 멀어져갔지만 매일 강의를 같이 듣는 동기들 몇 명은 여전히 강희 주위를 어슬렁거렸다.

"남의 남편 괜히 씹지 말고 가서 데이트들이나 해."

강희는 가방을 어깨에 둘러매고 녀석들 사이를 빠져나왔다. 그러나 얼마 가지 못해 또 녀석들이 강희 주위를 에워쌌다. 정문을 향해 발을 맞춰 걸으면서도 강희의 시선은 태인을 찾느라 분주했다. 미팅이 늦어지면 데리러 오지 못할 수도 있다는 말을 들었는데도 혹시나 하는 마음은 어쩔 수가 없었다.

"혹시 부자라서 결혼한 거예요?"

나이 차이가 큰 것도 아닌데 가끔 동기들과 대화를 하다 보면 어쩔 수 없는 세대 차이 같은 걸 느끼곤 했다. 듣는 사람에 대한 배려 없이 내뱉는 직설적인 말들을 동기들 대부분은 솔직한 거라고 여기는 듯했다.

"야, 솔직히 누나 정도 얼굴이면 재벌은 만나야 되는 거 아니냐?"

"하긴."

"외제차 끌고 다닌다고 다 부자는 아니야."

이제 갓 스무 살이 된 남자에게 명품 슈트를 입고 외제차에서 내리는 태인은 공공의 적으로 다가올 수도 있을 것 같다. 그들의 귀여운 자격지심 비슷한 감정을 이해라도 하는 듯 강희는 일일이 반박하거나 따지지 않았다. 거의 몸만 들어가다시피 해서 태인과 결혼해 살고 있지만 때때로 태인의 넓은 집과 좋은 차, 그리고 그가 갖고 있는 명품 시계나 구두들이 낯설고 부담스러울 때가 있기는 했었다. 그러니 어쩌다 한 번 보는 게 다인 태인이 동기들에게는 얼마나 멀게 느껴질까.

"무슨 일 하는 사람인지 안 가르쳐줄 거예요?"

"제발 관심 꺼줄래?"

"그럼 관심 끌 테니까 오늘은 우리랑 술 한잔하고 들어가요."

"싫어."

"아, 왜요!"

"너희랑 마시는 술 맛없어."

정문에 다다르자 태인의 것으로 보이는 차 한 대가 미끄러지듯 정차했다. 차에서 태인이 내리는 걸 확인하자 강희의 눈매가 부드럽게 휘어졌다.

"누나, 오늘만 한잔해요. 네?"

동기 명도가 아예 강희의 팔까지 붙잡고 늘어졌다.

"너희들끼리 마셔."

"진짜 이럴 거예요?"

"미안."

매달리는 동기들을 매정하게 뿌리치고 강희는 태인에게로 단숨에 달려갔다. 등에 꽂히는 시선이 따가웠지만 강희는 아랑곳하지 않았다. 하지만 태인은 달랐다.

"저것들 뭐야?"

달려와 안기는 강희를 품에 안으면서도 태인의 시선은 강희를 좇고 있는 풋내 나는 남자애들에게로 향했다.

"미팅 일찍 끝났어요?"

"너한테 딴 마음 있는 거 아니야?"

"피곤하죠?"

서로 다른 말을 하느라 두 사람은 아직 눈빛 교환도 하지 못한 채였다.

"잠깐 있어봐."

"왜?"

"가서 확실히 말해줘야지 안 되겠어."

성큼 앞으로 발을 내딛는 태인을 강희가 황급히 붙잡았다.

"나 배고파, 얼른 가요."

"저 자식들이 너한테 침 흘리잖아."

"나 겨우 일 년 다니고 학교 그만두게 하고 싶어요?"

태인은 신경질적으로 넥타이를 느슨하게 풀었다. 그러고는 조수석 문을 열어 강희가 탈 수 있게 해줬다.

"타."

흡족한 미소를 지으며 강희는 차에 올랐다.

집으로 가는 차 안에서 두 사람은 떨어져 있던 시간에 대해 끊임없이 얘기했다. 강희는 무슨 수업을 들었고, 점심으로는 무엇을 먹었고, 누구와 무슨 일이 있었는지에 대해 얘기하고, 태인은 오늘 있었던 미팅이 어떻게 됐는지 얼마나 강희가 보고 싶었는지 끈적한 눈빛을 보이며 떠들었다.

"방학하면 여행 가자."

"어디로?"

"윤강희가 가고 싶은 데로."

단둘이 떠났던 여행은 신혼여행으로 간 제주도가 유일했다. 길지 않은 시간이었지만 강희는 행복해했고 태인도 온전히 강희에게 집중할 수 있었던 그 순간이 그 어느 때보다 좋았다. 그 후로 적어도 일 년에 한 번은 둘이 여행을 가자고 약속을 했었다.

"회사는?"

"괜찮아."

어머니가 바라던 자리는 아니지만 그래도 현재 태인은 회사에서 아주 중요한 직책을 맡고 있었다. 임원들보다는 가족인 누나들과 매형의 반발로 시끄러웠던 걸 제외하고는 비교적 수월하게 승진을 한 편이었다. 큰어머니는 아직 전면으로 나설 만큼 경영에 참여할 수가 없는 입장이었고 아버지는 은근히 아들인 태인을 밀어주는 눈치였다. 더구나 승진을 할 때까지 참 열심히 한 덕분에 태인의 실적이 꽤 좋은 편이었다.

물론 지금도 집과 회사만 오가며 맡은 일에 충실했다. 집에서는 그 누구보다 가정적인 남편으로 강희를 위하고 챙겼다. 오랜 시간을 같이 살지는 않았지만 강희는 매일 아침, 그리고 매일 밤마다 서태인이란 남자를 만나고 또 그와 결혼을 했다는 사실에 감사했다.

"어디든 좋으니까 생각해봐."

"알았어요."

저녁은 뭘 할까 생각하며 강희는 잠시 생각에 빠졌다. 냉장고에 있는 재료들을 머릿속으로 떠올리며 메뉴들을 생각해냈다.

"어머니한테 또 전화 온 건 아니지?"

태인의 물음에 강희는 생각에서 벗어났다.

"오면 받지 마."

"그럼 어머니 집으로 찾아오실걸?"

"그래도 받지 마."

여전히 아들의 결혼을 못마땅하게 여기는 이 여사는 잊을 만하면 한 번씩 전화를 해서 강희를 괴롭혔다. 그래봤자 눈물 한 방울 흘리지 않는 강심장 며느리 때문에 번번이 뒷목을 잡는 건 이 여사였다. 처음부터 고개를 숙이지 않은 탓인지 이 여사는 집으로 찾아와 행패를 부리는 것까지는 하지 않았다. 당신 뜻과 다른 여자를 골라 결혼까지 했지만 그래도 회사 내에서 차분히 제 입지를 다지고 있는 아들이라 내심 만족을 하기도 하는 듯했다. 괜히 건드렸다가 엇나가서 갖고 있는 모든 걸 버린다고 할까 봐 은근히 눈치를 보는 것도 같았다.

"그러고 보니까 어머니한테 전화 온 지 좀 된 것 같다. 무슨 일 있으신 건 아니겠죠?"

"있었으면 벌써 연락 왔지."

"그래도 내일 전화 한번 드려봐야겠어요."

"괜히 험한 말 듣지 말고 하지 마."

"나중에 태인 씨 닮은 아들 낳으면 나 무지 속상할 것 같아."

"왜?"

"엄마한테 너무 관심이 없잖아요."

"너는 우리 어머니 같은 엄마 안 될 거니까 나 같은 아들 낳을 일도 없어. 괜한 걱정 하지 마."

"하여간 잘난 척은."

태인은 강희의 손을 잡아 제 쪽으로 당겼다.

"말 나온 김에 오늘은 나 닮은 아들 한번 만들어보자."

"어?"

"뭐 윤강희 닮은 딸이면 더 좋고."

"우리 아직 몇 년 더 남은 거 알죠?"

"그놈의 대학 괜히 보냈어."

"서태인 씨가 보내준 게 아니라 내가 간 건데?"

"아무튼."

대학을 졸업할 때까지 아이는 낳지 않겠다는 약속을 하고 결혼까지 한 거였다. 하지만 결혼을 했음에도 여전히 뭇 남성들의 마음을 설레게 하는 아름다운 아내 강희 때문에 태인은 제 발등을 찍고 싶은 심정이었다. 그래서 가끔 졸업하기 전에 아이라도 갖는 게 좋지 않을까 하는 이기적인 욕심이 꿈틀거리기도 했다.

"나 진짜 불안해."

"나 못 믿어서?"

"아니, 세상 남자들을 못 믿어서."

강희는 씨익 웃으며 운전하는 태인의 어깨의 살포시 머리를 기댔다.

"내 눈에는 세상에서 서태인이 제일 근사해요. 당신보다 섹시한 남자를 본 적이 없는데 불안할 게 뭐 있어요?"
"그건 또 그렇지."
"당신이 아니라 내가 더 불안해."
"왜?"
"잘난 내 남자 눈독 들이는 여자들 있을까 봐."
"뭐?"
"회사에 있는 여직원들도 눈이 있는데 당신한테 반하지 않겠어요?"
"그런 말도 할 줄 알고 많이 변했네, 내 여자."
애교도 없고 빈말은 할 줄 모르고 질투 같은 건 뭔지도 모르던 강희가 요즘은 가끔씩 혀 짧은 소리도 하고 듣기 좋은 말만 골라서 해줄 때도 있었다. 혼자가 아니라 강희와 같이 어른이 돼가고 있었다.
"사랑해요."
"내가 더 사랑해."
늘 그렇듯이 티격 대던 것도 결국엔 사랑고백으로 끝이 났다.
"저녁에 뭐 먹고 싶은 거 없어?"
"집에 가서 밥 할 건데?"
"그냥 외식하자."
주방에서 혼자 밥을 하는 것도 안쓰럽고 혼자 청소를 하는 것도 아깝기만 했다. 같이 재료를 다듬고 같이 청소기를 돌리고 같이 빨래는 널면서 태인은 조금씩 남자에서 한 여자의 남편으로 변하고 있었다.
"나 먹고 싶은 거 생각났다."

"뭐?"

"경자 다방 뒤에서 먹는 짬뽕."

많이 변하긴 했지만 그래도 윤강희는 여전히 윤강희였다. 마당에서 구워먹는 삼겹살을 좋아하고 은 사장 부부와 치킨집에서 만나 맥주 마시는 걸 좋아하고 가끔 '경자 다방' 야외 테이블에서 짬뽕을 시켜 먹는 걸 그렇게나 좋아했다.

"처형도 나오라고 해."

배시시 웃으며 강희는 휴대폰을 꺼냈다. 어제와 크게 다를 것 없이 평범한 일상이 오늘도 흘러가고 있었다. 그럼에도 태인과 강희는 어제보다 오늘이 더 한 뼘은 더 행복하다고 생각했다.

-마침-